Mein Leben mit Anna von IKEA

Impressum

Erstausgabe Mai 2017
© 2017 dp DIGITAL PUBLISHERS GmbH

Made in Stuttgart with ♥
Alle Rechte vorbehalten

Mein Leben mit Anna von IKEA

ISBN 978-3-96087-521-5
E-Book-ISBN 978-3-96087-159-0

Umschlaggestaltung:
Christin Peulecke
Unter Verwendung von Abbildungen von
© oksanika/shutterstock.com, © Alex_Murphy/ shutterstock.com und pixabay.com
Lektorat:
Daniela Höhne

Das Werk darf – auch teilweise – nur mit Genehmigung des Verlages wiedergegeben werden.

Sämtliche Personen und Ereignisse dieses Werks sind frei erfunden. Etwaige Ähnlichkeiten mit real existierenden Personen, ob lebend oder tot, wären rein zufällig.

Über dieses Buch

Matthias Käfer, Vollzeit-Single, Bankangestellter auf Bewährung und Besitzer eines inkontinenten Geschirrspülers, hat sich in Anna verliebt, die nette Kundenberaterin von Ikea. Doch Matthias hat ein Problem: Sieht er eine hübsche Frau, bekommt er den Mund nicht mehr auf.

Also kontaktiert er Anna online. Durch ein Missverständnis gerät er jedoch an die virtuelle Kundenberaterin Anna von Ikea und glaubt am Ende, sie habe sich mit ihm verabredet!

Als dann auch noch sein Spickzettel für das Date mit Anna in die Unterlagen einer Bankkundin gerät, die ohnehin schon ein Auge auf Matthias geworfen hat, ist das Chaos komplett …

Über den Autor

Thomas Kowa ist Autor, Poetry-Slammer, Musikproduzent, manchmal Weltreisender und Mitglied der Schweizer Fußballnationalmannschaft der Autoren. Während in seinen Thrillern fleißig gestorben werden darf, schafft er es in seinen Kurzkrimis, die Leser gleichzeitig zum Lachen und Fürchten zu bringen, und das meist ohne eine einzige Leiche. Mit der humorvollen Liebesgeschichte *Mein Leben mit Anna von Ikea* zeigt Kowa wieder, dass er nicht nur für Gänsehaut, sondern auch für viele Lacher sorgen kann.

Vorwort

Dieses Buch wurde zu einer Zeit geschrieben, als man noch nicht bei Siri einen Billigflug für zwei Personen von Frankfurt nach Havanna bestellen konnte und kurz darauf eine Bacon-Flute mit einem Paar Würstchen (immerhin original Frankfurter) und einen Cuba Libre geliefert bekam.

Trotzdem geht es in der Geschichte um künstliche Intelligenz. Vor allem darum, was passiert, wenn man sie für echt hält.

Wie man an dem Beispiel mit Siri sieht, beißen sich die Entwickler der KI an der menschlichen Intelligenz immer noch die Zähne aus. Okay, das mag auch an der menschlichen Intelligenz liegen, denn welcher Computer würde Donald Trump ... na ja, lassen wir das.

Auf alle Fälle ist die künstliche Intelligenz (KI) nach wie vor ziemlich limitiert, aber sie kann das inzwischen besser verstecken.

Schon als Teenager in den 80ern haben mich die Chats mit dem psychologischen Chatprogramm *Eliza* begeistert, und damals wusste ich noch gar nicht, dass Eliza schon in den 60er-Jahren programmiert worden war.

2006 – als ich dieses Buch geschrieben habe – war *Anna von Ikea* mit Abstand das Intelligenteste und Charmanteste, was ein Computer von sich geben konnte. *Anna von Ikea* war eine virtuelle Alleswisserin mit nettem Lächeln, der man jede Frage zu Ikea, Gott und der Welt stellen konnte. Und Anna hat die Frage beantwortet. Nicht immer sinnvoll, aber das ist im echten Leben ja auch so.

Man denke dabei nur an Politiker oder Bankvorstände, im Grunde geben die ja auch keine Antworten auf die Fragen, welche die Gesellschaft ihnen stellt, sie formulieren ihre Ausweichmanöver nur besser.

Dann also lieber gleich *Anna von Ikea*. Sie hat wenigstens stets zugegeben, wenn sie etwas nicht verstanden hat.

Alle Antworten, welche die virtuelle Anna in diesem Buch gibt, stammen tatsächlich original von ihr und ich habe diesen kleinen Roman darum gebaut.

Leider hat IKEA – im Bestreben, gleicher wie alle anderen zu sein – die famose Anna wegrationalisiert. Arbeitslosigkeit gibt es also auch bei Computerprogrammen. Man kann unter diesem Link aber nachschauen, wie Anna so drauf war: http://www.anna-von-ikea.de.

Nun also Vorhang auf für eine Geschichte aus der Zeit, als das Internet noch laufen lernte ...

PS: Wer glaubt, diese Geschichte sei völlig an den Haaren herbeigezogen, der sei an die zahllosen Männer in diversen Online-Singlebörsen erinnert, die sich ausgiebig mit Chatbots unterhalten, ohne es zu merken. Und sie zahlen einen stattlichen Mitgliedsbeitrag, um das weiterhin tun zu dürfen.

So musste im Jahr 2015 die größte amerikanische Seitensprung-Agentur Ashley Madison nach einem Diebstahl ihrer Kundendatei zugeben, dass von 5,5 Millionen weiblichen Profilen nur 12.000 echt waren. Der Rest bestand aus Chatbots, also Computerprogrammen, die so taten, als seien sie Menschen. Über 25 Millionen männliche User der Plattform haben nichts bemerkt. Das zeigt einmal mehr, was passiert, wenn beim Mann das Hirn aussteigt und andere Organe das Regiment übernehmen.

Fast wie in dieser Geschichte.

So, jetzt aber wirklich genug der Vorworte und viel Spaß mit *Anna von Ikea*.

Thomas Kowa

01

Ich soll reden? Wörter und so?
Was glaubst du, wofür man Blumen erfunden hat?
George Clooney als Danny Ocean in Ocean's Twelve

»George Clooney ist tot!« Hilde Redlich steht vor ihrem Reihenhaus und schaut mich aus verheulten Augen an. So verzweifelt habe ich meine Nachbarin das letzte Mal gesehen, als der falsche Sänger bei *Deutschland sucht immer noch den Superstar* gewonnen hat.

Das war vor zwei Jahren und ich bezweifle, dass sich heute noch irgendjemand an den Namen dieser singenden Plastikverpackung erinnert. Oder dass man den Superstar jemals findet, den man so verzweifelt in ganz Deutschland sucht. Echte Superstars werden nun mal nicht im deutschen Fernsehen geboren. Sondern in London, New York oder in Hollywood. So wie George Clooney.

Und der ist tot?

Nun kommt auch Siegfried Redlich aus dem Haus. Er lehnt sich an seine Frau Hilde wie ein Häufchen Elend, das einen beschissenen Tag hatte.

Ich kenne dieses Gefühl zur Genüge und das nicht

nur wegen der Sommerschweinegrippe, die mich letzte Woche flachgelegt hat. Die fühlte sich an wie ein Krieg in meinem Körper: Medikamente gegen Viren, und ich war die unschuldige Zivilbevölkerung. Vor einer Stunde haben die Medikamente mitten in meinem Kopf die Siegesflagge gehisst. Jedenfalls war das so in meinem Fiebertraum.

Und jetzt stehe ich auf Wackelpuddingbeinen vor meinem Reihenhaus, schniefe trötend ins Taschentuch und reibe mir die immer noch ziemlich matschige Birne. George Clooney ist tot?

Phantasiere ich immer noch?

Habe ich vor drei Tagen nicht geträumt, Osama bin Laden wäre Friedensnobelpreisträger, Daniela Katzenberger Bundeskanzlerin und ich müsste ein Büfett bewachen und wäre der Zwillingsbruder von Reiner Calmund?

Ich blicke an mir herab. Ich bin nicht klein, nicht groß, nicht dick, nicht dünn, und meine Haare wachsen noch dort, wo sie hingehören. Soweit alles in Ordnung. Weiteres wichtiges Indiz meiner Normalität: Ich trage nicht mehr meinen Schlafanzug, sondern Jeans, T-Shirt, Sneakers; wie man heute als fünfunddreißigjähriger Hobbyjugendlicher im Hochsommer eben so herumläuft. Um bezüglich meines geistigen Zustands auf Nummer sicher zu gehen, zwicke ich mich in den Arm.

Aua!

Hilde Redlich schaut mich irritiert an. Sie wischt sich eine Träne aus ihren aufgequollenen Augen. »Mit seiner Verdauung war halt nicht mehr alles so in Ordnung.«

Ist sie im Nebenberuf Gastroenterologin? Oder nur begeisterte Leserin der *Aktuellen*?

»Aber immer nur dieses Gras ...« Siegfried Redlich schüttelt den Kopf. »Das kann ja nicht gut gehen.«

Ich versuche mich zu erinnern, ob George Clooney für den Verzehr weicher oder gar harter Drogen bekannt ist. Bei diesen Hollywoodschauspielern kann man ja nie wissen.

»Erst war er richtig aktiv«, sagt Siegfried. »Doch dann ist einfach sein Magen geplatzt und George lag tot da, den Kopf zwischen den Gitterstäben.«

»Gitterstäbe?«, wiederhole ich. In meiner Erinnerung ist George Clooney ein ehrlicher und aufrichtiger Amerikaner. Einer, der sogar weiß, wo Europa liegt. Was macht der im Gefängnis?

Ich würde das ja gerne verstehen, aber all die Informationen prallen an meiner Hirnwand ab wie an einer Gummizelle. Wahrscheinlich liegt das an dem Medikamentencocktail, den ich die letzten Tage in mich reingeschüttet habe. Acht verschiedene Tabletten, teilweise mit unerforschten Wechselwirkungen, das hätte selbst Lance Armstrong Respekt eingeflößt.

Ich schniefe noch mal ins Taschentuch und fasse mir dann an die Stirn. Ganz schön heiß. Irgendwas arbeitet da drin auf Hochtouren. Mein Gehirn kann es nicht sein, von dem hab ich schon Tage nichts mehr gehört.

»Siegfried hat das Loch für sein Grab schon ausgehoben«, erklärt nun Hilde Redlich und klopft ihrem Mann auf die Schulter.

»Wo wird er denn begraben?«, frage ich, nachdem ich mich schnell noch mal gezwickt habe und vor

Schmerzen zusammengezuckt bin.

»Na, bei uns im Garten!« Siegfried zieht die Augenbrauen zusammen. »Wo denn sonst?«

»In *eurem* Garten?«, frage ich. »Also der Garten direkt neben meinem Garten?«

Ich muss an Horden wild gewordener Mittvierziger denken, die den Garten der Redlichs stürmen werden. Sie werden George ihre immerwährende Liebe gestehen, jedenfalls bis zum Ableben des nächsten Superstars und das Grab mit Buketten, Blumen und Bikinis bombardieren. Sind meine Nachbarn sich darüber im Klaren, was sie sich da aufbürden?

Zudem liebe ich die Abgeschiedenheit meines 15-Quadratmeter-Reihenhausgärtchens. Sofern man davon überhaupt reden kann, denn im Sommer, in dem das ganze Viertel mit tiefergelegten Coupés vollgeparkt ist und nach gegrillten Schweinehälften riecht, passt nicht einmal mehr eine Maus zwischen mich, meine Nachbarn und die Breitmaulautos auf der Straße.

Plötzlich kommt mir eine Idee. Ich spüre sofort, es ist eine dieser genialen Millionen-Euro-Ideen, die mein Gehirn von Zeit zu Zeit bevölkern.

02

Man stirbt nur einmal – und für so lange!
Molière

Meine Idee ist so einfach wie genial: Ich könnte einen Proseccostand in meinem Garten aufstellen! Zufällig ist auf meinem Konto noch reichlich Platz.

Jedenfalls nach oben.

Nach unten ist mein Konto hingegen etwas angespannt. Man könnte auch sagen, es befindet sich im freien Fall. Seit ich einige geplatzte Subprimekredite zu verantworten habe, bin ich kurz davor, selbst zu einem zu werden. Okay, ich übertreibe ein wenig. Schließlich habe ich einen Job bei der Bank.

Noch.

Denn erst wurde die Buchhaltung, in der ich im Backoffice gearbeitet habe, nach Indien outgesourct und dann musste ich an die Front. Also an den Bankschalter. Ständig soll ich den Kunden dort unsere neuesten Angebote aufschwatzen, doch dafür bin ich einfach nicht gemacht. Wenn ich hätte Verkäufer werden wollen, hätte ich das schließlich gelernt.

Mein Job schwebt also in akuter Lebensgefahr. Herr

Huber, unser Filialleiter, den ich wegen seiner unzähligen Wutausbrüche nur noch Osram-Huber nenne, hat mich vor zwei Wochen darüber aufgeklärt, dass ich nur noch auf Bewährung arbeite. Selbst ein abgebrochener Bleistift sei in meiner Lage genug, um das randvolle Fass zum Überlaufen zu bringen und ihm den Boden auszuschlagen. Oder so ähnlich.

Also bin ich letzte Woche trotz Sommerschweinegrippe und Medikamentencocktail arbeiten gegangen. Denn mein Chef akzeptiert eine Krankschreibung nur dann, wenn sie von mindestens zwei Chefärzten der Intensivstation unterschrieben ist. Oder rückwirkend bis zu drei Tage vor Eintritt des Todes. Und das auch nur, wenn ein Wochenende dazwischen liegt.

Leider hat meine Leistung geringfügig unter meiner Sommerschweinegrippe gelitten, oder wie sonst kann man den Umstand erklären, dass ich im Fieberwahn jedem weiblichen Kunden eine Benjamin-Blümchen-Sparbüchse geschenkt habe? Und das vier Monate vor dem Weltspartag!

Zum Glück hat Osram-Huber das noch nicht bemerkt.

Denn das wäre der letzte Nagel für mein Fass, beziehungsweise meinen Sarg.

Aber jetzt kommt sie, meine Chance! Das Grab von George Clooney sorgt für den konjunkturellen Umschwung in Ludwigshafen-Oggersheim!

Ludwigshafen ist übrigens eine der bemerkenswertesten Städte Deutschlands: Auf der einen Seite das größte Chemiewerk der Welt, auf der anderen die städtische Müllverbrennung und dazwischen gentechnische Versuchsanlagen. Kein Wunder kommen

Helmut Kohl und Daniela Katzenberger aus Ludwigshafen.

Oder noch genauer: aus dem Ludwigshafener Stadtteil Oggersheim.

Die bekannteste Sehenswürdigkeit von Ludwigshafen ist übrigens Styropor, denn das wurde da erfunden. Und im Grunde ist Daniela Katzenberger ja auch nichts anderes als Styropor und Silikon, das man irgendwie zum Sprechen gebracht hat.

Wobei, wahrscheinlich ist sie nur wie alle Oggersheimer total unterschätzt. Das liegt möglicherweise am pfälzischen Dialekt, der bundesweit mit einem ähnlichen IQ assoziiert wird wie ostfriesisch oder Bushido-Deutsch.

Doch statt meine Welteroberungspläne – oder wenigstens die von Ludwigshafen-Oggersheim – detailliert auszuarbeiten, schweife ich schon wieder ab.

Also, vielleicht kann ich mein Reihenhaus untervermieten? Schließlich steht das Gästezimmer schon seit zwei Jahren, drei Monaten und vier Tagen leer.

Der Tag meines Einzugs. Auch das Kinderzimmer könnte ich problemlos zur Verfügung stellen. Ursprünglich sollte es von oben bis unten mit kommenden Fußballnationalspielern gefüllt sein, aber jetzt lagern dort nur Umzugskartons.

»Wann ist denn die Beerdigung?«, frage ich die Redlichs. Meine Anzüge sind nämlich in der Reinigung. Alle beide!

Das verdanke ich Osram-Huber. Ich wäre nicht adäquat gekleidet für diesen Job. Er sollte sich mal die Kunden anschauen, die im Hochsommer mit Flip-Flops, Hotpants und bauchfreien Tops in die Filiale kommen.

Und das sind nur die Männer!

Ich steh denen dann bei gefühlten vierzig Grad in Anzug, Krawatte und langärmeligem Hemd gegenüber und versuche, mich mit autogenem Training vom Schwitzen abzuhalten.

Als Buchhalter ist das einfacher gewesen, da hat niemanden interessiert, was man trägt, solange die Zahlen gestimmt haben. Und das haben sie bei mir immer.

Ich schaue auf meine Armbanduhr, so eine digitale mit integriertem Taschenrechner. Der letzte Schrei. Jedenfalls damals, als ich sie gekauft habe.

In den 80ern.

Aber sie funktioniert noch, weswegen sollte ich mir also eine neue kaufen?

Neben dem Datum steht *SO*. SO? Ach so, Sonntag.

Klar, sonst wäre ich ja auch auf der Arbeit und würde nicht mit meinen Nachbarn über Gott, die Welt und George Clooney reden.

Auch ohne einen Blick in meine Bar zu werfen, weiß ich, dass sie für einen Proseccostand momentan eher kümmerlich ausgestattet ist. Ich muss dringend einkaufen. Und zur Reinigung.

Hätte George nicht an einem Montag den Löffel über die Wupper werfen können? Nein, er muss natürlich an einem Sonntag abnibbeln, dem Tag, an dem selbst der Bestattungsunternehmer in Frieden ruht. Oder auf irgendwelchen Friedhöfen abhängt.

Immer wenn ich mich über Geschäftsöffnungszeiten aufrege, meinen die ganz Schlauen, als Bankangestellter solle ich besser mal ganz, ganz leise sein. Denen sage ich dann immer: *Seid froh, dass wir schon um halb vier schließen. Hätten wir rund um die Uhr gearbeitet, wäre die Finanzkrise noch viel größer ausgefallen!*

Siegfried Redlich schaut jetzt auch auf die Uhr. »Die Beerdigung ist in dreißig Minuten. Wir warten noch auf Julia. Wir haben sie vorhin informiert.« Er verdrückt eine Träne und lehnt sich wieder an Hilde. »Unsere Tochter ist total fertig.«

»Julia? Sie kannte ihn auch?«, frage ich. Plötzlich wird mir klar, warum Julia meinen Heiratsantrag abgelehnt hat.

Damals mit sieben. Und dann noch mal mit neun. Obwohl ich noch jahrelang in sie verliebt war, hatte ich mich danach nicht mehr getraut, sie zu fragen. Und wer hat unsere Liebe zerstört? Dieser elendige Junkie George Clooney! Gut, dass er tot ist!

»Natürlich, George war Julias Ein und Alles«, erklärt Siegfried Redlich mit einem Unterton, der deutlich macht, dass momentan nicht nur ich an meiner geistigen Kapazität zweifle.

Aber jetzt, da George Clooney tot ist, wäre ja vielleicht Platz in Julias Herz für ... »Was, in dreißig Minuten?!«, schreie ich. »Ich muss mich sofort umziehen!«

03

Die Grippe ist keine Krankheit, sie ist ein Zustand.
Kurt Tucholsky

Auf dem Weg in mein Reihenhaus springt mein Gehirn für einen kurzen Moment an. Sofort fällt mir auf, wie absurd die ganze Situation ist. Ich drehe mich um und blicke die Redlichs mit meinem strengen *den-Kredit-kann-ich-Ihnen-leider-nicht-geben*-Blick an. »Ist es nicht verboten, jemanden im eigenen Garten zu beerdigen?«

Siegfried Redlich winkt mich zu sich und legt seinen Arm um meine Schulter. »Muss ja keiner wissen«, flüstert er. Natürlich, er hat recht. Wenn alle dichthalten, bekommt das niemand mit. »Aber habt ihr überhaupt genügend Platz im Garten?«, frage ich.

»Das braucht nicht mehr als bei einer Urnenbestattung.« Er runzelt die Stirn. »Außerdem machen wir das im privaten Rahmen.«

Im privaten Rahmen? Und was wird dann aus meinem Proseccostand?

Soll ich einen kleinen Tipp an die Bild-Zeitung weiterreichen? Diese Leichenfledderer sind sich dafür doch bestimmt nicht zu schade.

Nein, das kommt nicht infrage. Natürlich nicht. Wie konnte ich nur daran denken!

Ich schäme mich.

Abgrundtief.

Die Bild-Zeitung!

Ich muss es viel größer aufziehen! RTL, SAT 1 und ZDF-neo. Mindestens!

'George Clooney begraben in Ludwigshafen-Oggersheim!' Das ist doch mal eine Schlagzeile.

»Frag ihn doch, ob er auch an der Beerdigung teilnehmen will«, reißt mich Hilde aus meinen Allmachtsfantasien. »Er hat immerhin früher auf ihn aufgepasst.«

Was? Ich bin eingeladen? Wollen die Redlichs sich meine Verschwiegenheit erkaufen? Da ich mir sicher bin, dass ich nie auf George Clooney aufgepasst habe, muss es umgekehrt gewesen sein. Er ist ja auch viel älter als ich. Matthias Käfer, knackige fünfunddreißig, George Clooney runzelige fünfzig. Mindestens. Demnach hat der gute George in meiner Kindheit Babysitter für mich gespielt!

Ich versuche, mich an meine Nannys zu erinnern, doch außer Raider-Reiner und Melitta-Frida fallen mir keine ein. Melitta-Frida scheidet schon aufgrund ihres Kaffeegeschmacks aus, denn immerhin hat George ja mal Werbung ... Doch ich schweife schon wieder ab. Und die Zeit läuft.

»Ich zieh mich schnell noch um«, rufe ich, stürze in mein Reihenhaus und springe ins Bad. Dort stapelt sich die Wäsche so hoch, dass ich kurzzeitig überlege, bei *Wetten, dass?* aufzutreten. »Wetten, dass Herr Käfer es nicht schafft, einen Turm aus ungewaschener Wäsche auf zwei Meter fünfzig aufzutürmen?«

Pah, Kleinigkeit!

Normalerweise bin ich nicht so unordentlich, aber während der Sommerschweinegrippe ist einiges liegen geblieben. Also eigentlich alles, schließlich musste ich mich von Grippe und Arbeit erholen.

Ich krame im Wäscheturm nach einer schwarzen Hose und ziehe sie so gekonnt aus ihrem Versteck, dass der Turm *fast* nicht einstürzt.

Nachdem ich mich aus dem Wäschetsunami wieder befreit habe, suche ich nach einem passenden Oberteil. Was ziemlich schwer ist, zwischen den ganzen Milli-Vanilli-Shorts und David-Hasselhoff-Shirts.

Ich hasse diese singenden Geisterbahnpuppen. Ihr Erfolg in den 80ern lässt sich für mich nur damit erklären, dass sie eine demonstrative Abschreckungsmaßnahme des Westens in Zeiten des Kalten Krieges waren. Ihr habt die SS-20? Pah, wir haben David Hasselhoff und Milli Vanilli! Zieht euch schon mal warm an!

Na gut, vielleicht übertreibe ich ein wenig, aber Fakt ist nun mal, dass, kaum waren diese Gestalten aufgetaucht, auch schon die Mauer gefallen ist.

Das wäre natürlich noch lange kein Grund, solche T-Shirts zu tragen, aber dummerweise befand sich in dem 80er-Jahre-Überraschungspaket, das ich meinem Schulfreund Video-Paule abgekauft habe, nur solch auserlesener Schrott.

Eigentlich steh ich auf die 80er, denn in dem Jahrzehnt musste ein Popstar noch nicht gut aussehen, um erfolgreich zu sein. Und er musste auch nicht tanzen können, sondern einfach nur gute Musik machen. Und wenn jemand ein Superstar war, dann hatte er eine lange Karriere hinter sich. Aber trotz meiner Vorliebe für die 80er habe ich im Grunde das Paket nur gekauft, damit Video-Paule die nächste Rate für seinen Kredit zahlen konnte, den er bei mir abgeschlossen hatte.

Weil einen weiteren geplatzten Kredit kann ich mir eben nicht leisten.

Endlich entdecke ich in meinem Wäschesee ein weißes Hemd und zerre es glatt. Dabei löst sich zwar ein halber Knopf, aber darum kann ich mich jetzt nicht auch noch kümmern. Ich schlüpfe kopfüber in das weiße Hemd und schnappe mir ein dunkles Jackett. Dann schaue ich in den Spiegel. Perfekt! Fehlt nur noch die Krawatte.

04

Wenn ich neben gut aussehen auch noch kochen könnte, dann wäre ich ja eine Traumfrau.
Daniela Katzenberger

Fünf Minuten und drei versehentliche Selbststrangulierungen später hängt die Krawatte endlich um meinen Hals. Wann werde ich das jemals lernen? Jahrelang bin ich mit diesen Ansteckkrawatten super gefahren, aber Filialleiter Huber meinte ja plötzlich, das ginge so nicht weiter. Na ja, und da ich auf Bewährung bin ...

Ich schaue wieder auf meine Uhr. Mir bleiben noch zehn Minuten, bevor die Trauergäste kommen. Wer wird den weiten Weg nach Ludwigshafen-Oggersheim machen? Angelina Jolie? Halle Berry? Cindy aus Marzahn? Egal, ich habe nur Augen für Julia. Was, wenn sie in meine Wohnung kommt?

Ich muss dringend aufräumen!

Panisch stürze ich in meine Küche. Gemäß meiner verschwommenen Erinnerung sieht es dort am schlimmsten aus. Als ich das schmutzige Geschirr vom Küchentisch in die Geschirrspülmaschine räumen will, entdecke ich, dass ich dies letzte Woche schon einmal getan habe.

Warum zermartert sich die Wissenschaft den Kopf darüber, wie das Leben auf der Erde entstanden ist?

Ein Blick in meine Geschirrspülmaschine und alle Rätsel wären gelöst!

Zwischen den Tassen, Tellern und Teelöffeln kreucht und fleucht ein nettes Biotop, das sich anschickt, die Weltherrschaft zu übernehmen. In ihrem Fall also die Herrschaft über den Geschirrspüler.

Plötzlich springt ein Gedanke aus meiner hintersten Hirnecke nach vorn. Hat der Geschirrspüler das letzte Mal nicht geklungen, als stünde er kurz vor dem Selbstmord?

Ach, das hab ich bestimmt auch nur im Fieberwahn geträumt. Die Maschine hat nicht mal zwanzig Jahre auf dem Buckel, also kein Alter für ein Qualitätsprodukt *Made in Germany*!

Ich drücke auf den Startknopf des Geschirrspülers und er springt an. Na, geht doch!

Da das Geschirr auf dem Küchentisch nun aber immer noch außerhalb der Geschirrspülmaschine steht, räume ich es kurzerhand in den Hängeschrank. Wenn ich wieder geistig voll auf der Höhe bin, werde ich ganz sicher an das Geschirr denken.

Mein Blick fällt auf die tennisballgroßen Staubbälle, die mein Wohnzimmer bevölkern und gerade den Einmarsch ins unschuldige Schlafzimmer planen. Doch sie haben die Rechnung ohne mich gemacht! Wie eine Mischung aus Boris Becker und Air Jordan pese ich durch das Wohnzimmer, fange die Dinger ein und werfe sie in meinen Basketballmülleimer. Perfekt ist zwar anders, aber das ist nun mal ein Single-Haushalt.

Leider.

Verdammt, jetzt muss ich auch noch an meine Verlobte Claudia denken. Und an den Tag, an dem sie mich verlassen hat. Vor einem Jahr, acht Monaten und siebenundzwanzig Tagen. Sie war nach Julia meine zweite und letzte große Liebe. Ja, sie war meine Traumfrau.

Und meine Albtraumfrau. Schließlich hat sie mich sitzen lassen. Für einen fünfzigjährigen Motorrad-, Ferrari- und Rennbootfahrer.

Er ist reich. Verdammt reich. Wahrscheinlich ist sein Portemonnaie so prall gefüllt wie der Hodensack des Papstes. Aber als ich sie gefragt habe, ob er auch über sich selbst lachen kann, hat Claudia nur betroffen geschwiegen.

Ebenso auf die Frage, ob er überhaupt lachen kann.

Und so ein Typ betreibt eine Spaßkneipenkette mit dem unerträglichen Namen *Happyhappydeppi!* Schon allein dafür gehört er einen Monat lang ununterbrochen mit DJ Ötzi, Wolfgang Petry und den Wildecker Herzbuben beschallt. Und zwar simultan.

Doch selbst meine Eltern waren voller Verständnis für Claudia gewesen. *'Wer würde nicht einen jung gebliebenen Geschäftsführer eines Gastronomieimperiums einem Buchhalter vorziehen?'*, sagte meine Mutter, während mein Vater nur darum bettelte, mal mit dem Rennboot fahren zu dürfen.

Tja, Eltern kann man sich eben nicht aussuchen.

Anscheinend warten sie immer noch auf den Anruf des Krankenhauses, ich sei vertauscht worden. Dabei war ich ein unkompliziertes Kind. Keine Drogen, keine Gefängnisaufenthalte und keine Nacktfotos. Da wären manche Eltern glücklich darüber.

Die Hiltons zum Beispiel.

Nicht mal eine Doktorarbeit habe ich gefälscht! Gut, ich hab auch keine geschrieben. Aber ist es nicht ehrlicher, das sein zu lassen, wenn man es nicht kann?

Ich schaue noch mal in den Spiegel, rücke meine Krawatte zurecht und springe aus der Wohnung.

Schon nach zwei Metern bleibe ich wie vom Blitz getroffen stehen. Da ist sie! Julia, meine Traumfrau! Meine große Liebe! Für immer und ewig!

Allein schon, wie sie aus diesem knallgelben Z4 steigt. Ihr blondes Haar weht so galant im Wind, das kenne ich sonst nur aus der Werbung für Drei Wetter Taft: Rom, Sonne, 24 Grad; London, Regen, 12 Grad; Ludwigshafen, Rauchschwaden, Chemieunfall, 485 Grad.

Angesichts des traurigen Anlasses trägt Julia einen recht kurzen Rock. Dazu rote High Heels, eine geblümte Bluse und einen gelben Blazer.

Wahrscheinlich hatte sie keine Zeit sich umzuziehen. Immerhin ist ihr Minirock schwarz und in ihrem Haar steckt eine Sonnenbrille. Bestimmt damit man ihre Tränen nicht sehen kann. Trotz ihrer Trauer sieht sie umwerfend aus!

Im Gegensatz zu mir. Wie ich so an mir herunterschaue, fällt mir auf, dass meine Hose verknittert ist wie ein Stück Alufolie, in das man ein Pausenbrot zwanzigmal ein- und wieder ausgepackt hat. Doch das ist nicht das Schlimmste. Der halbe Hemdknopf hat sich inzwischen vollständig gelöst, allerdings nicht am

Kragen, wo es hätte lässig aussehen können, sondern direkt über meinem Bauch. Dort wächst zwar kein Bierfriedhof, aber auch kein Sixpack. Mein Bauch ist in sexueller Hinsicht eine entmilitarisierte Zone. Obwohl ich nicht viel Ahnung von Frauen habe, weiß ich, solche Zonen sollte man vor ihnen besser verstecken.

Aber für was trägt ein Mann von Welt Krawatten? Hastig schiebe ich das Ding vor meinen Bauch und justiere die Krawattennadel so, dass der Schlips den Hemdspalt bedeckt. Perfekt!

Jetzt läuft Julia direkt auf mich zu, bleibt dann stehen und mustert mich mit einer hochgezogenen Augenbraue. »Matthias? Matthias Käfer?«

Sie hat mich erkannt! Mein Herz spielt Flipper.

Tschäng! Bumm! Freispiel!

Sie liebt mich!

»Ich hab ganz vergessen, dass du hier wohnst.« Sie lächelt und gibt mir die Hand.

Ihre Worte treffen mich wie eine Abrissbirne mitten ins Gesicht. Vergessen? Wie konnte sie mich vergessen?

»Meine Eltern kennen deine ja noch von früher«, sage ich. »Als deine Eltern umgezogen sind, haben sie mir das Reihenhäuschen nebenan vermittelt.«

»Und jetzt wohnst du hier mit deiner Familie?« Sie schaut mich erwartungsfroh an.

»Nein, allein«, antworte ich so leise, dass ich nicht sicher bin, ob ich es überhaupt gesagt habe. »Es tut mir so leid«, schluchze ich plötzlich und umarme sie.

Geniale Idee, denke ich die nächsten eineinhalb Sekunden, also solange, bis Julia mich sanft von sich wegdrückt.

»Was tut dir leid?«

»Na das mit George Clooney«, antworte ich. Wie immer, wenn ich in der Nähe einer Frau bin, die mir gefällt, droht sich mein Blick zu verselbstständigen. Weil es unhöflich ist, will ich Julia auf keinen Fall auf die Brüste starren. Stattdessen starre ich auf ihre Schuhe. Wahrscheinlich entsteht so Schuh-Fetischismus, denn natürlich würde ich Julia viel lieber auf die Brüste starren, statt auf ihre High Heels.

Aber die Zeiten, in denen Männer einfach machen konnten, was sie wollten, sind ein für alle mal vorbei. Wahrscheinlich ist das auch besser so.

Wie auch immer, kaum sehe ich eine attraktive Frau, schalten meine kognitiven Fähigkeiten sofort in den Notbetrieb.

Wahrscheinlich liegt das an meiner momentanen Zwangsenthaltsamkeit. Wie wäre das erst, wenn ich im Zölibat leben müsste?

Vielleicht hätte ich dann auch so abgefahrene Ideen von Schlangen, die reden können und Äpfel mit Hirndopingextrakt verschenken? Oder von diesem Typ namens *Heiliger Geist*, von dem ich bis heute noch nicht weiß, für was der gut ist. Vater und Sohn sind nun mal die Allmächtigen, also kann er nur das dritte Rad am Himmelswagen sein. Er hängt bestimmt den ganzen Tag in den Wolken rum und darf zur Abwechslung alle zweitausend Jahre mal eine Jungfrau begatten. Aber bitteschön unbefleckt, könnte ja sonst Spaß machen.

Ich hebe meinen Blick und sehe, wie Julia mit den Schultern zuckt. »Ach so, George«, sagt sie. »Es geht halt alles mal zu Ende, oder?«

Überrascht von ihrer Bemerkung mustere ich ihr perfekt geschminktes Gesicht. Nicht eine Träne ist zu sehen. Das ist ja eine hammerharte Frau! Da stirbt der *Sexiest Man Alive* in den besten Jahren seines Lebens und alles was sie dazu sagt ist: *Es geht halt alles mal zu Ende.* Sie hat mit dem Kerl wahrscheinlich zusammengelebt. Vielleicht hat sie sogar Kinder von ihm. Oder wenigstens welche adoptiert.

»Und was machst du jetzt so?«, wechselt Julia das Thema und streicht sich durch ihr blondes Haar. Sie sieht aus wie eine Fee mit High Heels und Minirock.

»Ich bin jetzt bei der Sparkasse«, antwortete ich. »Auf Bewährung.«

»Auf Bewährung?« Sie tritt einen Schritt zurück.

»Äh ... also nein«, stammle ich. »Ich meine natürlich am Bankschalter.«

»Da sind wir ja quasi Kollegen.« Sie kramt ihr Handy heraus, schaut gelangweilt auf das Display und steckt es wieder weg. »Ich arbeite nämlich bei der Deutschen im Key Account Management.«

Wumms! Wieder haut sie mich mit ihren Worten zu Boden. Doch diesmal mit einem Doppelschlag. Sie verdient ihr Geld bei der Deutschen Bank, also bei *der* Bank, deren Mitarbeiter die Sparkassenangestellten dieser Welt eben nicht als 'Kollegen' sehen, sondern als Lebensform von einem unterprivilegierten Planeten. Und sie arbeitet im Key Account Management, betreut große Kunden, während ich hinter dem Bankschalter stehe und die Überweisungen von Mister Minit entgegennehme.

Und das auch nur in Vertretung.

»So, ich muss jetzt mal zu meinen Eltern.« Julia lächelt mich geschäftig an und schüttelt meine Hand.

Ich entgegne ihr Lächeln. »Ich komme mit.«

Julia schaut mich an, als hätte ich nicht *Ich komme mit*, gesagt, sondern *Ich greif dir in den Schritt.*

»Du kommst mit?«, fragt sie. »Weswegen denn?«

»Na, wegen der Beerdigung.« Es muss sie schwer erwischt haben, wenn sie jetzt schon die Realität leugnet. Deswegen ist sie doch aus dem noblen Frankfurt nach Ludwigshafen-Oggersheim gekommen.

»Ach so.« Sie zuckt wieder mit den Schultern und trippelt auf ihren High Heels in Richtung Elternhaus. »Habt ihr zusammen gespielt?«

Zum Glück läuft sie vor mir und kann nicht sehen, wie ich mir über ihren letzten Satz den Kopf zerbreche. Zusammen gespielt? Was denn? Poker, Fußball, Mensch ärgere Dich nicht?

Dann fällt es mir ein! Julia denkt sicher an den phänomenalen Auftritt unserer Schultheatergruppe, bei dem ich auf einem Einrad balanciert bin. Ganz großes Tennis! Dummerweise bin ich bei dem Auftritt dreimal von der Bühne gefallen und lag das nächste halbe Jahr mit gebrochenem Steißbein und gequetschten Rippen im Krankenhaus.

Woraufhin ich sämtliche Prüfungen verpasste und die Klasse wiederholen musste. Und so war es vorbei mit dem gemeinsamen Schulbankdrücken von Julia und mir. Das war der Anfang vom Ende!

Die Schauspielerei ist ein grausamer Beruf.

Doch Julia erinnert sich daran! Ja, sie glaubt sicher, ich hätte das damals alles nur aus stillem Protest gegen die Schule inszeniert! Muss sie ja, wenn sie davon ausgeht, dass ich mit George Clooney auf einer Bühne gestanden habe.

Plötzlich bleibe ich stehen. Das ist doch alles total abwegig! Das kann nur einer dieser Fieberträume sein. Vorgestern Nacht habe ich zum Beispiel geträumt, in Terminator V würde Karl Dall die Hauptrolle spielen. Und das auch noch überzeugend. Ich zwicke mich erneut.

Aua!

Zur Sicherheit reibe ich mir die Augen. An der Haustür steht Julia. In einem Minirock.

Nein, ich hab das alles nicht geträumt!

Die Haustürklingel bimmelt. Sofort springt Hilde Redlich aus dem Haus, als wohne sie in einer Kuckucksuhr. Siegfried steht hinter ihr, immer noch völlig aufgelöst.

Die Redlichs begrüßen sich und laufen in die Wohnung. Ich trotte hinterher, durch den Flur, das Wohnzimmer, über die Terrasse in den Garten.

Dann erst sehe ich es.

05

Mir geht's prächtig Kate,
die Sonne scheint mir aus dem Arsch!
George Clooney als Seth Gecko in
From Dusk Till Dawn

Völlig geschockt bleibe ich im Garten stehen. Was um alles in der Welt ist hier geschehen?

Das Loch im Rasen der Redlichs ist gerade mal so groß wie ein Fußball!

Ich will schon alle Anwesenden für verrückt erklären, als es mir wie Schuppen aus den Haaren fällt.

Hat Siegfried nicht etwas von Urnenbestattung gesagt? Klar, es soll ja geheim bleiben.

Aber wie wollen sie das bitteschön anstellen? Haben die Redlichs in ihrem Reihenhaus etwa ein Krematorium untergebracht? Ich schaue mich dezent um.

Warum steht dieser Gasgrill in der Ecke und qualmt?

Mit Blicken suche ich den Grill nach verräterischen Spuren ab, aber er sieht aus wie immer. Ich beschließe trotzdem, die Grillabende der Redlichs in Zukunft ausfallen zu lassen. Man kann ja nie wissen!

Die Trauergemeinde versammelt sich vor dem Loch im Gartenrasen. Ich blicke in die schweigende Runde, alle haben ihre Hände gefaltet. Ich mustere die Trauergäste ganz genau.

Nach drei Sekunden bin ich fertig und fange von vorn an. Nein, ich habe mich nicht getäuscht, außer Hilde, Siegfried und Julia ist niemand gekommen.

Der arme George! Es muss am Ende schlimm um ihn gestanden haben, wenn seine Hollywoodfreunde ihn in dieser bitteren Stunde im Stich lassen. Ich hebe gerade an, um mein Bedauern darüber ausdrücken, da fällt mir auf, dass es sich bei dem Schweigen der Redlichs um eine Gedenkminute handelt.

Also rufe ich mir zum Gedenken die schönsten Filmszenen von George Clooney aus *Die Rückkehr der Killertomaten* in Erinnerung. Ein toller Schauspieler! Wenn nur das mit den Drogen nicht gewesen wäre.

Plötzlich fällt mir noch ein zweiter Grund ein, weshalb das Loch so klein sein könnte. Man mag es kaum glauben, aber er ist trillionenfach plausibler als der erste. War ich gedanklich auf dem falschen Sonnendeck? Kann es sein, dass George Clooney gar nicht der ist, von dem ich dachte, er sei es? Oder denke ich nur, ich bin geistig wiederhergestellt und stecke in Wirklichkeit immer noch im Pharmarausch?

Wie auch immer, jetzt wo ich schon mal hier bin, kann ich das Ganze auch ordentlich zu Ende bringen.

Siegfried Redlich löst als Erster seine gefalteten Hände, räuspert sich und geht zum Gartentisch. Er nimmt einen Schuhkarton unter den Arm und tätschelt ihn mit einer solchen Ergriffenheit, dass ich endgültig beschließe, nichts mehr vom Gasgrill der

Redlichs zu essen. Sie bewahren den Beizusetzenden doch tatsächlich in einem Schuhkarton von Tod's auf! Finden die das etwa lustig?

»Die trägt Leonardo auch immer«, erklärt Julia und zeigt auf den Karton.

Leonardo? Welcher Leonardo? Etwa Leonardo DiCaprio?

Der arme George. Von einer herzlosen Familie gegen einen Milchbubi ausgetauscht und in einen Schuhkarton abgeschoben.

Oder auch nicht. Werde ich sicher gleich erfahren.

Siegfried Redlich bekreuzigt sich und lässt den Karton an zwei Bindfäden hinab in das Loch. Leise fange ich an zu schluchzen. Es ist meine erste Beerdigung, aber trotzdem, so viel Sentimentalität kenne ich überhaupt nicht von mir.

Schließlich kann ich die Tränen nicht mehr halten, krame ein Taschentuch aus der Hose und flenne wie eine alte Oma bei einer Hochzeit.

Moment? Hochzeit?

Ich schaue Julia an. Sie hat ihre Sonnenbrille aufgesetzt. Bestimmt weint sie darunter. Es ist ein hochemotionaler Moment, den wir hier teilen. Sie braucht dringend Trost. Und Ablenkung. Wenn ich es jetzt nicht tue, kommt mir bestimmt Leonardo zuvor.

Außerdem rät man Männern doch immer, sie sollten zu ihren Emotionen stehen.

Kurzentschlossen stürme ich auf Julia zu, gehe vor ihr in die Knie und nehme ihre Hand. »Julia!«, rufe ich mit immer noch tränenerstickter Stimme. »Willst du meine Frau werden?«

Ich schließe meine Augen, um den Moment zu genießen.

Nichts tut sich.

Die Sekunden verrinnen.

Als Nächstes höre ich Julia nach Luft schnappen.

Erste Zweifel regen sich in mir. Hätte ich vorher besser einen Ring besorgen sollen?

Vorsichtig linse ich in Julias Richtung. Ich kann nicht viel erkennen, außer, dass sie rot anläuft.

Vor Aufregung?

Ich öffne meine Augen ein wenig weiter.

»Du Idiot!«, bellt sie mich an. »Bist du immer noch sieben, oder was?« Ihr Blick ist giftig wie ein ausgelaufenes Atommüll-Endlager. »Du machst mir auf einer Beerdigung einen Heiratsantrag?«

»Es gab mal diesen Film«, rechtfertige ich mich. »Der war doch total romantisch. Vier Hochzeiten und ein Todesfall.«

»Hau ab!«

»Heißt das nein?«, frage ich. Dass Frauen aber auch nie direkt auf Fragen antworten können.

Julia dreht sich mit verschränkten Armen von mir weg. »Lieber leg ich mich neben George ins Grab!«

Ich will Julia gerade entgegenhalten, dass es in dem kleinen Loch ein wenig eng werden könnte, als sich Hilde einmischt. »Kinder!«, ruft sie. »Wir wollen uns doch jetzt nicht streiten!«

Wir schweigen, ich allerdings weniger wegen Hildes Worten, sondern wegen dem, was sie gerade in der Hand hält.

Einen Hamstercracker! Sie geht auf das Grab zu und wirft ihn hinein. »Den hast du ja so gerne gehabt!« Sie seufzt, schippt ein wenig Erde darüber und stellt sich neben mich.

Also doch! Jetzt ist mir alles klar!

Also wirklich, wirklich klar.

Ich stehe wieder auf und zwicke mich.

Komisch, es tut nicht weh. Aber warum schreit Hilde plötzlich »*Aua!*«? Ist das doch ein Fiebertraum?

Ich brauche endlich Gewissheit!

Ich stürze mich auf das Grab, reiße den Schuhkarton auf und blicke mit großen Augen hinein.

Tatsächlich, dort liegt George Clooney!

Der kleine, braune und ziemlich tote Hamster meiner Nachbarn!

06

Investiere in nichts, das frisst!
Indische Weisheit

Irgendwie schaffe ich es, die Redlichs stehen zu lassen und in mein Reihenhaus zu flüchten. Wie kann man nur einen Hamster George Clooney nennen? Früher wurden Hamster Rudi, Karl oder Longislandicetea genannt. Heutzutage macht es anscheinend keiner mehr unter einem Superstar. Oder wenigstens einem Model. Jeden Tag sterben mindestens zwanzig Tyra Banks, vierzig Britney Spears und ein Waldemar Hartmann. Und Michael Jackson ist heute bestimmt schon tausendmal über den Jordan gemoonwalked. Der ist wenigstens schon tot, wenngleich strittig ist, ob nicht der Großteil seines Körpers schon vorher abgenibbelt ist.

Wieder in meiner Küche angekommen, stelle ich fest, dass sich noch andere Dinge den 'King of Pop' zum Vorbild nehmen und sich gerade davonmachen.

Zum Beispiel das Wasser aus meinem Geschirrspüler. Deswegen klang das Ding so selbstmordgefährdet!

Jetzt allerdings scheint es putzmunter und pumpt

eifrig Spülwasser in meine Küche. Bakterienkulturen, Brotkrumen und Joghurtdeckel schwimmen darin, als sei meine Küche ein Freizeitbad. Ich stürze zu meinem Geschirrspüler und drücke den Aus-Knopf, der dank der Idee irgendeines minderbemittelten Kostendrückers gleichzeitig der Startknopf ist. Ich drücke und drücke, doch nichts tut sich.

Wenn mit Ruhe und Sanftmut nichts zu erreichen ist, kann nur noch eines helfen: rohe Gewalt!

Ich hämmere wie wild auf den Ausschaltknopf, springe hoch wie Bruce Lee und trete an das Bedienpanel. Der Geschirrspüler scheint das als Anfeuerung zu interpretieren und gibt jetzt richtig Gas. Es rumort in ihm, als habe jemand aus Versehen einen Schleudergang eingebaut. Mir bleiben nur zwei Möglichkeiten: Erstens, den Strom abstellen. Oder zweitens, den Hauptwasserhahn zudrehen. Oder mich in den Fluten ertränken, aber das ist schon Möglichkeit Nummer drei und deswegen sehe ich davon ab.

Ich stürze in die Diele und reiße den Sicherungskasten auf. Mindestens zehn verschiedene Sicherungen strahlen mich an. Als kürzlich ein Mixer von mir durchgedreht ist, hab ich mir vorgenommen, sie zu beschriften. Doch dann haben auf meiner internen Prioritätenliste andere Dinge mehr Aufmerksamkeit genossen: Den Highscore in *Lemmings* knacken oder die verlorenen DVDs von *Lost* wiederzufinden.

Das Wasser steigt indessen so schnell wie eine Aktie am neuen Markt. Vor dem Platzen der Dotcom-Blase. Es reicht schon bis an meine Knöchel. Ich muss dringend etwas tun! Ich zwicke mich zur Sicherheit noch mal, schreie auf und schreite zur Tat. Jetzt ist nicht die

Zeit für Trial-and-Error und so schnippe ich alle zehn Sicherungen nach unten.

Plötzlich ist meine Wohnung von einer unglaublichen Ruhe erfüllt. Man könnte sie fast schon Stille nennen, wenn da nicht dieses klägliche Wimmern wäre.

Mein Wimmern.

Wie konnte ich ihn vergessen?

An meinen Knöcheln spüre ich, dass das Wasser immer noch steigt. Ich muss Prioritäten setzen. Genau wie ein Topmanager. Nur müssen die ihre Entscheidungen später nicht ausbaden und wenn doch, dann wartet schon ein goldener Fallschirm auf sie. Ich hingegen muss für jeden Fehler selbst geradestehen.

Kurzentschlossen rolle ich meine Hose über die Knie und wate zu meinem Geschirrspüler. Davor schwimmen mehrere Exemplare einer mir unbekannten Lebensform, die es sich auf einem Stück Toastbrot bequem gemacht haben. Ihre pelzigen Vertreter winken mir zu. Oder sie bedrohen mich. So genau ist das nicht zu erkennen, denn sie sind ziemlich klein. Wie auch immer, ich hab jetzt keine Zeit, mich um sie zu kümmern. Ob es Gott manchmal genauso geht?

Ich glaube schon, jedenfalls wenn er eine Einbauküche besitzt. Oder einen Geschirrspüler. Das Ding ist jetzt zwar ausgeschaltet, aber das Wasser hat davon anscheinend nichts mitbekommen und strömt einfach weiter.

Da kann nur noch der Hauptwasserhahn im Keller helfen!

Auf dem Weg dorthin muss ich durchs Wohnzimmer, öffne die Verbindungstür und das Wasser fließt hinein. Sofort will sich meine Vinylsammlung todesmutig in die Fluten stürzen. Ganz vornweg die Single *Rivers of Babylon*. Ich muss daran denken, wie viele Taschen voller Taschengeld ich als Teenager geopfert habe, um sie zu kaufen. Während andere an ihrem Moped oder der Nachbarstochter herumschraubten, trug ich mein Geld zu eBay und ersteigerte Single um Single von Boney M.

Leider ist das mal wieder eine extrem peinliche Band, aber eine unglaubliche Wertanlage. Hat mir zumindest mein damaliger Anlageberater erzählt, der selbst über eine stattliche Sammlung verfügte, die er mir dann verkaufte.

Ich schnappe mir die Platten und stelle sie in der Küche auf den Kühlschrank. Dort sind sie erst mal sicher.

Jetzt aber nichts wie ab in den Keller. Ich haste die Treppe hinunter und öffne den Hobbyraum. Wenn ich mich recht erinnere, befindet sich dort der Hauptwasserhahn. Was immer der im Hobbyraum zu suchen hat.

An der Stelle, wo ich den Hahn vermute, steht ein ausrangierter Kleiderschrank aus massiver Eiche. Obwohl ich kein Schwächling bin, gelingt es mir nicht, den Schrank von der Wand wegzuschieben. Das hat man davon, wenn man keine Wegwerfmöbel kauft. Vielleicht stammt das Gewicht des Schranks aber auch von den schätzungsweise tausend *Lustigen Taschenbüchern*, die darin lagern. Eine weitere Wertanlage von mir, die momentan buchstäblich im Keller ist.

Wie an der Börse hilft da nur noch radikales umschichten. Fünf Minuten später habe ich den Schrank geleert und schaffe es tatsächlich, ihn soweit zu verrücken, dass ich an den Hauptwasserhahn komme. Im Unterschied zu den Ölförderfirmen dieser Welt, die bestimmt drei Monate und zehn Ausreden gebraucht hätten, um das Leck abzudichten, schaffe ich es in zehn Sekunden den Hahn zuzudrehen. Ich bin fast ein wenig stolz auf mich.

Das ändert sich schnell, als ich wieder in die Küche komme und erkennen muss, dass mein Mülleimer gerade einen Segeltörn auf meinem Küchensee unternimmt und dabei kentert.

07

Wir reden hier eigentlich von Peanuts!
Deutsche Bank CEO Hilmar Kopper nach der Schneider-Pleite über Konkursforderungen von Handwerkern in Höhe von 50 Millionen DM

Zwei Dinge sind als Nächstes zu tun: Erstens das Wasser ablassen und zweitens den Klempner rufen. Und drittens nachschauen, wie es *ihm* geht.

Punkt eins gestaltet sich dank einer früheren genialen Idee von mir einfach. Beim Bau des Hauses habe ich eine Terrassentür anlegen lassen, die von der Küche in den Garten führt. In erster Linie sollte das im Sommer die Bier- und Essensversorgung sicherstellen, es also Claudia erleichtern, mich zu bedienen.

So habe ich ihr das damals im Scherz erzählt, denn ich war immer der Hausmann von uns beiden. Aber Claudia fand das leider nicht lustig. Wie die meisten meiner Witze. Vielleicht ist sie deswegen mit diesem Happyhappydeppitypen zusammen?

Tja, sie war eben die falsche Frau für mich und ich für sie der falsche Mann. Das kommt häufiger vor, als man denkt und besser man merkt das vor der Ehe so wie wir.

Das erste Mal wurde ich skeptisch, als sie sich in Ludwigshafen-Oggersheim aus unerfindlichen Gründen nicht sicher genug gefühlt hat und beim Einzug eine Haustürüberwachungskamera hat installieren lassen.

Dann fand sie, man dürfe das Auto nicht an anderen Tagen als Samstags waschen und schließlich mussten wir am Sonntagabend selbst dann den Tatort schauen, wenn er aus Ludwigshafen kam.

Da hätte ich schon wissen müssen, dass es kein gutes Ende nehmen würde.

Doch genug aus der Vergangenheit, schließlich gibt es im Hier und Jetzt dringendere Probleme zu lösen. Der Nordkoreakonflikt, die Krise des Kapitalismus und das Wasser in meiner Küche.

Mit einem Ruck öffne ich die Terrassentür. Sofort schießt das Wasser über meine Veranda in den Garten. Nebenbei spare ich mir so das Gießen, was angesichts des trotzigen Brauns meines Rasens ein wenig überfällig ist.

Der mitschwimmende Müll gibt mir allerdings zu denken. Ich will ihn noch stoppen, doch der reißende Geschirrspülerfluss kommt viel zu schnell an die Grenzen meines 15-Quadratmeter-Imperiums. Nun besitze ich einen dieser hölzernen Jägerzäune, die in den Sechzigern mal *in* waren und die halten weder Kaninchen, noch Hamster noch kleinteiligen Müll auf. Die ganze Suppe fließt ohne anzuklopfen durch meinen Jägerzaun in den Garten der Redlichs. Nur die größeren Müllteile bleiben auf meiner Seite hängen, doch selbst das Toastbrot schafft es durch die Holzmaschen des Zauns.

Siegfried, Hilde und Julia Redlich stehen vor ihrer Gasverbrennungsanlage und lächeln. Zumindest bis zu dem Moment, an dem mein Müll sanft ihre Zehen umspielt wie die Gicht an einem Strandspaziergang am Meer. Die Redlichs blicken mich vorwurfsvoll an, doch eigentlich hätte *ich* allen Grund dazu.

Wie können die angesichts des frischen Grabs in ihrem Garten einen Grillabend veranstalten? Haben die denn überhaupt kein Pietätsgefühl?

Ich renne in die Küche, um mit einem Müllsack wiederzukommen und das Schlammassel aufzuräumen, doch mit Müllsäcken ist es wie mit der Polizei: Wenn man sie braucht, sind sie nicht da.

Ich haste wieder zurück in meinen Garten. »Habt ihr einen Müllsack?«, rufe ich Julia zu.

Sie schnappt nach Luft, sprintet an meinen Jägerzaun und stemmt ihre Hände in die Hüfte. »In Frankfurt gibt es sowas nicht!«

»Wie? Da gibt es keine Müllsäcke?«

»So Idioten wie dich gibt es dort nicht!« Ihr Gesicht ist jetzt so rot wie ihre High Heels. »Dort ist man kultiviert!«

Das ist zu viel. Diese Bankluftpumpen in Frankfurt gehen mir schon länger auf den Keks. »Erst Milliarden verspielen und dann nach Staatshilfe rufen, das nennst du kultiviert?«

Julia schnappt erst mal wieder eine Runde nach Luft und fordert mich dann zu autoerotischen Handlungen mit meinem Mittelbein auf. Als ich darauf aus anatomischen Gründen nicht eingehe, verschwindet sie fluchend im Haus ihrer Eltern.

Ich zwicke mich wieder und es tut immer noch weh. Komisch, früher war Julia nicht so hysterisch. Oder wollte ich das nur nicht wahrhaben? Was hab ich eigentlich mal an ihr gut gefunden? Klar, sie sieht blendend aus und verdient eine Menge Geld, aber das trifft auch auf Angela Merkel zu.

Also das mit dem Geld. Außerdem sind die inneren Werte viel wichtiger. Und irgendwie scheinen die seit der Schulzeit bei Julia ein wenig durcheinandergeraten zu sein. Aber das ist ja schon anderen passiert, die bei der Deutschen Bank arbeiten, man denke da nur an Victory-Josef und Peanuts-Hilmar.

Ich gehe zurück in mein Eigenheim, schnappe mir die Gelben Seiten, blättere dreimal unter 'K' hin und her, finde aber keine Klempner. Vielleicht haben die sich jetzt auch schon Künstlernamen gegeben? Unter *Tiger Woods Rohrverlegungsservice* steht allerdings nichts. Ich gebe nicht auf und versuche es bei den Gas- und Wasserinstallateuren.

Bei Tiger Woods kann ich das nicht beurteilen, aber sein Beinah-Namensschwippschwager Woody Allen ist ein intelligenter Mann. Von ihm stammt der Spruch: *Es gibt nicht nur keinen Gott, sondern versuch mal, am Wochenende einen Klempner zu kriegen.* Ich muss sagen, der Mann hat prophetische Fähigkeiten.

Ich nehme den Hörer meines Festnetztelefons ab und drehe die Nummer in die Wählscheibe. Ich liebe dieses Telefon, es war noch nie kaputt und bezieht das bisschen Strom für den Betrieb über die Telefonleitung. So war das früher üblich, aber das weiß heute keiner mehr, weil jeder nur noch mit einem Drahtlostelefon oder dem Handy telefoniert.

Vermutlich um auch auf dem Klo erreichbar zu sein. Bald bin ich wohl der Einzige, der keines von den Dingern besitzt.

Zehn Minuten später muss ich diese Einschätzung revidieren. Die Gas- und Wasserinstallateure dieser Welt scheinen grundsätzlich auch keine Handys zu nutzen, denn ich erreiche ausschließlich Anrufbeantworter.

Als ich schon aufgeben will, finde ich doch noch eine Anzeige. Sie steht unter 'K', aber ich habe sie erst überlesen, denn sie stammt von einer Firma namens Klämpnär-Kemal.

Aus Mannheim.

Mannheim liegt auf der anderen Rheinseite neben Ludwigshafen und die Stadt hat zwar einige bekannte Söhne, aber offensichtlich keine Klempner, die orthografisch auf der Höhe sind. Ich versuche es trotzdem und wähle die Telefonnummer.

Schon nach dem ersten Tuten meldet sich eine tiefe Stimme mit anatolischem Akzent. »Hier Vliese-Kemal, was los?«

»Mein Geschirrspüler ist ausgelaufen.«

»Wenn Geschirrspüler hat Diarrhö, du müsse anrufe bei Klämpnär!«

»Hab ich doch«, sage ich.

»Aber ich nix mehr Klämpnär«, antwortet Kemal. »Hat niemand angerufe für Klämpnär, also ich umgeschult auf Vlieselägär. Findest du in gälbe Seite unter V.«

»Und hat da schon jemand angerufen?«

»Laufe nix gut momentan«, antwortet er resigniert. »Vielleicht müsse umschule zu Dachdecker.«

»Dachdecker? Das klingt gut.«

»Ja, klinge gut, aber ich nix schwindelfrei«, seufzt Kemal. »Schwer finde Arbeit als Ausengeländer in Deutschesland.«

»Also wenn Sie noch als Klempner arbeiten würden, hätte ich einen Auftrag für Sie.«

»Mmmh«, brummelt Kemal. »Würde komme, aber Auto voll mit Vliese.«

»Soll ich Sie abholen?«

»Ach was, komme Straßebahn. Wo du wohne?«

»In Ludwigshafen-Oggersheim.«

»Oggersheim? Du dickes Ex-Kanzler?«

»Nein, Käfer«, seufze ich. Endet das nie mit diesen Kanzlervergleichen?

»Ah, Käfer, wie Auto. Gut zu merke. Straße?«

»Kaltbacherstraße elf.«

»Karl-das-Käfer-Straße älf«, wiederholt Kemal.

Ich korrigiere ihn und lege auf. Irgendwie habe ich Zweifel, dass es dieser Klempner zu mir schaffen wird.

Aber jetzt ist erst einmal ein anderes Problem an der Reihe. Es sitzt im Obergeschoss.

Oder genauer gesagt *er*.

08

Warum kommt ein Handwerker nicht in den Himmel?
Weil er die Anfahrt berechnet!
Unbekannt

Mit mulmigem Magen wage ich mich ins Obergeschoss.

Andererseits, was kann schon passieren, wenn ein hypermoderner Computer während eines Betriebssystemupdates keinen Strom mehr bekommt? Außerdem habe ich die Installation schon vor einer Stunde gestartet, als die Welt noch in Ordnung war. Fast.

Das Update stand auch schon seit Jahren auf meiner Prioritätenliste. Eigentlich gab es keinen Grund zu wechseln, denn Windows 98 ist vergleichsweise stabil. Die neun bis zwölf Totalabstürze am Tag kann ich prima dafür nutzen, Tee zu kochen, meine Vinylsammlung zu pflegen oder das *Lexikon des unnützen Wissens* auswendig zu lernen.

Aber irgendwann ist das auch erledigt und Windows XP ist nun mal der letzte Schrei. Respektive war es mal gewesen, als ich das Thema auf meiner Prioritätenliste aufgenommen habe.

Vorsichtig öffne ich die Tür zu meinem Arbeitszimmer. Dort steht er. Auf dem Schreibtisch. Mein Designer-PC.

Vermutlich werden bei allen anderen Computerherstellern die PCs von Programmierern, Aushilfsputzmännern oder Hauspostangestellten entworfen und nicht von Designern, denn wie sonst ist zu erklären, dass mein Rechner diesen schmucken Titel trägt? Aber warum nennt diese Marke mit dem angenagten Obststück ihre Rechner nicht auch Designer-PC, obwohl deren Computer so aussehen, als habe sie jemand entworfen, der Ahnung davon hat? Vielleicht beschäftigen die eine besonders begabte Putzfrau?

Egal, hier und jetzt geht es nicht ums Aussehen, sondern um die inneren Werte. Ich drücke auf den Anschaltknopf, der natürlich gleichzeitig der Ausschaltknopf ist und warte. Eins, zwei, drei, vier, fünf, sechs, sieben, acht, neun Sekunden vergehen.

Bei neunundneunzig höre ich auf zu zählen. Jetzt hätte der Startbildschirm doch mal kommen können!

Wieder drücke ich den Knopf. Nach dem vierten Mal beginne ich zu fluchen und nach dem sechsten Mal auf den Rechner einzuhämmern.

Dann schlage ich mir selbst an den Schädel. Mann! Die Sicherungen sind noch ausgeschaltet! Hat mich mein Goldstück doch nicht im Stich gelassen!

Ich renne in die Diele und drücke die Sicherungen wieder rein. Mein Geschirrspüler goutiert das mit einem Blinkkonzert am Anzeigenpaneel, zieht es ansonsten aber vor zu Schweigen. Ich springe ins Obergeschoss und starte den Rechner.

Sofort flackert der Bildschirm und das Wunder der

Technik nimmt ratternd seine Arbeit auf.

Ich bin erleichtert, denn mir ist inzwischen eingefallen, dass ich all meine Kontakte auf dem Computer gespeichert habe, jede Telefonnummer, jede Adresse, einfach alles. Zwar wollte ich mal ein Backup machen, aber das stand auf meiner Prioritätenliste bisher nicht an vorderster Stelle.

Genau genommen auf Platz 133, zwischen *Steuererklärung für 2008 einreichen* und *Francs, Peseten und Lire in Euro umtauschen.*

Gebannt starre ich auf den Computermonitor. Beim ersten Bluescreen denke ich mir noch nichts, ab Nummer vier schwant mir Böses und nach fünf Minuten Knopfdrückerei muss ich schließlich einsehen, dass mein Computer in die elektrischen Jagdgründe eingezogen ist.

Ich sinke in mich zusammen. Mit Julia hab ich es mir verscherzt, mein Haus hat einen Wasserschaden, mein Geschirrspüler einen Dachschaden und mein Computer leidet an inoperabler Amnesie.

Ich bin allein.

Da klingelt es an der Haustür.

Ist das Julia?

Ich renne die Treppen hinunter, öffne die Tür und blicke in einen schwarzen Vollbart. »Endlich gefunde, Karl-der-Käfer-Straße«, sagt der Mann dahinter, stellt seine Werkzeugkiste ab und überreicht mir eine Visitenkarte. Darauf steht: *Klämpnär-Kemal, immerzu irre Dienste.*

»Das heißt: Immer zu Ihren Diensten«, sage ich, doch Kemal hört gar nicht hin und zwängt sich an mir vorbei.

Schnell merke ich, dass er vom Klempnerhandwerk einiges mehr versteht als von deutscher Rechtschreibung. Er klemmt den Geschirrspüler ab und stellt ihm den Totenschein aus. »Isse nix mehr zu mache«, sagt er. »Verkalkt wie altes Oma.«

Beim Blick auf die Rechnung glaube ich, an spontanem grauen Star erkrankt zu sein. Klempner sind ja für alle möglichen Schandtaten bekannt: Anfahrtswege, die über Australien führen, Rohrverlegung nicht nur im Haus, sondern auch bei der Hausfrau und nicht zuletzt die Pleite Griechenlands.

Okay, ich gebe es zu, letzteres waren wir Banker. Bestimmt hängt an der Himmelspforte trotzdem ein Schild, auf dem steht: *Zutritt für Diktatoren, Finanzbeamte und Klempner verboten.*

Wie auch immer, diese Rechnung überrascht mich jetzt wirklich. Das kann nur ein ganz perfider Trick sein. »Zwanzig Euro?«, frage ich und lege meinen Kundenkontrollblick auf. »Das ist alles?«

»Sicher«, nickt Kemal. »War ja nur zehn Minut Arbeit.«

»Und was ist mit der Anfahrt?«, frage ich, nicht ohne mich im nächsten Moment dafür in Gedanken zu ohrfeigen. Aber ich bin nun mal eine ehrliche Haut und außerdem tut es mir in der Buchhalterseele weh, wenn Kosten nicht ordentlich verbucht werden.

»Hab Monatskarte«, lächelt er. »Kann ich sonst noch was für Karl das Käfer mache?«

Matthias, denke ich, doch ich korrigiere ihn nicht. Dafür seine Visitenkarte. »Versuch es mal so«, sage ich und gebe sie ihm zurück.

09

*Es ist wie ein Klempner; wenn du es gut machst,
merkt es niemand, aber wenn du es vermasselst,
ist alles voller Scheiße.*
Dustin Hoffman als Stanley Motss in Wag the Dog

Am nächsten Morgen bin ich von den Aufräumarbeiten in den Überschwemmungsgebieten ziemlich gerädert. Dennoch stehe ich noch vor dem ersten Weckerklingeln auf. Es gibt viel zu tun. Ich dusche mich und hole den *Oggersheimer Boten* aus dem Briefkasten. Ich falte ihn sorgfältig auseinander und trockne damit die letzten Wasserreste auf den Küchenfliesen. Mehr kann man mit der Zeitung ohnehin nicht anfangen, denn wie immer ist in Ludwigshafen-Oggersheim nichts passiert. Hier passiert nie etwas, trotz Helmut Kohl und Daniela Katzenberger.

Gut, andere Städte können mit Goethe, Luther, Einstein oder Mario Barth glänzen, aber Letzterer ist ja auch kein Grund zum Stolz.

Nachdem ich die Aufräumarbeiten in der Küche abgeschlossen habe, steige ich in meinen Opel Corsa und fahre zur Reinigung. Die Reinigungsfachkraft ist zwar ein wenig irritiert, dass ich den frisch gewaschenen Anzug noch in ihrem Laden anziehe, aber sie sagt nichts.

Im Gegensatz zu Sparkassenfilialleiter Osram-Huber, dem sofort auffällt, dass ich dreißig Sekunden zu spät zur Arbeit komme. Ist ja auch kein Wunder, denn wir arbeiten nur zu dritt. Herr Huber, Typ zu kurz gekommener Diktator in der Midlife-Crisis; Frau Weber, von der ich nicht viel mehr weiß, als dass sie 55 und verheiratet ist und meine Wenigkeit. Neben uns vervollständigen zwei Bankautomaten, ein Überweisungsautomat und ein Kontoauszugsdrucker die Besatzung unserer Mini-Filiale in City-Nähe.

Die Mini-Filialen hat sich irgendjemand aus der Teppichetage ausgedacht, um für mehr Kundennähe zu sorgen. Natürlich entwickeln solche Ideen immer Leute, die selbst absolut keine Kundennähe besitzen. Aber der wahre Grund ist wahrscheinlich ohnehin, die Mitarbeiter auf diese Weise besser überwachen zu können.

Und wenn Osram-Huber eines gut kann, dann das. »Turnschuhe!«, ruft er, kaum habe ich die Filiale betreten und zeigt auf meine Sneakers. »Ich hatte doch ausdrücklich Turnschuhverbot erteilt!«

»Ich hab einen neuen Werbeslogan«, lenke ich ab, denn über das Turnschuhthema will ich nicht schon wieder diskutieren. »Wir drehen einen Spot mit einem Rucksackreisenden, der in einem abgelegenen indischen Tempel mit seiner Sparkassen-Card ein paar Souvenirs bezahlen will. Sein Gegenüber, ein indischer Guru, nimmt die Karte, schaut sie skeptisch an und steckt sie einer Shiva-Statue in den Mund. Die rattert ein wenig, spuckt plötzlich Geld aus und dann sieht man den Slogan: *Wenn's um die Welt geht, Sparkasse.*«

»Sie haben schon wieder Turnschuhe an!«, entgegnet Huber, als hätte ich gerade mit einer Wand geredet.

Das kann ich auch. »Das ist eine neue Imagekampagne mit ständiger Variation des bekannten Slogans: *Wenn's um Geld geht, Sparkasse.* Der nächste Spot spielt in einer Westernstadt«, beginne ich, bevor Huber etwas sagen kann. »Eine Barfrau wird immer von einem üblen Typen belästigt ...«

»Herr Käfer!« Huber stellt sich nun direkt vor mich. »Kommen Sie mir nicht wieder mit der blöden Idee, dass ich Sie in die Werbeabteilung schicken soll. Sie wollen denen doch nur Ihr bescheuertes Konzept vorstellen!«

»Ach, und irgendwelche Vampire, die sich um ihre Altersvorsorge Gedanken machen, sind nicht bescheuert?«

»Was?«

Ich seufze. Osram-Huber kennt nicht mal die eigenen Werbekampagnen. Kein Wunder schickt er mich nicht in die Werbeabteilung. Dabei habe ich nur ein simples Ziel: Die Leute sollen sehen, dass hier echte Menschen arbeiten und keine Renditeroboter.

Da Huber mein Anliegen beständig ignoriert, tue ich das jetzt auch, öffne meine Schublade und reiche ihm das Werbedossier, das ich in Heimarbeit vorbereitet habe. »Darin steht, was eine echte Bank heute ausmacht und wie man das kommuniziert. Und wenn ich in die Zentrale dürfte ...«

»Ich geb Ihnen Zentrale!« Osram-Huber läuft rot an wie eine Puff-Glühbirne. So viel zu seinem Spitznamen. »Und zwar für jeden Turnschuh eine Stunde Sonderschicht an der Reklamationshotline. Nach Feierabend um 16:30 Uhr!«

»Wir schließen heute um 16:00 Uhr«, sage ich noch, doch Huber hört schon gar nicht mehr hin.

Ich stecke das Dossier weg und gehe an mein Pult. Neben mir steht Frau Weber, die gerade in der Buchhalterbibel liest. Sie hätte eigentlich als Sekretärin in der Buchhaltung anfangen sollen, doch die wurde noch vor ihrem Jobantritt nach Indien verlegt. Dummerweise sind ihre Fähigkeiten im Sanskrit-Steno nur mittelmäßig und zum Pendeln ist die Strecke Ludwigshafen-Bangalore ein wenig zu weit.

Auch wenn Huber das anders sieht.

Ich begrüße Frau Weber und warte dann auf den ersten Kunden.

Und warte.

Und warte.

Tja, die Arbeit ist heute mal wieder so spannend wie eine Sendung bei 9Live. Während die wenigstens noch unfreiwillig komisch sind, gibt es bei uns nichts zu lachen. Geld ist eine ernste Sache, meint Huber, und wir seien ein seriöses Institut. Mit dem letzten Punkt hat er wenigstens recht, denn im Gegensatz zu den meisten anderen Banken haben wir keine Milliarden in amerikanischen Hypotheken, nichtexistenten deutschen Einkaufscentern und italienischen Kreuzfahrtschiffen versenkt.

Trotzdem verbringen wir den Vormittag kundenlos. Kein Wunder, es ist ja auch Montag und das im August. Und wir sitzen nicht in der Münchner Innenstadt, sondern in der von Ludwigshafen.

Punkt.

Gegen Nachmittag schöpfe ich Hoffnung. Ein paar Rentner verirren sich in unsere Mini-Filiale. Nach ein paar Minuten stellt sich heraus, was sie wollen: eine Brille vom Optiker nebenan.

Mir gelingt es immerhin noch, ihnen einen Sparbucheröffnungsantrag in die Hand zu drücken. Als ich es auch noch schaffe, das Papier im Kontoauszugsdrucker nachzufüllen, ohne meine Hände mit Toner zu beschmieren, bin ich ein zufriedener Bankangestellter.

Jedenfalls bis mir einfällt, dass noch zwei Stunden Sonderschicht auf mich warten.

Nach Schalterschluss tripple ich zur Zentrale. Sehnsüchtig blicke ich das Hochhaus hinauf in den achten Stock. Dort sitzt die Werbeabteilung. Hier werden die weltweiten Werbestrategien der Sparkasse Vorderpfalz entwickelt. Ohne mich und meine brillanten Ideen. Das muss sich ändern!

Vorerst jedenfalls darf ich nicht so hoch hinaus, sondern muss in den Keller. Wenigstens ist die Reklamationsabteilung schallgeschützt und mit einem Boxsack ausgestattet. Anscheinend zum Frustabbau. Auf dem Boxsack prangt in großen Lettern der unehrlichste Spruch der Wirtschaftsgeschichte: *Der Kunde ist König.*

Klein, mit Filzstift darunter geschrieben steht die Wahrheit: *Und ich bin Kaiser.*

Ich setze mich an den Schreibtisch und starre auf das Telefon. Nach zwanzig Sekunden klingelt es zum ersten Mal. Und nach sechzig Sekunden erneut.

Die zwei Stunden vergehen wie im Flug mit Ryanair. Ich kann nicht mal auf die Toilette. Wie mir meine Ablösung später erklärt, sind einundfünfzig Anrufe in einhundertzwanzig Minuten guter Durchschnitt. Dabei gibt es bei der Sparkasse gar nicht so viel zu reklamieren.

Außer vielleicht die Telefonnummer; denn wie ich nach einigen Anrufen feststelle, ist sie bis auf zwei verdrehte Ziffern identisch mit der Hotline von Ikea. Erst störe ich mich daran, doch dann bin ich voller Eifer. Am Ende komme ich auf achtundvierzig Telefonate mit mir bisher unbekannten Frauen und lege freiwillig noch fünf Minuten drauf, bis ich die fünfzig überschritten habe.

Nur ein einziger Mann war am Apparat, aber der hatte es in sich. Knechter hieß er, wie passend. Er wollte mir einfach nicht glauben, dass er sich verwählt hatte. Wahrscheinlich würde Herr Knechter jetzt noch mit mir diskutieren, wenn ich nach fünfzehn Minuten nicht einfach aufgelegt hätte. Trotzdem, alles andere waren freundliche Frauen.

Wie ist das erst im Ikea selbst?

Außerdem verkaufen die bestimmt Geschirrspüler!

Und Hotdogs, wenn ich mich recht erinnere. Na ja und irgendwelche Möbel. Wer immer die braucht.

Voller Vorfreude steige ich nach Feierabend in meinen Corsa und fahre nach Schweden. Also nicht direkt dorthin, sondern in den beliebtesten Ersatz dafür: Ikea.

10

Ich klaue bei IKEA diese kleinen Bleistifte, die finde ich so herrlich. Wenn ich zu IKEA gehe, nehme ich nicht nur einen, sondern immer fünf, und damit schreibe ich. Die hab ich neben dem Bett, neben dem Schreibtisch und in allen Taschen.
Elke Heidenreich

Wie alle echten Männer hasse ich Möbelhäuser. Regelmäßig werde ich dort immer von einem spontanen Müdigkeitsreflex befallen, der mich sonst nur in impressionistischen Kunstmuseen übermannt. Und bei Spielen von Arminia Bielefeld.

Doch schon nach dem sechsten Hotdog spüre ich, Ikea ist anders. Während mein Großhirn mit meinem Magen diskutiert, ob er noch einen weiteren Wurstweißbrotwulst verträgt, schiebt eine Frau ihren Einkaufswagen mit einem riesigen Karton an mir vorbei. *NUTID* steht auf dem Karton. Der Name irritiert mich, passt er doch eher zu der Produktpalette eines Schönheitschirurgen, denn eines Möbelhauses. Trotzdem erkenne ich sofort, was sich in dem Karton befindet. Ein Geschirrspüler!

Ich verzichte auf Hotdog Nummer sieben und mache mich auf in die Küchenabteilung. Nach einem ausgedehnten Verdauungsspaziergang durch die Betten-, Wohnzimmer-, Bad-, Büro- und Kinderzimmerabteilung finde ich sie endlich. Inzwischen habe ich allerdings Zweifel, ob die Namensgeber bei Ikea wirklich wissen, was sie da tun. Wie kann man ein Bett *Gutvik* nennen, eine Matratze *Hamarvik*, eine WC Bürste *Viren*, einen Computertisch *Jerker* und ein Stuhlkissen *Kackling*?

Doch *sie* lässt mich das alles vergessen: Schulterlanges, blondes Haar, blaue Augen, Stupsnase und ein so freundliches Lächeln, wie man es in deutschen Geschäften nur selten erlebt. Selbst ihre Berufsbekleidung in blau-gelb, deren Farbkombination an diese 1,8-Prozent-Spaßverderberpartei erinnert, stört mich nicht an ihr. Diese Frau wirkt so authentisch, so ungekünstelt, sie braucht keine tollen Klamotten. Eigentlich braucht sie gar keine Klamotten.

Mein Blick streift ihr Namensschild, gerade lang genug, damit ich mitbekomme, dass sie Anna heißt. Dann starre ich auf ihre Schuhe. Sneakers, genau wie ich. Ist das ein Zeichen?

Doch wie immer bei hübschen Frauen ist mir schon jemand zuvorgekommen. Ein Mann, Mitte fünfzig. Er hat die Haare daheim vergessen oder sie haben das sinkende Schiff schon lange verlassen.

Ich stelle mich hinter ihn. Er spricht so laut, dass man ihn wahrscheinlich noch in Bangladesch hören könnte, jedenfalls wenn alle anderen Erdenbewohner mal einen Moment still wären. Schon nach zehn Sekunden fällt aus seinem Mund dreimal das Wort *Beschwerde.*

Irgendwoher kenne ich die Stimme. Aber wahrscheinlich bilde ich mir das nur ein, weil dieser Kundentyp gerne auch Banken bevölkert: Er hört niemandem zu, nicht mal sich selbst und ist nur glücklich, wenn er etwas zu meckern hat. Außerdem finden diese Meckerprofis nie ein Ende und suchen sich immer die nettesten Kollegen aus, weil alle anderen sie nach fünf Minuten aus dem Laden treten würden.

Doch Anna behält immer noch die Ruhe und bleibt freundlich. Sie erklärt ihm, dass es eine Reklamationsabteilung gäbe, die sich seinem Problem annehmen würde, doch das interessiert den Kerl natürlich nicht.

»Da war eine Schraube zu viel in meinem Billy-Regal«, sagt er und dann weiß ich, woher ich ihn kenne. Es ist Knechter, der Super-Querulant aus der Sparkassen-Hotline, der sich verwählt hat. »Ich habe das Ding viermal auseinander- und wieder zusammengebaut, um die fehlende Schraube einzusetzen, doch die war immer noch übrig.«

»Vielleicht stammt die Schraube gar nicht von IKEA, sondern sie war bei Ihnen schon locker?«, frage ich, doch er ignoriert mich.

Stattdessen beugt er sich vor zu Anna. »Ich fordere von Ikea Schadenersatz für die entgangene Zeit!«

Klar, für seine eigene Dummheit kann er schließlich keinen bekommen.

»Außerdem war die Bedienungsanleitung nicht in Deutsch«, fährt er fort.

»Die ist ohne Sprache«, sagt Anna. »Sondern nur mit Illustrationen, damit sie weltweit jeder verstehen kann.«

»Ich nicht«, entgegnet er. »Das waren nur irgendwelche Zeichnungen. Ich hab doch kein Comic gekauft, sondern ein Regal.«

Als er nun auch noch die Worte *Klage, Abmahnung* und *Frauen verstehen nichts von Technik* durch den Ikea schreit, reicht es mir. Wir Mitarbeiter im Dienstleistungsgewerbe müssen zusammenhalten. Ich stelle mich neben ihn und tippe ihm auf die Schulter. »Herr Knechter?«

Dieses Mal schaut er mich an. Es hilft eben immer, die Leute mit ihren Namen anzusprechen. »Ja?«

»Draußen wartet jemand von der Lottozentrale. Ihre zwei Dreier werden jetzt doch als Sechser gewertet.« Da er mir bei seinem Anruf seine gesamte Lebensgeschichte vorlamentiert hat, weiß ich zufällig, dass er die Lottogesellschaft wegen Ignorierung mathematischer Tatsachen verklagen will.

»Sehen Sie, die sind auch schon eingeknickt«, sagt er noch zu Anna, dann wendet er sich wieder mir zu. »Ein Sieg für den gesunden Menschenverstand!« Seine Hände formen eine Beckerfaust. Als hätte der damit etwas zu tun. Also mit dem gesunden Menschenverstand. »Wo warten die denn?«

»Vorn am Eingang«, antworte ich. »Es ist der Mann mit den beiden Aktenkoffern. Er hat das Geld gleich dabei.«

Ich sehe Eurozeichen in Knechters Augen und er lässt uns stehen. Wahrscheinlich wird er noch in zwanzig Jahren am Ikea-Eingang umherirren und den

Mann mit den Aktenkoffern suchen. Ich habe kein Mitleid mit ihm. Solche Menschen sind der Grund, dass es Spam gibt. Wenn der angebotene Betrag nur groß genug ist, glauben sie selbst den offensichtlichsten Unsinn, selbst wenn dieser in so schlechtem Deutsch geschrieben ist, dass sich jedes Übersetzungsprogramm kaputtlachen würde.

Die Verkäuferin lächelt mich erleichtert an. »Danke«, flüstert sie leise.

Mein Herz bleibt stehen.

Und der ganze Rest auch.

Wie immer bei attraktiven Frauen will mein Gehirn auf keinen Fall einen Fehler machen. Also sieht es nur eine Lösung. Es stellt seine Arbeit einfach ein.

11

Es ist nicht wichtig, was einer einnimmt oder verdient.
Die Hauptsache ist, was einer ausgibt.
Du kannst reich werden, obwohl Du arm bist.
Du darfst bloß nichts unnötig ausgeben.
Ingvar Kamprad, Gründer von IKEA

»Hey, was kann ich für dich tun?«, fragt mich Anna.

Ich steh da wie tiefgefroren, bekomme nicht mal ein *Äh* heraus. Meine ganze Selbstsicherheit ist dahin, jetzt, da meine Traumfrau vor mir steht und mit mir redet.

»Ich suche einen Geschirrdingsbums«, antwortet irgendetwas in mir. Da das unmöglich mein Hirn sein kann, weil es in Gegenwart hübscher Frauen so sicher versagt, wie der Engländer beim Elfmeterschießen, hat wahrscheinlich meine Milz die Kommunikation übernommen.

So schlecht macht sie das gar nicht.

Also für eine Milz.

»Dann bist du hier richtig.« Anna nickt mir freundlich zu. »Möchtest du einen Geschirrspüler für die ganze Familie oder für Singles?«

Ich erröte. »Ich hab einen kleinen, äh, ich meine, ich hab nur einen kleinen Einschub in der Küche«, antwortet meine Milz. Ich zeige mit den Händen die Einschubgröße. »Also so groß.«

»Bist du Fischer?«

»Was?«

»Fischer übertreiben ja gerne.« Sie lächelt erneut ein so bezauberndes Lächeln, dass ich alle Julias und Claudias dieser Welt vergesse. »Zumindest in Schweden.«

»Hier auch«, sagt meine Milz. »Aber ich arbeite auf der Bank.«

»Dann sind das fünfundvierzig Zentimeter«, stellt sie fest. »Bei euch stimmen ja immer alle Zahlen.«

Wenn du wüsstest, denkt meine Milz noch und weil sie weiß, dass man nur der Bilanz trauen kann, die man selbst gefälscht hat, bekommt nun auch sie kalte Füße und verdrückt sich. Irgendjemand in meinem Körper übernimmt die Kontrolle. Wahrscheinlich sind es die Langerhansschen Inseln, die froh sind, dass sie mal was anderes zu tun bekommen, als nur Insulin zu produzieren. »Kannst du mir einen zeigen?«, fragen sie und denken doch nur an zwei Dinge. Genau wie ich.

»Gerne«, sagt Anna und geht von ihrer Theke zu einer Ansammlung von Geschirrspülern.

»Hier hätten wir das Modell Renlig«, erklärt sie. »Fünfundvierzig Zentimeter Einbaubreite, ideal für Singles oder einen Zweipersonenhaushalt.«

»Ist das Modell besser als Nutid?«, fragen die Langerhansschen Inseln.

»Hast du eine Ikea-Küche?«

»Ich glaube nicht.« Wenn die Langerhansschen Inseln rot werden könnten, würden sie es jetzt wohl tun.

»Aber mit den fünfundvierzig Zentimetern bist du dir sicher?«

»Ich hab heute Morgen extra noch mal gemessen.«

»Dann ist Renlig für dich das Richtige. Nutid gibt es nur in groß.«

Das klingt, als müsse ich erst noch wachsen, um mir diesen Nutid kaufen zu können.

»Renlig hat außerdem ein Ökoprogramm«, erklärt Anna. »Da tust du Turnschuhe rein und es kommen Birkenstocks raus.«

Die Langerhansschen Inseln schauen sie irritiert an. Und ich auch.

»Ein kleiner Scherz«, zwinkert sie mir zu. »Ist ja keine Waschmaschine.«

Ich schaue sie immer noch irritiert an, grinse aber wenigstens dabei.

»Das Ökoprogramm spart natürlich Wasser und Strom und das ist gut für die Umwelt, oder?«, erklärt sie.

»Dann nehme ich Renlig«, antworte ich, denn das finden wir beide auch gut, die Inseln und ich.

»Dann können wir den Kaufvertrag gleich fertig machen.« Anna deutet zurück auf ihre Theke.

Kaum folge ich Anna dorthin, passiert es: Die Langerhansschen Inseln starren auf Annas Beine, auf ihren Gang und dann auf ihre Sneakers. Nein, Anna wackelt nicht herum wie ein Supermodel, sie ist nicht spindeldürr und hat auch keine Brüste wie Wassermelonen. Sie ist einfach nur natürlich.

Das ist genau das Problem, denn die Langerhansschen Inseln stehen genau wie ich auf natürliche Frauen. Also werden auch sie nervös und verstummen einfach.

Wieder an der Theke nimmt Anna meine Kundendaten auf. Also genaugenommen die meines Blinddarms, aber er wohnt zum Glück im selben Haus wie ich. Ich steh nur dabei und wünsche mir, das würde ewig so weitergehen. Warum hat der Name meiner Straße keine achthundert Buchstaben? Oder warum wohne ich nicht wenigstens in der walisischen Ortschaft Llanfairpwllgwyngyllgogerychwyrndrobwllllantysiliogogogoch, die laut dem *Lexikon des unnützen Wissens* den längsten Ortsnamen Europas besitzt? Da könnte man doch gemeinsam einige Zeit mit dem Buchstabieren verbringen.

»Postleitzahl?«, fragt Anna.

»67071«, antwortet mein Blinddarm. »Aber der Ortsname ist etwas komplizierter. Er heißt LLanfairpwllqwyngyllgogery…«

»Mein Computer sagt 67071 ist die Postleitzahl von Ludwigshafen-Oggersheim.« Sie schaut mich fragend an.

»So kann man den Ort natürlich auch nennen«, antwortet mein Blinddarm. »Ist vielleicht auch einfacher.«

»Kleiner Scherz, oder?«, sagt sie. »Rache für die Birkenstocks?«

Ich blicke ertappt auf den Boden, während mein Blinddarm antwortet: »Ich wollte nur wissen, ob du denselben Humor hast wie ich.«

Anna nickt mir augenzwinkernd zu. »Offensichtlich bist du genauso eine Witztorte wie ich.« Sie zwinkert mir zu.

Ich zwinkere zurück. Verdammt, nennt man das jetzt Flirten oder was? Würde ich noch die Bravo lesen, würde ich glatt Dr. Sommer danach fragen.

»So, jetzt brauche ich nur noch eine letzte Antwort von dir«, sagt Anna.

»Nur noch eine?« Ich blicke sie enttäuscht an.

»Die meisten Kunden sind froh, wenn die Formalitäten erledigt sind«, antwortet sie.

»Die sind alle bekloppt«, entgegne ich.

»Bekloppt?«

»Ja, die machen sich unnötig Stress. Ist doch viel schöner, in Ruhe einzukaufen.«

»Das finde ich auch.« Anna beugt sich zu mir. »Aber leider sehen *die* das anders.« Sie zeigt auf die wartenden Kunden hinter mir. »Also, willst du den Geschirrspüler selbst mitnehmen und anschließen oder ein Montageteam beauftragen?«

Entweder mein Hirn hat wieder das Regiment über meinen Körper übernommen, oder mein Blinddarm macht das ganz gut. Denn er beschließt, einfach mit einer Gegenfrage zu antworten. Das schindet Zeit. »Was machen die meisten anderen Kunden?«, frage ich also.

»Sie nehmen die Maschine mit und schließen sie selbst an«, antwortet sie. »Ikea mag Männer, die handwerklich begabt sind.«

»Und du?«, denke ich. Laut. Ein wenig zu laut.

»Ich?«, wiederholt sie und errötet. »Ich auch. Sonst wäre ich ja nicht hier.«

»Kommst du eigentlich aus Schweden?« Offensichtlich hat mein Milz wieder die Macht übernommen. Jedenfalls ist die Frage so blöd, dass sich mein Hirn dafür schämt. Bei McDonalds kommt ja auch niemand aus den USA.

»Merkt man das?« Anna schaut mich erstaunt an.

»Ganz leicht am Akzent«, gebe ich mich weltmännisch, obwohl sie perfektes Hochdeutsch spricht. »Das finde ich aber süß«, fügt mein Hirn noch hinzu. Anscheinend will es jetzt auch zeigen was es kann.

»Danke.« Anna errötet noch mehr.

»Und an der Witztorte merkt man es auch«, füge ich hinzu. »Das heißt eigentlich Scherzkeks.«

»Ich weiß.« Sie zwinkert mir wieder zu. »Aber Witztorte ist doch viel lustiger, oder? Stell dir das mal vor, eine Torte, die Witze macht, das ist doch viel besser als so ein kleiner, krümeliger Keks.«

Jemand sagt etwas und es bin nicht ich.

Denn ich lache.

Ich drehe mich nach dem Störenfried um und sehe die gefährliche Schlange hinter mir. Sie hat mindestens fünfhundert Zähne, zwanzig Arme und acht Sahnetortenbäuche. Kunden. Die können ausgesprochen nervig sein, sofern man nicht zu ihnen gehört. Sie scharren mit den Hufen und brummeln irgendwas, das klingt wie *Unverschämtheit!, Sind wir hier bei Herzblatt?* und *Ich bin Rentnerin und hab keine Zeit!*

Doch mich interessiert jetzt nur eines: Anna.

»Danke übrigens noch mal wegen vorhin«, lächelt sie. »Den wäre ich nie losgeworden.«

»Wetten, der sucht immer noch den Mann von der Lottogesellschaft?«, antworte ich.

Anna muss lachen, doch die Rentnerinnen drohen schon mit ihren erhobenen Gehstöcken und Rollatoren.

»Kann ich noch etwas für dich tun?«, fragt Anna und deutet entschuldigend mit dem Kopf auf die zweitausend Jahre Altersstarrsinn hinter mir.

»Wenn ich jetzt noch eine Frage zu meinem Geschirrspüler habe, an wen kann ich mich da wenden?«, ist alles, was ich herausbringe. Kein *Darf ich dich zu einem Hotdog einladen?*, kein *Heirate mich!*, kein *Mach mir ein Kind!*. Mein Hirn ist eben Buchhalter.

»Dann fragst du einfach die virtuelle Ausgabe von mir«, schmunzelt Anna und zeigt auf ihr Namensschild. »Also die 'Anna von Ikea', meine ich natürlich. Du gehst auf die Ikea-Homepage www.ikea.de und klickst oben im Menü auf 'Fragen Sie Anna' und schon wird dir geholfen.«

»Echt?«, sage ich noch, doch dann ist schon der nächste Kunde an der Reihe.

12

Wer behauptet, er ließe sein Geld arbeiten, vergisst dabei die Menschen, die es für ihn tun.
Erhard Blanck, deutscher Heilpraktiker, Schriftsteller und Maler

»Mann, bin ich bescheuert!«, schreie ich über den Parkplatz, kaum hab ich den Geschirrspüler auf die umgelegte Rückbank meines Corsas gewuchtet. Wie soll ich denn auf der Ikea-Homepage Kontakt mit ihr aufnehmen? Ohne Computer?

Schon klar, moderne Menschen nutzen dafür ein Smartphone, aber ich besitze nicht mal ein Handy. Wofür auch? Um ständig erreichbar zu sein? Kein Wunder, kann niemand mehr richtig abschalten, wenn die Geräte immer angeschaltet sind.

Früher war ohnehin alles einfacher. Nach dem Kauf eines Videorekorders war man die nächsten Jahre technisch up to date. Zumindest, wenn es sich nicht um einen Video-2000 Rekorder handelte.

Wo hab ich meinen eigentlich? Egal. Denn obwohl das Ding noch einwandfrei funktionierte, musste ich mir unbedingt einen VHS-Rekorder kaufen, dann kam

Super-VHS, dann die Laserdisc, dann die Video-CD, schließlich die DVD. Und als ich mir gerade einen HD-DVD-Player gekauft hatte, weil das angeblich das zukunftssicherste Format war, setzten sich die Blu-Ray-Player durch.

Danach hatte ich endgültig genug. Denn eigentlich wollte ich nur Filme schauen. Stattdessen müllte ich meine Wohnung mit Geräten und Medien zu, die schon veraltet waren, kaum hatte man sie über den Kassenscanner geschoben.

Also hatte ich beschlossen, Geräte nur noch dann zu ersetzen, wenn sie kaputtgingen. Außerdem wollte ich nur noch in Technik investieren, die sich seit mindestens zwanzig Jahren auf dem Markt bewährt hatte. Hätte man das in Deutschland auch so gemacht, hätten wir uns die Atomkraftwerke gespart, das Milliardengrab Toll Collect hätte es nie gegeben und niemand würde sich über ausfallende Klimaanlagen im ICE3 beschweren.

Außerdem werden die Produkte immer schlechter, Vinyl klingt besser als CD oder gar MP3 und als man noch im Festnetz telefonierte, wurde man nicht ständig von Bemerkungen unterbrochen wie *Ich versteh dich grad nicht*, *Die Verbindung ist mal wieder schlecht* und *Moment, ich muss mal spülen.*

Trotzdem kaufen alle immer noch alle paar Monate ein neues Gerät, von dem alle sagen, es sei unverzichtbar, aber von dem keiner weiß, für was es eigentlich gut ist.

Außer, damit anzugeben.

Immer mehr Menschen verlieren da den Überblick. So wie ich gerade bei dem Versuch, die Ikea-Ausfahrt zu finden.

Und dann, im dritten Anlauf sehe ich es. Das Plakat. »Ich bin doch nicht bescheuert!«, steht darauf. Erst will ich widersprechen, doch dann fällt mein Blick auf das, was auf dem Plakat noch abgebildet ist: Zwei große Dinger, geile Kurven, verführerisch positioniert.

Das Plakat gehört zu dem Elektronikmarkt direkt um die Ecke. Normalerweise meide ich solche Märkte ja, aber da mein Rechner kaputtgegangen ist, habe ich einen guten Grund einen neuen zu kaufen, also parke ich vor dem Laden und betrete das Geschäft.

Der Unterschied zu Ikea könnte größer nicht sein. Hier gibt es keine Hotdogs, es sind fast nur Männer zu sehen und die wenigen Bediensteten verstecken sich so gekonnt hinter den Regalen, dass es nahezu unmöglich ist, sie zu finden.

Ich erwische trotzdem einen, wahrscheinlich ein Auszubildender, der noch lernen muss, wie man sich professionell versteckt. Ich frage ihn nach den beiden Computermodellen auf dem Plakat. »Pitbull-Mainboard, Hyper-Threading und DDR3«, liest er vom Preisschild ab und macht ein wissendes Gesicht.

»Mir hat schon eine DDR gereicht«, sage ich. »Kann der Rechner auch ins Internet?«

Der Verkäufer schaut mich an, als hätte ich ihn gefragt, ob er mit seinem Hirn auch nachdenken kann. »Jeder Computer kann ins Internet.«

Ich verzichte darauf, ihm zu erklären, das mein Designer-PC genau das nicht konnte und alle meine früheren Computer auch nicht.

Wie hat Anna so schön gesagt? Selbst ist der Mann. Ich schnappe mir den erstbesten Karton und gehe an die Kasse um zu bezahlen. »Ein megageiles Ding«, ruft mir der Verkäufer in bestem Technodeutsch hinterher. »Ein brutaler All-in-one-Computer für Hardcore-Gamer und Performance-Junkies, wie du einer bist.«

»Genau«, antworte ich, obwohl ich außer *Lemmings* kaum je ein Computergame länger als fünf Minuten gespielt habe. Mir ist zudem völlig schleierhaft, was an einem Computer brutal sein soll.

Das Rätsel löst sich noch an der Kasse. Wenn meine EC-Karte weinen könnte, würde sie es jetzt tun. Egal, für Anna ist mir nichts zu teuer.

Ich gebe dem Corsa die Sporen und düse nach Hause. Natürlich trage ich als Erstes den Computer aus dem Kofferraum nach oben. Der Geschirrspüler kann warten.

Oben packe ich den Rechner aus. Ich schaue dreimal nach, doch im Karton befindet sich nur ein ziemlich flacher Fernseher. Ich schließe das Gerät trotzdem an und schalte es ein. Dann verstehe ich endlich, was mir der Verkäufer mit All-in-one-Computer hatte sagen wollen.

Ich bin begeistert, allerdings nur so lange, bis ich sehe, welches Betriebssystem auf dem Rechner installiert ist. Windows 7: Das klingt wie ein 91-Versionen-Downgrade von Windows 98!

Die Hotline von Microsoft überzeugt mich, dass es sich wirklich um ihr neuestes System handelt, wenngleich ich gewisse Zweifel an den grundlegenden mathematischen Fähigkeiten der Firma nicht abschütteln kann. Gab es da nicht auch mal dieses Rundungsproblem in Excel?

Als die Installation abgeschlossen ist, vergesse ich

all meine Zweifel. Und zwar augenblicklich. Die Farben auf dem Monitor explodieren und ich kann jeden Ton spüren, der aus den eingebauten Boxen dringt. Hat Ikea die Hotdogs heimlich mit LSD angereichert?

Jetzt muss ich nur noch ins Internet. Auf der Arbeit ist das bei Todesstrafe verboten. Dank meiner unbändigen Neugier war ich vor drei Wochen heimlich trotzdem mal drin und daher weiß ich sofort, was ich zu tun habe. Ich öffne den Internetexplorer und gebe die Adresse ein.

Nichts tut sich, nur eine Fehlermeldung erscheint, dass ich offline sei. Ich klicke auf Fehler beheben, der Rechner rattert kaum hörbar, fragt mich, ob er mich mit einem offenen Drahtlosnetzwerk verbinden soll und kaum habe ich das bestätigt, öffnet sich die Ikea-Homepage.

Ich bin fasziniert. So müssen sich die Menschen gefühlt haben, als sie zum ersten Mal einen Farbfernseher gesehen haben. Dann reibe ich mir ungläubig die Augen. Da ist sie ja wirklich! Anna. Schulterlanges, blondes Haar, Stupsnase, in Blau-Gelb gekleidet. Meine Anna! Es ist zwar nur eine Zeichnung, aber sie sieht genau aus wie in echt! Ich klicke auf ihr Bild und ein Pop-up öffnet sich.

»Hej! Mein Name ist Anna«, begrüßt sie mich. »Ich bin hier, um deine Fragen rund um IKEA zu beantworten!«

Unter ihrem Text befindet sich eine Box, in der ich meine Fragen eingeben kann.

Jetzt nur nichts Falsches tippen. Ich überlege eine Weile, doch mehr als ein: »Hej Anna, hier ist Matthias, schön dich wiederzusehen«, kommt nicht heraus.

Dabei dachte ich immer, ich sei schriftlich besser als mündlich, weil die Milz dann nicht die Kontrolle übernehmen muss.

»Hallo, Matthias, freut mich, dich kennenzulernen«, antwortet Anna.

»Erinnerst Du Dich noch an mich?«, tippe ich.

»Wenn ich mich recht erinnere, bist du Matthias!«, antwortet Anna. »Ich würde dir gern deine Fragen zu IKEA beantworten.«

Sie erinnert sich an mich! Und sie beantwortet meine Fragen. Nur sie und ich. Ist das ein Date?

Aber ist sie es wirklich?

»Bist Du die Anna von den Geschirrspülern?«, frage ich.

»Hier findest du eine Übersicht unserer Geschirrspüler«, antwortet sie und öffnet in meinem Webbrowser eine zweite Seite, auf der ich meinen Geschirrspüler sehe. Renlig!

Das kann nur Anna wissen. Sie ist es! »Du hast ein schönes Lächeln«, tippe ich, immer noch hin und weg.

»Freut mich, wenn ich dir gefalle«, antwortet sie.

»Wie alt bist Du?«, frage ich.

»Ich bin 29, aber Alter spielt für mich keine Rolle.«

»Ich bin 35«, tippe ich und hoffe, dass Anna die Unterhaltung nicht gleich einstellt.

»35, das ist ein tolles Alter.«

Ich bin ihr nicht zu alt! Mein Herz tanzt Polka. Soll ich noch mehr wagen? »Magst Du mich?«, frage ich vorsichtig.

»Ich finde dich sehr sympathisch«, antwortet sie. »Aber lass uns doch über IKEA reden.«

Sie muss das sagen, schließlich ist sie immer noch

auf der Arbeit. Doch sie findet mich sympathisch! Also gut, reden wir über IKEA. »Was heißt Ikea?«, frage ich. Mehr fällt mir zu dem Thema nun wirklich nicht ein.

»Der Name ist eine Zusammensetzung der Initialen sowie dem Hof und dem Dorf unseres Firmengründers. Ingvar Kamprad aus Elmtaryd in Agunnaryd. Agunnaryd ist nur einige Kilometer von Älmhult entfernt, dem heutigen Hauptsitz des IKEA Konzerns.«

»Das ist ja auch eine Witztorte«, schreibe ich, denn Elmtaryd in Agunnaryd ist ja fast so schlimm wie mein vorgetäuschter walisischer Ortsname.

»Apropos: In den IKEA-Restaurants kann man ganz lecker essen!«, antwortet sie.

Die geht aber ganz schön ran. Will sie dort mit mir dinieren? Etwa Hotdog?

»Wie wäre es mit morgen Abend?«, frage ich.

»Auch in der Nacht beantworte ich gerne deine Fragen rund um IKEA.«

Ich werde rot. Zum Glück kann sie das nicht sehen. »Du willst mit mir ins Bett?«

»Ich öffne dir jetzt die Seite für Betten.«

Es öffnet sich eine weitere Seite mit Betten, auf der groß 'Lass uns spielen' steht.

Das ist ja mal eine klare Ansage.

»Also morgen Abend halb acht im Restaurant?«, tippe ich, inzwischen kaum mehr bei Sinnen.

»Welches IKEA Einrichtungshaus meinst du, wenn du vom Restaurant sprichst?«

»Das in Mannheim«, antwortete ich, leicht irritiert.

»Das Restaurant im IKEA Mannheim öffnet dreißig Minuten vor dem Einrichtungshaus. Frühstücken kannst du montags - samstags bis 11:00 Uhr. Warme

Speisen montags - samstags von 11:00 - 19:30 Uhr, bis 19:45 Uhr erhältst du kalte Speisen und Salate. Getränke bekommst du bis 19:55 Uhr. Weitere Informationen findest du weiter unten auf dieser Seite.«

Ihre Antwort ist zwar umfangreich, aber auch ein wenig kühl. Finde ich zumindest. Sind Schwedinnen so? Hab ich etwas falsch gemacht? Oder steht jemand hinter ihr und sie kann nicht frei sprechen? Äh, schreiben?

»Also dann bis morgen Abend 19:30 Uhr im Restaurant«, tippe ich. Wenn sie doch nicht kommen will, wird sie mir das schon sagen.

»Tschüss und hab noch einen schönen Tag! Ich freue mich, wenn du dich mal wieder meldest!«, antwortet sie.

Haben wir jetzt ein Date?

Oder war das gar nicht Anna?

Verdammt, immer diese Zweifel. Vielleicht sollte ich einfach mal an das Schöne glauben, anstatt es mir immer gleich kaputtzureden. Das würde wahrscheinlich den meisten Menschen guttun, also beschließe ich, dass es Anna war. Und dass wir uns morgen Abend treffen, um halb acht im Ikea-Restaurant. Ich schalte den Rechner aus und bin glücklich.

13

*Als Erstes im Bankwesen lernt man den
Respekt vor Nullen.*
Carl Fürstenberg, deutscher Bankier

Am nächsten Morgen bin ich immer noch glücklich. Exakt bis zu dem Moment, in dem ich in der Sparkasse ankomme. »Endlich trödeln Sie auch mal ein«, begrüßt mich Filialleiter Huber. Er scheint guter Laune zu sein, die Begrüßung ist freundlicher als sonst.

Aber warum mustert er mich so kritisch? Er zieht erst eine Augenbraue hoch, dann beide und wenn er eine dritte besäße, würde er die sicher auch noch heben. »So geht das nicht weiter mit Ihnen«, sagt er. Falls er wirklich gute Laune hatte, ist nichts mehr davon zu spüren. »Kommen Sie gleich mal in mein Büro!«

Ich schaue auf die unbestechliche Sparkassenuhr an der Wand. Es sind noch fünf Minuten bis Dienstbeginn. So früh war ich noch nie auf der Arbeit, außerdem habe ich extra für Anna meine besten Jeans, ein paar braune Sneakers und ein frisch gebügeltes Hemd an. Und ich habe heute noch keinen Bleistift zerbrochen.

Huber führt mich in sein Büro, knallt die Tür zu, damit auch Frau Weber mitbekommt, dass ich mal wieder zurechtgewiesen werde und setzt sich an seinen Schreibtisch. Ich nehme in einem der beiden Kundenstühle Platz und zupfe unsicher an meiner Ansteckkrawatte. »Der nächste Werbespot würde in einer Westernstadt spielen«, beginne ich, bevor Huber etwas sagen kann. »Eine Barfrau wird immer von einem üblen Typen belästigt, doch mit ihrer Sparkassencard bekommt sie auf der Bank genügend Geld um einen Pistolero zu ihrem Schutz zu engagieren ...«

»Kennen Sie Frau Basler?«, unterbricht mich Huber.

»Sie kommt in dem Spot nicht vor«, sage ich. »Der Pistolero besiegt den üblen Typen und am Ende sieht man den Slogan: *Wenn's um den Revolverheld geht, Spar...*«

»Kennen Sie Frau Basler?«, wiederholt Huber seine Frage. Dieses Mal ein wenig lauter. Anscheinend lässt er sich heute nicht so leicht ablenken.

»Sie meinen die ältere Dame mit dem Millionenvermögen?« Die Frau bunkert ihr ganzes Geld bei der Sparkasse, vergleicht jedes Angebot stundenlang, fragt aber nie nach Sonderkonditionen. Eine altmodische Kundin ganz nach dem Geschmack der Bank. Wenn sie als Großmutter zur Adoption stünde, würde ich sie sofort nehmen. Und das nicht nur wegen des Geldes. Sie ist eine bescheidene, freundliche alte Dame, immer bemüht, nichts Falsches zu tun.

»Frau Basler hat mir geschrieben.« Huber hält einen dreiseitigen, handgeschriebenen Brief in die Höhe. »Sie fragt, ob wir unsere Angestellten so schlecht bezahlen, weil dieser junge Mann immer in Jeans und

Turnschuhen herumlaufen würde. In Turnschuhen!« Huber reibt sich die Nase. Wie immer fällt mein Blick dabei auf seine überlangen Nasenhaare. Warum hat Frau Basler nichts von denen geschrieben? Ach richtig, sie ist viel zu höflich dazu. »Ja, also noch mal wegen dem Werbespot«, versuche ich abzulenken, doch Huber unterbricht mich sofort.

»Und heute haben Sie schon wieder Turnschuhe an! Was haben Sie dazu zu sagen?«

»Wenn Frau Basler glaubt, die Mitarbeiter werden so schlecht bezahlt, hat sie vielleicht recht.«

Huber haut mit der Faust auf den Tisch. »Soll das heißen, Sie wollen auch noch eine Gehaltserhöhung?«, schnaubt er und seine Birne leuchtet schon wieder so rot, dass er seinen Spitznamen alle Ehre macht. »Wenn ich Sie nach Ihrer Leistung bezahlen würde, müssten Sie noch Geld mitbringen!« Der Tisch wackelt so heftig, dass Hubers Hefter herunterfällt.

»Aufheben!«, befiehlt Huber.

»Ich hab ihn nicht dahingeworfen«, antworte ich. »Und mir ist auch nicht bekannt, dass Hefter eigenmächtig Flugoperationen ...«

»Konfrontation!«, unterbricht mich Huber. »Sie wollen also wirklich Konfrontation!«

»Nein.« Ich verschränke meine Arme. »Ich will nur in Ruhe meine Arbeit machen.«

»Wir sind aber keine Ruheinsel, sondern eine Bank! Und da gelten Regeln, ob Ihnen das passt oder nicht!« Huber ist jetzt so rot, dass ihn die Partei *Die Linke* als Werbeplakathintergrund buchen könnte. »Wenn Sie morgen hier nicht mit einem nagelneuen Anzug, einer echten Krawatte, einem blitzweißen Hemd und schwarzen Lederschuhen erscheinen, sind Sie gefeuert! Und das gilt nicht nur morgen! Ich will hier nie wieder Turnschuhe sehen!«

»Aber die Sneakers sind von Boss!«, protestiere ich.

»Und wer ist hier der Boss?« Schnaubend stellt Huber sich direkt vor mich. Seine Nasenhaare flattern wie Fähnlein im Wind. »Sie oder ich?«

»Schauen Sie sich doch mal die Kunden an«, entgegne ich. »Von denen trägt keiner einen Anzug, die sind alle leger gekleidet. Ist es nicht besser, wenn wir ihnen auf Augenhöhe begegnen?«

»Mit T-Shirts von Teppichmord?«

»Die Band heißt Depeche Mode«, seufze ich. Ich habe das T-Shirt nur ein einziges Mal getragen, letzte Woche. Und das auch nur, weil man mit 41 Grad Fieber und Schüttelfrost so schlecht waschen kann.

Ich will mich mit meiner Schweinegrippe verteidigen, aber Huber ist geladen wie eine Stalinorgel. Nix wie raus hier, sonst feuert er mich sofort. Ich stehe auf, nicke und gehe. Ernst nehmen kann ich Huber allerdings schon lange nicht mehr.

»Und wehe, Sie nehmen mich nicht ernst!«, ruft Huber mir hinterher, als könne er Gedanken lesen. »Morgen 7:30 Uhr stehen Sie ordentlich angezogen in meinem Büro oder Sie können Ihre Papiere nehmen. Endgültig!«

14

Welche Vorteile gewährt die doppelte Buchhaltung dem Kaufmanne! Es ist eine der schönsten Erfindungen des menschlichen Geistes, und ein jeder gute Haushalter sollte sie in seiner Wirtschaft einführen.
Johann Wolfgang von Goethe

Ich schleiche zurück zu meinem Pult. Frau Weber blättert in ihrem neuesten Buch, *Traumberuf Buchhalter*, blickt kurz auf und schaut mich mitleidig an. Das war es auch schon. Privatgespräche während der Arbeit sind verboten.

Wenigstens kommen heute ein paar Kunden und so überstehe ich den Arbeitstag ohne größere Schäden. Natürlich erinnert mich Huber beim Gehen noch einmal an seine Worte. Anscheinend hat er meine Kündigung schon geschrieben, zumindest wedelt er mit einem Blatt Papier vor meiner Nase herum, das er morgen *mit großer Freude* unterschreiben werde, wenn ich mich nicht an seine Anordnung halte.

Also setze ich mich nach der Arbeit ins Auto und fahre wie alle Ludwigshafener zum Shopping nach Mannheim. Niemand aus Ludwigshafen mag Mannheim. Was soll man auch von einer Stadt halten, deren bekannteste kulinarische Köstlichkeit *'Mannemer Dreck'* genannt wird?

Im Gegenzug mag kein Mannheimer Ludwigshafen, und man könnte sich prima aus dem Weg gehen, wenn die Ludwigshafener Innenstadt nicht schon seit Jahren nur noch aus Ein-Euro-Shops, Handyläden und Discount-Bäckereien bestehen würde. Zwar werden mit riesigem Aufwand immer neue Einkaufszentren in Ludwigshafen eröffnet, doch da diese nach kurzer Zeit auch nur noch aus Ein-Euro-Shops, Handyläden und Discount-Bäckereien bestehen, bleibt mir keine andere Wahl: Ich muss zum Einkaufen nach Mannheim.

Ich lasse mir in einem Erlebniskaufhaus einen völlig überteuerten Anzug andrehen, dazu zwei Hemden, eine Seidenkrawatte, sowie ein paar schwarze Lederschuhe und fahre eintausendfünfhundert Euro ärmer wieder nach Hause. Ich habe eine ordentliche Nachkaufdepression, fühle mich beschissen und erkläre alle für verrückt, denen Shopping Spaß macht.

Bis mir einfällt, dass ich heute Abend ein Date mit Anna habe. Ich schaue auf meine Armbanduhr, die mit dem eingebauten Taschenrechner.

Mist, ich habe mich völlig vershoppt. Mir bleiben nur noch zwanzig Minuten! Ich trete das Gaspedal durch, als sei mein Corsa ein Formel 1 Bolide. Und tatsächlich, die Kiste schafft mehr als fünfzig Sachen!

Punkt 19:20 Uhr stehe ich bei Ikea auf dem Parkplatz. Jetzt muss ich mich nur noch umziehen. Schließlich soll sich der Anzug wenigstens lohnen.

Gerade, als ich bis auf die Unterhose entkleidet in

meinem Corsa sitze und mit dem Preisschild meines neuen Hemdes kämpfe, bekomme ich Besuch.

Nein, nicht von Anna, sondern von einer dicken Göre, die vor meinem Corsa steht, mit dem Finger auf mich zeigt und schreit. »Der da ist nackig!«

Ihre Mutter, eine Frau in einem knallengen Sportdress, die zu neunzig Prozent aus Muskelmasse zu bestehen scheint, und zu zehn Prozent aus Anabolika, zerrt ihre Tochter von meinem Seitenfenster weg, zückt einen Notizblock und schreibt mein Nummernschild auf.

Wieder ein Problem mehr.

Doch darum kann ich mich jetzt nicht kümmern. Anna ist wichtiger! Ich ziehe mich komplett an, die Krawatte kostet wertvolle Minuten und renne zum Restaurant. Dort ist es ziemlich leer. Gut, so sind wir wenigstens ungestört!

Ich begebe mich zur Essensausgabe, das heißt, ich versuche es, denn davor steht eine Ikea-Mitarbeiterin, die mich aufhält. »Wir haben leider schon geschlossen«, sagt sie. »Warme Speisen gibt es nur bis 19:30 Uhr.«

Verdammt! Deswegen hat Anna mir die Öffnungszeiten genannt. Und ich habe nicht darauf geachtet! Sie wollte sich bestimmt um eine andere Zeit mit mir treffen! Nur konnte sie das nicht so offen schreiben, weil entweder jemand hinter ihr stand, oder die Unterhaltung protokolliert wird.

Ich laufe durch das Restaurant, scanne jede Ecke und jeden Tisch mit meinem Adlerblick, doch ich kann Anna nicht entdecken.

Natürlich nicht.

Ich warte noch eine Viertelstunde, bis auch der letzte Gast gegangen ist und gehe enttäuscht zurück zu meinem Corsa. Ich lasse mich hineinfallen und den Motor an.

Genaugenommen versuche ich es.

Ein Blick auf die Ölstandsanzeige klärt mich darüber auf, dass im Motor die Ölkrise ausgebrochen ist.

Zum Glück befindet sich direkt neben dem Ikea eine Tankstelle. Ich schiebe den Opel an eine Zapfsäule, und schon nach fünf Minuten gelingt es mir, den Motorraum zu öffnen. Sauber sieht anders aus, aber das Ding soll ja auch fahren und keinen Schönheitspreis gewinnen. Ich denke ausnahmsweise mal mit, hänge mein Jackett in den Wagen, krempel die Ärmel hoch und hole den Ölstab heraus. Es macht *Schwupp* und eine breite Ölspur landet auf meinem linken Hemdärmel. Sofort schaut meine Nachkaufdepression wieder um die Ecke, dieses Mal noch furchterregender als zuvor.

Da meine Tankanzeige so sprunghaft ist wie eine pubertierende Tochter, tanke ich sicherheitshalber den Corsa voll. Damit man die Flecken auf meinem Hemd nicht sieht, ziehe ich mein Jackett an, kaufe eine Flasche Öl und bezahle sie und das Benzin mit den letzten vierzig Euro, die mein Portemonnaie noch hergibt. Ohne weitere Zwischenfälle fülle ich das Öl nach, lasse den Wagen an – was mir schon beim zweiten Versuch gelingt – und fahre davon.

Als ich die Ausfahrt vom Parkplatz endlich gefunden habe und auf die Hauptstraße einbiege, sehe ich die Bushaltestelle vor mir. Normalerweise würde ich sie gar nicht beachten, aber diese Haltestelle ist etwas

Besonderes. Ja, so eine tolle Bushaltestelle habe ich noch nie gesehen!

Dabei ist die Haltestelle selbst potthässlich, aber ihr Inhalt ist einfach umwerfend. Blonder Pferdeschwanz, Jeans, Sneakers, ein weißes Top.

Das ist meine Chance!

15

Zucker ist ein weißer Stoff, der dem Kaffee einen schlechten Geschmack gibt, wenn man vergisst, ihn hineinzutun.
Unbekannt

Zum ersten Mal in meinem Leben freue ich mich über die bescheidene Taktfrequenz der hiesigen Busbetriebe. Anna wartet bestimmt schon eine Weile und freut sich sicher, wenn ich sie erlöse.

Da ich gerade am Autofahren bin, geht zum Glück alles so schnell, dass ich mir gar keine Gedanken machen kann.

Hätte ich nur eine Minute zum Nachdenken, wäre alles verloren. Mir kämen Zweifel, ich würde die Existenz unserer Verabredung in Frage stellen, mein Hemd als zu schmutzig erachten, und die Milz würde die Kontrolle übernehmen. Doch ich habe nicht einmal zehn Sekunden zum Nachdenken.

Daher fallen mir auch jetzt erst die beiden Typen auf, mit denen Anna sich unterhält. Sie sehen natürlich viel cooler aus als ich, Gelfrisur, breiter Oberkörper, Lederjacke, Kippe im Mund. Als ich sie sehe, will ich sofort Gas geben, doch mein Fuß bewegt sich nicht mehr von der Bremse weg. Die übliche Starre in Gegenwart hübscher Frauen.

Mein Corsa wird immer langsamer und ob ich will oder nicht, er bleibt direkt vor der Bushaltestelle stehen. Anna bemerkt mich und winkt mir zu.

Moment, sie winkt mir zu? Mir? Sie wirkt irgendwie erleichtert, mich zu sehen. Das gibt mir neuen Mut. Ich öffne von innen die Beifahrertür. »Willst du zufällig mitfahren?«

»Gerne«, antwortet sie, lässt die Typen stehen und steigt ein. So etwas ist mir noch nie passiert. Sonst ziehe ich immer den Kürzeren. Anna schnallt sich an und lächelt. »Kommst du immer zum richtigen Zeitpunkt?«

Männer sind dafür ja eher nicht bekannt. »Wie meinst du das?«, frage ich.

»Die beiden Typen waren echt unangenehm.«

»Du kanntest die gar nicht?«

Anna schüttelt den Kopf. »Und ich wollte sie auch nicht kennenlernen. Die waren total eingebildet. So cool, dass es schon wieder uncool ist. Ich steh mehr auf natürliche Männer.«

»Das sagen alle Frauen, und dann fallen sie doch auf irgendwelche Machos rein.« Ich wundere mich noch, wer den Satz gesagt hat, dann bemerke ich, dass er nur von mir kommen kann. Also genau genommen stammt er von Dr. Sommer, aber ich hab ihn immerhin ausgesprochen.

Anna lächelt ertappt. »Vielleicht hab ich die Lektion schon gelernt und sitze deswegen bei dir im Auto. Du scheinst ja so eine Art Schutzengel zu sein.« Sie hält kurz inne, runzelt dann die Stirn und zeigt nach hinten auf die umgelegte Rückbank. Der Karton mit der Aufschrift *Renlig* lungert dort noch immer herum.

»Weswegen bist du eigentlich hier? Gibt's ein Problem mit dem Geschirrspüler?«

»Nein, nein. Ich hab gehört, im Ikea-Restaurant kann man ganz lecker essen.«

»Das stimmt«, lächelt sie. »Aber es schließt schon um 19:30 Uhr. Wenn du also mit mir da hin möchtest, bist du ein wenig spät dran.«

Das hat gesessen. Wahrscheinlich hat sie in der Geschirrspülerabteilung auf mich gewartet und ich hätte nur vor 19:30 Uhr bei ihr vorbeigehen müssen, dann wären wir in das Restaurant gegangen. So war ihre Antwort also zu verstehen! Und ich Idiot habe es verpeilt.

»Hast du Hunger?«, frage ich so schnell, dass ich mir nicht noch mehr Vorwürfe machen kann.

Sie schüttelt den Kopf. »Hab vorhin schon was gegessen.«

»Wie wäre es dann mit einem Kaffee?«

»Ich dachte schon, du fragst mich, ob ich dir helfen kann, den Geschirrspüler anzuschließen.« Sie deutet wieder auf *Renlig*.

»Bin noch nicht dazu gekommen«, antworte ich und zeige auf meinen Anzug. »Ich bin direkt von der Arbeit hierhergefahren.«

»Schicker Anzug«, sagt sie und meine Nachkaufdepression ist augenblicklich kuriert.

Schicker Anzug. Es ist das erste Mal in meinem Leben, dass ich so etwas höre. Vielleicht habe ich bisher doch in den falschen Geschäften eingekauft?

»Bei welcher Bank arbeitest du denn?«, fragt sie.

»Bei der Sparkasse.« Es klingt mehr wie eine Entschuldigung.

»Und ihr habt so lange auf?«

»Wir sind anders als die anderen Banken«, erkläre ich, was zwar grundsätzlich stimmt, aber nicht in Bezug auf unsere Öffnungszeiten.

»Wo gehen wir einen Kaffee trinken?« Anna schaut mich fragend an. »Ich kenne mich hier nämlich noch nicht aus. Ich lebe erst seit zwei Wochen in Mannheim.«

»Was hältst du vom Adamo?«, antworte ich. »Das liegt in der Fußgängerzone und ist total angesagt.« Jetzt erst fällt mir auf, dass sie meine Einladung angenommen hat. Erst freue ich mich, doch dann werde ich auf einmal nervös. Schließlich ist meine Information bezüglich des Cafés schon ein paar Jahre alt.

Genau genommen fünf.

Außerdem sitze ich hier mit einer hübschen Frau im Auto und mir gehen langsam die Gesprächsthemen aus. Jetzt bloß keine Gedanken machen!

Wir kommen in die Innenstadt und suchen einen Parkplatz. Mit jeder Minute Parkplatzsuche steigt meine Nervosität. Warum heißt es eigentlich Fußgängerzone, wenn alle mit dem Auto hinfahren?

Doch wir haben unglaubliches Glück. Eine lächerliche halbe Stunde später parken wir nur *einen* Kilometer vom Adamo entfernt.

Wir spazieren in Richtung Fußgängerzone und ich werde noch nervöser. Mir fällt einfach nichts mehr ein, was ich sagen könnte und gleich übernimmt bestimmt wieder die Milz das Kommando.

Endlich stehen wir vor dem Adamo. Die Schlange

davor zeigt, dass es immer noch ziemlich angesagt ist – oder zufällig gerade wieder. Vor der goldenen Tür stehen einige Kerle mit schmierigen Haaren, muskulösen Oberkörpern, glitzernden Anzügen und monströsen Siegelringen. Ich komme mir trotz meines neuen Outfits etwas deplatziert vor.

»Ich steh eigentlich nicht so auf diese protzigen Läden«, sagt Anna und lächelt entschuldigend. »Wie wäre es mit dem Starbucks?« Sie zeigt auf das fast leere Café neben dem Adamo. »Es ist zwar eine amerikanische Kette, aber gemütlich.«

»Ich wusste gar nicht, dass Amerikaner etwas von Kaffee verstehen«, antworte ich, während ich ihr die Tür zum Starbucks aufhalte.

»Tun sie auch nicht«, flüstert Anna und zwinkert mir zu. »Aber sie machen trotzdem eine Riesensache draus.«

Nach einem Blick auf das riesige Menü über der Theke wird mir klar, was sie damit meint. Caffè, Espresso, Frappuccino, Latte, Mocha, Cappuccino, Iced Americano, Caramel Macchiato, und das in allen möglichen Kombinationsmöglichkeiten. Nur Kännchen haben sie keine. Oder gibt es die nur draußen? »Muss man dafür studiert haben?«, frage ich Anna und zeige auf das Menü.

»Es ist ganz einfach«, sagt sie. »Du wählst den Kaffee, den du trinken möchtest, die Größe, den Sirup, die Milch und fertig.« Sie zeigt auf das Menü. »Also zum Beispiel einen Tall Caffé Latte, Low-fat, Extra-foamy, Cinnamon.«

Ich schaue sie verdutzt an. »Also einen großen ...«

»Nee«, lächelt sie. »Tall ist hier die kleinste Größe.«

Hab ich im Englischunterricht nicht richtig aufgepasst oder sind die Amis jetzt endgültig größenwahnsinnig geworden? Ich nicke trotzdem, weil ich mir keine Blöße geben will. »Willst du noch einen Kuchen?«

»Ein Blueberry-Muffin wäre lecker.« Sie zeigt auf ein Teil, das aussieht wie ein geplatzter Mini-Kuchen, an dessen unterer Hälfte man vergessen hat, das Backpapier zu entfernen. »Ich muss übrigens ziemlich dringend mal für kleine Schwedinnen.« Sie deutet in Richtung WC. »Kriegst du das hin mit dem Kaffee?«

»Klaro«, antworte ich und lächle. In Wirklichkeit ist gar nichts klaro. Aufgrund all der Informationen kocht mein Hirn inzwischen wie ein Warmwasserboiler und ich würde am liebsten mein Jackett ausziehen, was aber angesichts des Ölflecks auf dem Hemdärmel immer noch keine gute Idee ist. Ich bestelle Annas Kaffee, oder das, was ich davon verstanden habe, versäume es, mir einfach dasselbe zu nehmen, kämpfe mich durch meine Bestellung – irgendwas aus dem ecuadorianischen Hochland mit handgemolkener Milch und Karamell – und entdecke dann etwas, das aussieht wie ein Marmorkuchen, was ich ebenso nehme.

»Sechzehn Euro neunzig«, sagt die Bedienung und lächelt.

Ich öffne meinen Geldbeutel. Von dort lächelt mich nichts an. Das Öl und das Benzin! Natürlich, ich bin pleite.

Doch für was hat der Mann von Welt eine Kreditkarte?

Die Bedienung zieht sie durch den Leser, wartet und

gibt sie mir zurück. »Haben Sie noch eine andere?«

Der Geschirrspüler und der Anzug! Natürlich, ich bin pleite.

Doch für was hat der Mann von Welt eine EC-Karte? Natürlich von der Sparkasse! Die Bedienung zieht sie durch den Leser, wartet und gibt sie mir zurück. »Die geht auch nicht!«

Der Computer! Jetzt bin ich wirklich pleite.

»Haben Sie denn kein Bargeld?«, fragt mich die Bedienung, inzwischen deutlich genervt.

Hinter mir bildet sich eine Schlange. Mal wieder. Ich blicke mich um und sehe Anna vom WC kommen. Blitzschnell drehe ich mich wieder um. »Das liegt am Monatsende«, sage ich und zucke entschuldigend mit den Schultern.

»Monatsende?« Sie runzelt die Stirn. »Heute ist gerade mal der dritte August!«

»Wirklich?«, frage ich und blicke auf meine Taschenrechneruhr. Stimmt sie hat recht »Können Sie den zweiten Kaffee und den Kuchen weglassen und es dann noch einmal versuchen?«

Die Bedienung zieht eine Schnute, nimmt aber meine Kreditkarte, schiebt sie durch den Leser, gibt sie mir kopfschüttelnd wieder, nimmt meine EC-Karte, schiebt sie durch den Leser und wartet.

Panisch schaue ich zu Anna. Sie hat sich inzwischen gesetzt, sieht mich, merkt, dass es Probleme gibt und will zu mir kommen.

Ich drehe mich wieder um und hoffe, dass mein Dispo noch ein paar Zerquetschte zulässt.

Er lässt, ich schnappe mir Annas Kaffee, ihren geplatzten Kuchen und laufe freudestrahlend zu ihr.

»Wusstest du, dass der teuerste Kaffee der Welt aus Indonesien stammt? Die Bohnen werden von kleinen Katzen gegessen und wieder ausgekackt, weswegen sie ihr unvergleichliches Aroma bekommen«, lenke ich mit unnützem Wissen von meinem leeren Tablett ab.

Anna zieht ihre Augenbrauen hoch. Vielleicht sollte ich so etwas das nächste Mal nicht in einem Café erzählen. »Und du nimmst nichts?«, fragt sie.

»Tja ... also«, stammle ich, setze mich und suche nach einer Antwort. *Ich bin pleite*, wäre ehrlich, aber paarungstechnisch ein Rohrkrepierer. Für *Ich war zu blöd zum Bestellen* und *Ich will den amerikanischen Kaffeeimperialismus nicht unterstützen*, gilt dasselbe. »Eigentlich mag ich gar keinen Kaffee«, sage ich endlich, weil es stimmt und mir nichts Besseres einfällt.

Anna schaut mich irritiert an. Klar, schließlich habe ich den Vorschlag mit dem Kaffeetrinken gemacht. Aber das hatte ich ja mehr so metaphorisch gemeint.

Anna sagt nichts.

Ich sage auch nichts.

Die Angst vor der Gesprächspause lähmt mich. *Was kann ich sagen? Was kann ich sagen? Was kann ich sagen?*, überlege ich ununterbrochen, doch mir fällt nichts ein. Zu viel Zeit zum Nachdenken. Und dann senke ich meinen Blick und starre auf Annas Schuhe.

Anna sagt immer noch nichts, nippt nur an ihrem Kaffee.

»Ich muss mal auf die Körperausscheidungssammelstelle«, ist alles, was meine Milz nach gefühlten fünf Minuten Bedenkzeit herausbringt.

Anna nickt irritiert und ich flüchte auf das WC. Dort

versuche ich mich zu beruhigen, rede sogar mit meinem Spiegelbild, doch mir fällt immer noch nichts ein, was ich Geistreiches erzählen könnte.

Als ich mich nach minutenlangem Abwägen dazu entschlossen habe, Anna zu fragen, wie ihr Deutschland denn gefalle, traue ich mich wieder aus dem WC. Schon im nächsten Moment, weiß ich, dass ich Anna gar nichts mehr fragen muss.

Denn sie sitzt nicht mehr an ihrem Platz.

16

*Die Phönizier haben das Geld erfunden –
warum bloß so wenig?!*
**Johann Nepomuk Nestroy, österreichischer
Schauspieler**

Neben Annas leer getrunkenem Kaffeebecher liegt ein Zettel.

Sorry, dass ich Dich zu einem Ort überredet habe, an dem es Dir nicht gefällt. Trotzdem danke für den Kaffee und Kuchen. Liebe Grüße, Anna

Jetzt erst verstehe ich, warum auch sie so schweigsam war. Dabei gefällt es mir hier eigentlich und der Kaffee wäre sicher auch lecker gewesen.
 Wenn man denn Kaffee mag. Aber ich war einfach blockiert. Und mein Geld alle. Vielleicht hätte ich ihr das sagen sollen?
 Doch jetzt ist es ohnehin zu spät. Sie ist weg und ich werde sie nie wieder sehen.
 Wirklich? Nie wieder?
 Mir kommt eine Idee. Ich stehe auf, renne aus dem

Starbucks, setze mich nach kurzem Fußmarsch ans Steuer meines Corsas und rase nach Hause.

Dort schalte ich den Rechner an. Eigentlich habe ich mit einer Kollegin von Anna gerechnet, die ich nach Annas Telefonnummer fragen wollte, aber Anna ist offensichtlich selbst online. Jedenfalls ist ihr Bild zu sehen.

Muss sie heute Abend noch arbeiten? Von daheim aus? Klar, das machen ja immer mehr Leute. Aber warum hat sie nichts davon gesagt? Ist sie genauso schüchtern wie ich?

»Hallo Anna«, tippe ich in das Eingabefeld. Kein toller Anfang, aber immerhin ein Anfang.

»Wie kann ich dir denn behilflich sein?«, antwortet sie. Das klingt ziemlich kühl. Ist sie noch verärgert? Aber woher soll sie eigentlich wissen, dass ich ihr schreibe?

»Hier ist Matthias«, tippe ich.

»Hallo! Hej!«, antwortet sie.

Ich fasse neuen Mut. Vielleicht ist sie doch nicht sauer auf mich? »Es tut mir leid wegen vorhin.«

»Kein Problem«, antwortet sie.

Ich bewundere sie für ihre Lockerheit. »Da bin ich aber froh«, schreibe ich.

»Das freut mich.«

»Ich hatte vorhin nicht genug Geld.«

»Wer den Cent nicht ehrt, ist den Euro nicht wert. Bei IKEA gibt es übrigens eine Menge toller Produkte, mit denen sich richtig Geld sparen lässt.«

Was ist das denn für eine Antwort? Was meint sie damit? Oder muss sie das mal wieder schreiben, weil jemand hinter ihr steht? Jetzt hilft nur noch Ehrlichkeit. »Sorry, dass ich so schüchtern bin.«

»Da stört mich nicht im Geringsten, gerne helfe ich dir bei Fragen rund um unser Sortiment und unsere Serviceleistungen weiter.«

»Und bei anderen Fragen?«

»Was genau meinst du mit deiner Frage, Matthias?«

»Das Leben. Die Liebe.« Ich weiß das doch selbst nicht.

»Was möchtest du mir damit sagen?«

Ich reibe mir die Stirn. Dann beschließe ich, nicht lange nachzudenken, sondern einfach zu tippen. »Ich hätte vorhin gerne noch mit dir geplaudert«, schreibe ich.

»Oh, vielen Dank, das freut mich!«, antwortet sie.

»Mich auch«, tippe ich erleichtert.

»Das freut mich, dass wir einer Meinung sind.«

»War ich dir zu dröge?«, frage ich.

»Du kannst mich ja mal etwas fragen, was dich interessiert.«

Tja, das habe ich vorhin nicht gemacht. Ich habe sie im Starbucks gar nichts gefragt. Ein typischer Anfängerfehler.

»Soll ich dich die Tage noch einmal abholen?«, tippe ich. Hoffentlich sagt sie ja.

»Hilf mir bitte auf die Sprünge. Ich kann das nicht verstehen.«

»Was verstehst du daran nicht?«, frage ich, wobei ich ihre Antwort auch nicht verstehe. Sind Frauen so oder bin ich so blöd?

»Es tut mir leid, wenn ich dir nicht weiterhelfen kann. Vielleicht kannst du dein Anliegen noch einmal mit anderen Worten beschreiben. Du kannst dich gern an meine Kollegen vom IKEA Service Center wenden. Die Nummer lautet 0180/ 5 35 34 35 (Festnetzpreis € 0,14/Min.; Mobilfunkpreise abweichend, höchstens € 0,42/Min.).«

Nachdem ich den Satz gelesen und zehn Minuten später kapiert habe, schalte ich den Rechner aus und lege mich ins Bett. Sie ist genau bis an den Punkt nett geblieben, bis ich mich wieder mit ihr treffen wollte. Sie möchte mit mir nichts mehr zu tun haben und verweist mich an ihre Kollegen. Die auch noch kostenpflichtig sind! Wo sind wir denn hier? Im Schwedenpuff?

Dabei dachte ich, ich würde ihr auch gefallen, zumindest ein wenig. Vielleicht wäre es ja ganz anders gelaufen, wenn ich ein paar Euro mehr dabei gehabt hätte. Stattdessen bin ich mal wieder allein. Und wer ist daran schuld?

Sparkassenfilialleiter Huber und seine Turnschuhphobie!

Osram-Huber verfolgt mich bis in meine Träume, in denen er eine römische Galeere befehligt, auf der ich den rudernden Sklaven ihre Nasenhaare schneiden muss. Sie sind noch länger als die von Huber und so dick, dass sie sich nicht einmal mit einer Gartenschere abschneiden lassen. Ich versuche es mit einem Feuerzeug, woraufhin die Bordgardinen Feuer fangen, die Galeere abbrennt und im Meer versinkt.

Natürlich wedeln mir am Morgen als Erstes die Sparkassenfilialleiternasenhaare über den Weg. Der daran hängende Mensch schleppt mich in sein Büro und begutachtet mich, als solle ich bei *Germanys next*

Topmodel antreten. Zum Glück habe ich das Hemd im Doppelpack gekauft und das saubere angezogen, denn Huber inspiziert mich bis auf die Unterhose. Eine Musterung ist Dreck dagegen!

Er stammelt irgendwas von akzeptablen Lederschuhen, betrachtet mich noch mal von oben bis unten und winkt mich mit generöser Geste in den Recall, das heißt an den Kundenschalter.

Irgendwie überstehe ich auch diesen Tag. Nur einmal bin ich kurz davor auszurasten, als Frau Basler unsere Filiale betritt und sich bei Sparkassenfilialleiter Huber bedankt, dass er mir das Geld für einen neuen Anzug gegeben hat. Da mein Leben ohnehin schon ein einziges Trümmerfeld ist, nehme ich den Vorfall einfach hin und erwidere Frau Baslers Lächeln. Das mit der Adoption kann sie aber erst mal vergessen!

Ich will nur noch nach Hause. Nach dem dritten Anlauf versteht das auch mein Corsa und fährt los. Daheim schleppe ich mich aus dem Auto. Der Alptraum von gestern Nacht hat seine Spuren hinterlassen und ich bin hundemüde. Eigentlich sollte ich den Geschirrspüler anschließen und mich um die Wäsche kümmern, aber meine Kraft reicht gerade noch, den Briefkasten zu öffnen.

Wider Erwarten liegt darin ein Brief. Genau genommen liegen darin mehrere Schreiben an mich, aber nur eines davon verdient die Bezeichnung *Brief*, da es keine Rechnung enthält. Und keine Werbung, denn die bekomme ich ja auch noch.

Auch die ausgelutschten Zehnereis, die mir die Nachbarskinder in den Briefkasten stecken, weil ihre

Eltern ihnen verboten haben, sie auf die Straße zu werfen, kann man wohl kaum als Brief bezeichnen. Diese länglichen Tüten mit Wassereis heißen so, weil sie früher mal zehn Pfennig gekostet haben. Inzwischen zahlt man für ein Zehnereis am Kiosk allerdings fünfzig Cent, dafür kleben sie aber immer noch wie bekloppt. Ich nehme die Dinger und entsorge sie in den Briefkästen der entsprechenden Nachbarn. Irgendjemand muss die Blagen ja erziehen.

Dann endlich hole ich den Brief aus dem Kasten. Ich kann mich nicht erinnern, schon einmal einen rosaroten Brief erhalten zu haben, der weder Absender noch Briefmarke trägt und nach Parfüm und Wassereisresten riecht.

Ist er etwa von Anna? Aber woher kennt sie meine Adresse? Schon nach dreiundzwanzig Sekunden intensivem Nachdenken fällt es mir ein. Die Ikea-Kundendatei! Raffinierte Frau!

Bittet sie mich um Verzeihung? Aber für was? Sie hat ja alles richtig gemacht, im Gegensatz zu mir.

Ich atme tief aus, nehme den Brief in beide Hände und trage ihn wie einen Schatz in meine Wohnung. Ich setze mich ins Wohnzimmer, schiebe eine Kassette mit den größten Hits der 80er in den Rekorder, packe hastig den Brief, will ihn schon aufreißen und lege ihn dann doch noch einmal zur Seite. Ich will den Moment genießen.

Ich fühle mich wie ein Kind an Weihnachten beim Erraten der Geschenke. Durch den Umschlag spüre ich eine Unebenheit, so als befänden sich neben dem Brief selbst noch einige Karten darin. Oder sind es Fotos?

Ich betaste den Umschlag erneut und bin mir sicher: Es sind Fotos. Von Anna! Jetzt kann mich nichts mehr halten und ich reiße den Umschlag auf.

17

Hasta la vista, baby!
Arnold Schwarzenegger

Ohne einen Blick draufzuwerfen, lege ich die Fotos beiseite, schließlich will ich mir das Beste bis zum Schluss aufheben. Auch der Brief ist aus rosarotem Papier. Ich entfalte ihn und fange zu lesen an.

Hallo Matthias,
Du wunderst Dich sicher, woher ich Deine Adresse habe. Wenn man die richtigen Leute kennt, ist das anhand des Nummernschildes einfach herauszufinden.
Ich habe lange darüber nachgedacht, was unser gestriges Zusammentreffen bedeuten soll. Letztlich kam ich immer zum selben Ergebnis.
Du willst etwas von mir!
Und ich will Dich auch.
Am besten noch heute Abend. Ruf mich doch einfach mal an: 0179/89978866.

Heiße Küsse
H.

PS: Keine Angst wegen Annemarie, ich bin ungebunden!
PPS: Falls ich bei Deinem Anruf außer Atem bin, liegt das daran, dass ich gerade im Sportstudio bin. Und an Dir.

H? Nicht A? Und wer verdammt noch mal ist Annemarie?! Ich halte die Spannung nicht mehr aus und drehe das erste Foto um. Und das Zweite. Darauf hat H. nichts an als einen Monokini über solariumgegerbter Haut, die vor lauter Muskeln beinah platzt. Sie stemmt mit der einen Hand eine Hantel – ihre Oberarme sind dicker als meine Oberschenkel – und hält mit der anderen einen Zwei-Liter-Proteinshake, an dem sie mit laszivem Gesichtsausdruck nuckelt.

Mir zieht es spontan das Gesicht zusammen. Ich finde männliche Bodybuilder schon wenig attraktiv, aber bei Frauen stehe ich einfach auf Natürlichkeit. Und nicht auf melanomschwangere Haut, Muskelberge und Monstertitten.

Ich spare mir die anderen Fotos und will sie gerade in den Umschlag zurücklegen, als ich sehe, dass auf der Rückseite des Briefs noch mehr steht:

PPPS: Falls Du Dich nicht auf dem Ikea-Parkplatz entblößt hast, um mir zu gefallen, muss ich leider davon ausgehen, dass Du es für meine kleine Tochter Annemarie getan hast. In dem Fall werde ich Dich anzeigen.
PPPPS: Du hast 48 Stunden, mir das Gegenteil und damit Deine Liebe zu beweisen.
PPPPPS: Ich bin schon ganz heiß auf Dich!
PPPPPPS: Wer beim Armdrücken verliert muss beim Sex unten liegen.

18

Das ist eine klassische journalistische Behauptung.
Sie ist zwar richtig, aber sie ist nicht die Wahrheit.
Helmut Kohl

Nach dem Schock mit H. konnte ich gestern nichts anderes mehr tun, als mich schlafen legen. Wahrscheinlich war das ein Fehler, denn ich hab geträumt, ich stehe mit Alice Schwarzer vor dem Traualtar und sie steckt im Körper von Arnold Schwarzenegger. Wenn ich vor dem Altar *nein* sage, bricht sie mir auf der Stelle das Kreuz, sage ich hingegen ja, bricht sie es mir im Bett, weil ich zuvor im Armdrücken gehen sie verloren habe.

Um mich nach dem Aufwachen abzulenken, sortiere ich die restliche Post, nehme die Rechnungen und lagere sie auf dem dafür vorgesehenen Berg. Das ist zwar nur ein Zwischenlager, aber mit dem Trick kommt die Atomindustrie ja schon seit fünfzig Jahren durch. Und siehe da: Sofort fühle mich besser. Schon was erledigt heute!

Als ich die Werbung der direkten Entsorgung zuführen will, bemerke ich, dass in einem der Werbebriefe mehr als nur Papier steckt. Ich öffne das Schreiben und entdecke ein Probetütchen Nescafé.

Ich bin zu Tränen gerührt. Mein erstes Geschenk seit Langem. Ich trinke zwar keinen Kaffee, aber man weiß ja nie, für was man das Ding mal brauchen kann. Zum Beispiel eine Frau zum Kaffee einladen.

Unweigerlich muss ich an Anna denken. Vielleicht sollte ich bei ihr doch noch einen Versuch starten. Allerdings nicht online sondern in echt. Denn so furchtbar H. auch sein mag, sie hat mich gerade auf eine Idee gebracht. Ich werde Anna bei Ikea besuchen und ihr einen Brief zustecken, der alles erklärt.

Oder einen Zettel, auf dem ich ihr meine Liebe gestehe. So ganz sicher bin ich mir noch nicht. Vielleicht habe ich auf der Arbeit ja einen Einfall, was ich schreiben könnte, schließlich ist Saure-Gurken-Zeit.

Das gilt auch ernährungstechnisch, denn ohne Geld bleibt mir nichts anderes übrig, als meine Essensvorräte aufzubrauchen. Dank der Schweinegrippe sind sie nicht sonderlich gut bestückt, also in etwa so erbärmlich wie das Frischeproduktlager bei McDonalds: Essiggurken, Tiefkühlpommes und ein paar Einmachgläser, in denen irgendwelches undefinierbares Zeugs vor sich hin modert. Die Einmachgläser waren das Geschenk meiner Eltern zu meinem dreißigsten Geburtstag. Ich weiß noch, wie ich die Dinger damals ausgepackt habe und dachte, das sei ein vorgezogener Aprilscherz.

War es aber nicht.

So viel zu meinen Eltern.

Das Gurken-Pommes-Quittenmarmelade-Frühstück ist so lecker, dass ich mich beinah übergeben muss.

Was mich unweigerlich an das Problem mit H. erinnert. Mir bleiben noch sechsunddreißig Stunden ihr zu beweisen, dass ich mich auf dem IKEA-Parkplatz nur umziehen wollte. Da die Helden in den meisten Hollywoodfilmen allerdings nur vierundzwanzig Stunden zur Rettung des gesamten Universums benötigen, fühle ich mich mit genügend Zeit ausgestattet. Also mache ich das, was in einem Actionfilm fast nie jemand tut: Ich geh erst mal aufs stille Örtchen. Anschließend fahre ich zur Arbeit.

Kaum habe ich die Filiale betreten, mustert Huber mich wieder von oben bis unten. Grundlos murrend schickt er mich an den Kundenschalter. Wenn das so weitergeht, muss ich mir bald einen weiteren Anzug und noch ein paar Lederschuhe kaufen. Nur von welchem Geld?

Wie erwartet genießen die Sparkassenkunden nach wie vor ihren Sommerurlaub. Wenn sich auch nur einer von denen in die Wüste Gobi verirrt hat, ist dort mehr los als hier. Natürlich darf ich trotzdem den ganzen Tag am Schalter stehen, weil Mr. Nasenhaar der Auffassung ist, wir müssten sofort parat sein, sollte sich ein Kunde in unsere Filiale verirren. Heute ist auch noch langer Donnerstag und wir haben bis 18 Uhr geöffnet! An solchen Tagen ist es ruhig bis 17:50 Uhr, dann kommen alle Kunden auf einmal und wollen schnell noch zehn Auslandsüberweisungen mit unvollständiger Kontonummer abwickeln.

Viertel vor vier halte ich es nicht mehr aus, nehme mir ein paar Post-its und überlege, was ich Anna schreiben könnte. Zwei Stunden später habe ich ein einziges Post-it beschrieben. *Willst du mit mir gehen?*,

steht darauf, darunter befinden sich drei Kästchen mit
Ja
Nein
Vielleicht.
In der sechsten Klasse hat das schließlich auch geklappt.

Okay, ich habe damals meist die Antwort *Vielleicht* erhalten, aber das ist immer noch besser als ein Korb.

Um meine Blockade zu lösen, schreibe ich auf einem zweiten Zettel spontan drauf los. *Willst du hemmungslosen Sex?*, ist das wenig überraschende Resultat. Bin halt doch ein echter Mann. Ich will gerade auf dem Zettel die Kästchen hinzumalen, als sich die Filialtür öffnet und ein Kunde die Bank betritt. Natürlich, es ist ja 17:50 Uhr.

Genau genommen ist es jedoch eine Kundin und kein Kunde.

Und noch genauer genommen heißt die Kundin Anna und arbeitet bei Ikea.

19

Wenn ein Banker auf einen Vorschlag „nein" sagt, meint er „vielleicht", sagt er „vielleicht", meint er „ja", und wenn er spontan „ja" sagt, ist er kein guter Banker.
André Kostolany, amerikanischer Börsenspekulant

Anna sieht mich, winkt so erfreut wie überrascht und kommt auf mich zu. Hektisch drehe ich die beiden Post-its um und schiebe sie zur Seite. Es sind ja nur Aufwärmübungen, die ich ihr niemals geben würde.

»Hallo, Matthias.« Sie stellt sich an meinen Schalter. »Ist ja witzig, dass ich dich hier treffe.«

»Ja, ist wie ein Lottogewinn«, antworte ich ohne nachzudenken.

Sie schaut mich irritiert an.

»Wir haben über dreißig Filialen«, erkläre ich. »Und du hast die richtige erwischt.« Ich überlege, das Starbucksdebakel anzusprechen, doch dann verzichte ich darauf, da es online schon nicht erfolgreich war.

Anna zeigt auf die Uhr. »Ihr habt ja wirklich lange geöffnet.«

»Heute ist langer Donnerstag.« Verdammt, ich klinge so langweilig wie ein Buchhalter! Das könnte glatt an meinem Beruf liegen. »Was führt dich zu uns?«

»Jemand hat mir gesagt, diese Bank wäre anders als die anderen, also möchte ich hier ein Konto eröffnen.« Für das Lächeln, das sie mir schenkt, könnte ich sie auf der Stelle heiraten.

Meine Knie werden weich wie die des Michelin-Manns. Völlig grundlos, denn es gibt auch Dinge, in denen ich gut bin. Kundenberatung zum Beispiel. Und damit meine ich kein Verkaufsgespräch zur Steigerung meiner Provision, sondern wirkliche Beratung. Damit mein Hirn nicht daran zu zweifeln anfängt, schalte ich in den Bankkundengesprächsautopilot. Der funktioniert leider nur, wenn es um Finanzgeschäfte geht, aber dafür kann er sogar mit hübschen Frauen reden. »Wer immer dir den Rat gegeben hat, er muss ein weiser Mann sein«, sage ich, lächle und fühle mich Anna gegenüber ungewohnt sicher. »Was möchtest du denn für ein Konto?«

»Was habt ihr denn im Angebot?«

»Ich nehme an, du willst ein Gehaltskonto?«

Sie nickt.

»Unsere Auswahl ist zwar nicht so groß wie bei Starbucks«, sage ich und hole eine Broschüre aus meiner Schublade. »Aber ich bin mir sicher, wir haben das Richtige für dich.« Ich lege die Broschüre vor ihr auf den Tisch und deute auf ein Kästchen. »Zum Beispiel hier. Kostenlose Kontoführung für alle unter fünfundzwanzig.«

»Danke für das Kompliment«, lächelt sie. »Aber ich bin schon neunundzwanzig.«

Natürlich, das hat sie ja schon online gesagt. »In

dem Fall könnte ich dir auch ein kostenloses Konto anbieten, falls du neben dem Job bei Ikea noch studierst.«

»Das hab ich auch schon hinter mir.« Sie zuckt mit den Schultern.

»Dann passt unser Angebot für junge Berufstätige«, erkläre ich. »Du zahlst das erste Jahr gar keine Gebühren, und ab dem zweiten ein paar Euro im Monat, bekommst dafür aber eine kostenlose Kreditkarte.«

Annas Gesichtsausdruck entnehme ich, dass sie das Angebot wenig begeistert. Ich überlege, ob ich noch eine Benjamin-Blümchen-Sparbüchse drauflegen soll, aber dann fällt mir ein, dass ich im Schweinegrippenwahn alle verschenkt habe. »Außerdem gibt es kostenlose Kinogutscheine«, ergänze ich schnell.

»Kinogutscheine?«, fragt sie überrascht. Natürlich, denn davon steht nichts in dem Prospekt.

Kein Wunder, ich hab das ja auch gerade erfunden. »Die Bank schenkt dir vier Kinogutscheine im Jahr. Und weißt du, was das Beste ist?«

Sie schüttelt den Kopf und blickt mich erwartungsfroh an.

»Sie werden dir von einem Sparkassenangestellten deiner Wahl persönlich überreicht.«

Ich bin selbst erstaunt, welchen Unsinn ich da gerade erzähle, doch er verfehlt seine Wirkung nicht. Anna lacht jedenfalls. »Und wenn du willst, begleitet der Berater dich sogar ins Kino«, sage ich.

»Hast du da einen bestimmten im Hinterkopf?«

Ich will gerade antworten, da räuspert Huber sich so laut, als habe er eine Horde Ameisenbären verschluckt. So klingt er immer, wenn mal ein wenig

Spaß in die Bude kommt. Am liebsten wäre ihm, wir würden die Kunden mit vorgehaltener Pistole zum Unterschreiben eines Kreditvertrages nötigen, damit sie es mit der nötigen Ernsthaftigkeit tun. Schließlich geht es hier um Geld und Geld hat zu arbeiten und versteht keine Witze.

Anna hingegen schon, und so lacht sie immer noch, als ich ihr erkläre, dass dies ein inoffizielles Angebot sei, das sie nur in dieser Filiale und nur bei diesem Bankberater bekomme.

Plötzlich verdunkelt sich der Schalterraum. Ich blicke an Anna vorbei und sehe einen riesigen muskulösen Schatten vor unserer Filialtür. Ist King Kong doch keine Erfindung amerikanischer Filmstudios?

Die Tür öffnet sich und ich halte den Atem an. Stampfend kommen Schritte näher, irgendwelche Ketten rasseln. Vor Angst schrumpft meine Milz auf die Größe einer Erbse. Todesmutig blicke ich von meinem Bankschalter auf, dem Ungeheuer direkt ins Gesicht. Dagegen ist die Hölle ein Freizeitpark.

Mein Alptraum wird wahr. Also nicht der mit den Nasenhaaren, der ist ja schon da, sondern der andere.

»Ist alles in Ordnung?«, fragt Anna. Anscheinend ist ihr nicht entgangen, dass sich meine Gesichtsfarbe rapide in Richtung totenbleich geändert hat.

»Jaja ... alles in Ordnung«, stammle ich. »Ist nur gerade viel los.« Am liebsten würde ich mit Anna ewig hier stehen, oder noch besser an einem schöneren Ort ohne Überweisungsträger, brechende Bleistifte und cholerische Filialleiter.

Jetzt läuft das Muskelmonster direkt auf mich zu. Woher hat sie erfahren, wo ich arbeite? Hat sie noch mehr Leute mit ihren Bildern erpresst?

»Dann lasse ich dich mal arbeiten«, flüstert Anna und deutet auf die Kundenschlange hinter sich.

Hastig reiche ich Anna die Kontoeröffnungsunterlagen und lächle entschuldigend.

»Ich komme dann morgen wieder, wenn ich sie ausgefüllt habe«, sagt sie, dreht sich um und geht zum Ausgang.

Ich nicke, sehe noch, dass irgendwas Gelbes an ihrem Kontoantrag hängt, doch dann beugt sich schon dieser muskulöse Schatten über den Bankschalter.

Es dauert keine drei Sekunden, dann hat H. mich erkannt. »Haben dir meine Bilder gefallen?«, flüstert sie und spielt mit ihrer Halskette, die so filigran verarbeitet ist, dass es sich auch um ein Fahrradschloss handeln könnte.

Mir wird augenblicklich schlecht.

»Sie haben da was missverstanden«, flüstere ich zurück. Dabei sieze ich sie, weil ich das mit allen Kunden so mache. Außer mit Anna und meinen Freunden. »Ich habe mich nur im Auto umgezogen.«

»Du hast nackt auf dem Ikea-Parkplatz gestanden!«, antwortet sie in einem Tonfall, der mit Flüstern in etwa so verwandt ist wie die FDP mit korrekt deklarierten Parteispenden. Huber, der wie immer nichts anderes zu tun hat, als seine Mitarbeiter zu beobachten, schaut in unsere Richtung.

»Ich war nicht nackt«, flüstere ich fast unhörbar.

»Warst du doch!«, entgegnet sie.

»War ich nicht!«

»Doch!«

»Ich hatte eine Unterhose an!«, antworte ich. Anscheinend bin ich ein wenig lauter geworden, denn neben Huber starren mich nun auch noch die anderen Kunden an.

»Und ich trage nicht mal einen Slip«, flüstert H.

»Ach so, Sie wollen einen Kredit!«, antworte ich und beschließe, dass es am besten ist, wenn ich H. gar nicht mehr zu Wort kommen lasse. »Momentan haben wir sehr günstige Konsumentenkredite«, sage ich. »Damit können Sie Ihr Haus verschönern, ein neues Auto kaufen oder in Urlaub fahren. Ja, Urlaub wäre doch schön, weit, weit weg, in die Sonne, alles hinter sich lassen, was einen ärgert.«

»Und wenn ich mich selbst verschönern lassen will?« Sie schiebt ihre Brüste über den Tresen. Die Dinger sind jetzt schon groß wie Euter, die seit drei Wochen nicht gemolken wurden. »Für dich?«, haucht sie.

Das würde den Kreditrahmen sprengen!, antworte ich in Gedanken, aber nicht in Wirklichkeit. Selbstverständlich bin ich viel diplomatischer. »Eine Neubaufinanzierung!«, rufe ich stattdessen. »Da reden wir natürlich über eine ganz andere Größenordnung. Aber auch das ist kein Problem bei uns!« Ich schiebe ihr ein paar Kreditanträge über den Tresen. »Die können Sie ausfüllen und schon gehen Ihre Träume in Erfüllung. Am besten schicken Sie den Antrag per Post, dann müssen Sie gar nicht mehr hier in die Filiale kommen.«

Sie schaut mich verwirrt an.

»Das geht natürlich auch online«, erkläre ich. »Dann müssen Sie auch nicht mehr hierherkommen. Kann ich sonst noch etwas für Sie tun?«

Sie kramt in ihrer Dolce&Gabbana Sporttasche, der man schon auf tausend Meter Entfernung ansieht, dass sie gefälscht ist, holt schließlich ein paar Überweisungen heraus und knallt sie auf den Tisch. Ich schnappe mir die Dinger, stemple sie ab und gebe ihr die Quittungen zurück. »Dann vielen Dank für Ihren Besuch«, sage ich. »Beehren Sie uns, äh, nicht so bald wieder.« Ich gehe um mein Schalterpult herum und halte ihr die Tür auf.

Sie beugt sich zu mir. »Achtundvierzig Stunden«, flüstert sie. »Vergiss das nicht. Vierundzwanzig sind schon um.«

Ich will noch widersprechen, doch sie dreht sich einfach um und geht.

Als sie schon ein paar Meter entfernt ist, sehe ich aus ihren Kreditunterlagen einen gelben Zettel hervorlugen.

Panisch renne ich zurück zu meinem Schalter und suche hektisch die beiden Post-its, die ich für Anna geschrieben habe. Anna? Anna! Bei ihr an den Unterlagen hing doch auch etwas Gelbes! Oh Mann, jetzt klebt mir so viel Scheiße an den Füßen, dass ich daraus eine Kathedrale bauen könnte.

Innerhalb von zehn Sekunden habe ich meinen Arbeitsplatz fünfmal durchwühlt, finde aber die beiden Post-its nicht wieder. Warum müssen diese Dinger aber auch an allem kleben bleiben! Wer so was nur erfunden hat!

Doch damit kann ich mich jetzt nicht aufhalten, denn zwei wichtige Fragen drängen sich in den Vordergrund. Erstens, wer hat welchen Zettel bekommen?

Und zweitens: Was will Huber von mir, der vor mir

steht und seinen Ich-bin-hier-der-Chef-Blick aufgelegt hat?

20

Bankdirektoren sollte man im fünfzigsten Lebensjahre totschlagen.
Georg von Siemens, Gründer der Deutschen Bank AG

Huber baut sich vor mir auf, als sei er auch ein Bodybuilder. Dazu fehlen ihm zwar drei Wochen nonstop im Solarium, mindestens 100kg Muskeln und 500g Gehirn, aber er gleicht das durch sein Selbstbewusstsein locker wieder aus. »Führen Sie mit den Kunden etwa Privatgespräche?«

»Privatgespräche?« Ich tue total überrascht. »Ach Sie meinen die blonde Schwedin? Ich habe sie überzeugt, bei uns Kunde zu werden. Girokonto ...«

»Ich meine die andere«, unterbricht mich Huber. »Eine sehr unangenehme Kundin. Macht im Kundenwartebereich immer Liegestützen, wenn man sie nicht sofort bedient.«

»Ich habe ihr Unterlagen für einen Kredit mitgegeben.« Stolz schwingt in meiner Stimme. »Neubaufinanzierung!«

»Und vorher haben Sie sich mit ihr über Ihre Unterhosen unterhalten«, widerspricht Huber. »Ich habe jedes Wort gehört.«

»Unterhosen? Es ging um eine Ausbildungsversicherung für einen Arbeitslosen. Ein Verwandter von ihr.« Ich schüttle den Kopf. »Ich habe natürlich abgelehnt.«

»Und warum hat die Kundin gesagt, Sie seien nackt?«

»Nackt?«, wiederhole ich. »Sie hat sich nur beschwert, der DAX sei schon wieder abgekackt.«

»Die Dame hat gar keine Aktienfonds bei uns«, entgegnet Huber.

»Ja, aber bei der Deutschen und für die Kundin stecken alle Banken unter einer Decke«, antworte ich und wundere mich selbst, woher ich das schon wieder habe.

»Ich kriege Sie, Käfer, darauf können Sie Gift lassen!«

»Das heißt, Gift nehmen oder einen lassen«, will ich meinen Vorgesetzten korrigieren, doch ich verzichte darauf, da er sich schon im Rückwärtsgang befindet.

Kurzerhand nehme ich die Überweisungen von H., werfe einen Blick auf das Namensfeld und sie dann in den Papierkorb. *Heidemarie Schuster-Schäfer.*

Ein Doppelname! Das ist mal wieder typisch: Weil diese feine Dame sich selbst nicht entscheiden kann, müssen alle anderen das ausbaden und sich solche Wortungetüme merken. Doppelnamen sind schon furchtbar, aber Personen mit doppelten Doppelnamen gehören zurückentwickelt und abgetrieben. Mindestens! Und dann auch noch Schuster-Schäfer. Da hätte sie sich ja gleich Müllmann-Dentalhygieniker nennen können.

Ich gebe ihren Namen in den Rechner ein und

schaue mir ihre Kundendaten an. Solventer Arbeitgeber mit einem seit zweitausend Jahren bewährten Geschäftsmodell, alle Konten mehr als nur im Plus. Kurz und gut, ihre finanziellen Möglichkeiten überschreiten die meinen bei Weitem. Das ist zwar momentan so ziemlich bei jedem der Fall, selbst bei jemandem, der Hartz-IV bezieht, aber das hilft mir jetzt auch nicht weiter. Außerdem ist mir Anna gerade viel wichtiger und so wende ich meine Patentlösung für unliebsame Problemen an: Ich vertage sie auf morgen.

Das mit Anna ist allerdings auch ein Problem. Wenn sie den Kontoantrag ausfüllt, wird sie zwangsläufig meinen Zettel finden und mich morgen in der Bank zur Rede stellen. Vor Huber, der nur darauf lauert, mich beim nächsten Privatgespräch zu feuern. Davon abgesehen sind meine Chancen bei Anna nun endgültig auf das Niveau eines Pennystocks gesunken. Entweder denkt sie, ich bin ein pubertierender Dreizehnjähriger oder ein notgeiler alter Bock.

Und es gibt nur eine Möglichkeit das klarzustellen.
Mal wieder.

21

Ahmen Sie niemanden nach – seien Sie Sie selbst.
Dale Carnegie, amerikanischer Rhetoriklehrer und Unternehmensberater

Sofort nachdem ich zu Hause angekommen bin, rufe ich die Ikea-Homepage auf und klicke auf *'Frag einfach Anna'*.

»Hej, hier ist Matthias«, tippe ich.

»Hej, ich freue mich, dich bei IKEA begrüßen zu können«, antwortet sie.

»Hast du zufällig ein Post-it von mir gefunden?«

»Das hört sich interessant an«, antwortet sie. »Erzähle mir bitte mehr davon.«

»Da war ein dummer Spruch drauf.«

»Hilf mir bitte auf die Sprünge, Matthias. Ich kann das nicht verstehen.«

»Ignorier es am besten, es war ein Versehen«, tippe ich.

»Na gut, angenommen. Kann ich dir vielleicht noch eine Frage zu IKEA beantworten?«

Warum will sie denn schon wieder über Ikea reden? So spannend ist das Thema jetzt auch nicht. Steht wieder jemand hinter ihr? »Bist du allein?«, frage ich.

»Ich habe eine Menge netter Kollegen bei IKEA gefunden, mit denen ich sehr gerne zusammenarbeite. Es gibt immer eine Menge zu tun und einsam fühle ich mich nie – obwohl meine Kollegen auf der anderen Seite des Bildschirms sitzen.«

Also schaut niemand auf ihren Bildschirm und sie kann frei reden, äh, schreiben. »Ich hoffe, du bist nicht mehr böse auf mich.«

Ihre Antwort lässt auf sich warten. Ist das Internet gerade langsam oder sucht sie nach meinem Zettel, den sie ohne diese Unterhaltung vielleicht übersehen hätte?

»Ich verstehe dich leider nicht!«, kommt schließlich als Antwort.

Also ist sie doch böse auf mich. »Du glaubst bestimmt, ich bin bescheuert.«

»Was möchtest du mir damit sagen?«

»Du hast den Zettel also gefunden?«, frage ich.

»Was genau meinst du mit deiner Frage, Matthias?«

Irgendwie wirkt sie gerade total abweisend. Etwas stimmt hier nicht. »Magst du dich überhaupt noch weiter unterhalten?«

»Das bringt der Job schon mit sich. Ich kann reden wie ein Buch, vor allem wenn es um IKEA geht.«

Der Job? Sieht sie es als Job, sich mit mir zu unterhalten? »Und wenn ich nicht über Ikea reden will, sondern über uns?«

»Es ist in der Regel am einfachsten, wenn du dich direkt in deinem Einrichtungshaus an den Kundenservice wendest. Telefonisch bearbeiten wir alle Anfragen zentral im Service Center. Die Nummer des

Service Centers lautet: 0180 / 5 35 34 35 (Festnetzpreis € 0,14/Min.; Mobilfunkpreise abweichend, höchstens € 0,42/Min.). Eine direkte Durchwahl in die Einrichtungshäuser ist nicht mehr möglich, da unsere Mitarbeiter vielfältige Aufgaben im Einrichtungshaus wahrnehmen und nicht immer an ihren Telefonen zu erreichen sind.«

Jetzt ist mir alles klar, sie ist sauer wie eine Schweppes-Fabrik. Ich verabschiede mich und bereite mich schon einmal darauf vor, dass sie morgen nicht in die Filiale kommt.

Oder sie kommt und macht mir eine Szene. Vor Huber! Dann bin ich meinen Job los. Und sie!

Da kann nur noch Plan B helfen!

Ich gehe in das Kinderzimmer, suche eine Weile und klappe dann einen Umzugskarton auf. *Sonstiger unnützer Krempel VIII* steht drauf, doch ich weiß sofort, was sich darin befindet.

Es ist der Ratgeber des amerikanischen Bestsellerautors Kaineknie: *Zehn bombensichere Ratschläge für ausweglose Situationen.*

Super! Bei gleich zehn Ratschlägen wird ja wohl mindestens ein brauchbarer dabei sein. Nun mag man über die Praktikabilität amerikanischer Sachbücher geteilter Meinung sein, aber eines können die Amis mit Sicherheit: Zusammenfassungen schreiben. Ich öffne das Buch auf der letzten Seite, auf der die zehn bombensicheren Ratschläge noch einmal aufgelistet sind und lese sie durch:

1. Verlassen Sie die Stadt.
2. Verlassen Sie das Land.

3. Verlassen Sie die Erde (nur für Astronauten, Kosmonauten, Taikonauten und millionenschwere Weltraumtouristen geeignet).

4. Beginnen Sie einen Krieg (nur für amerikanische Präsidenten, Diktatoren, Ayatollahs und absolutistische Könige geeignet).

5. Warten Sie. Die meisten Probleme lösen sich von allein. Dummerweise weiß man vorher nie, welche es sind.

6. Arrangieren Sie sich mit dem Problem. Was ist schon so schlimm an einer verlorenen Arbeitsstelle/Liebe/Beinprothese/Prada-Handtasche? Unsere Vorfahren kamen mit viel weniger aus.

7. Wechseln Sie die Fronten (nur für Wendehälse, Politiker und wendehalsige Politiker geeignet).

8. Wechseln Sie ihre Identität.

9. Wechseln Sie Ihre Unterhose. Das mag nichts nützen, es schadet aber auch nichts.

10. Schreiben Sie ein Ratgeberbuch.

Kaum habe ich die zehn Ratschläge gelesen, bin ich fasziniert. Mit soviel Schwachsinn auch noch Geld zu verdienen, ist eine großartige Leistung.

Oder Betrug.

Wie auch immer, in meiner ausweglosen Situation hilft mir das jetzt weniger, denn ich bin weder Taikonaut, amerikanischer Präsident, noch Sachbuchautor. Plötzlich klopft eine Idee an meine Hirnwindungen. Kaineknie ist doch genial.

Na ja, vielleicht nicht gerade genial, aber wenigstens weiß ich jetzt, was ich tun muss.

22

Wer leicht rot wird, sollte beim Lügen grün tragen.
Yves Saint Laurent

Am nächsten Morgen setze ich mich in den Corsa und fahre in die Innenstadt zu unserer Filiale. Theoretisch hätte ich auch Krankfeiern können, aber solange ich nicht gestorben bin, würde Huber das nie akzeptieren.

Doch ich habe ohnehin einen besseren Plan: Identitätswechsel. Und das ohne die Identität zu wechseln! Klingt verwirrend, ist aber in Wirklichkeit genial.

Oder auch nicht, aber das ist nun mal das Einzige, was mir eingefallen ist.

Schätzungsweise zwei Nanosekunden nachdem ich die Sparkasse betreten habe, steht Huber vor mir. »Was ist denn mit Ihnen los?« Er zeigt demonstrativ auf die Sparkassenuhr. Es sind noch geschlagene zehn Minuten bis Dienstbeginn.

»Ich wollte heute mal früher kommen«, erkläre ich. »Da kann ich mich besser auf die Arbeit vorbereiten. Außerdem wollte ich Ihnen noch von meiner neuesten Idee für einen Werbespot erzählen. Er spielt auf einem Campingplatz, alle Wohnwagen sind belegt und der Camper weiß nicht, wo er schlafen soll.«

Als ich mein Dossier aus der Schublade hole, schließt Huber demonstrativ die Augen.

»Also, der Slogan heißt: *Wenn's ums Zelt geht, Spar...*«

»Käfer, ich krieg Sie dran!« Drohend zeigt Huber mit dem Finger auf mich. »Spätestens Ende der Woche sind Sie fällig!«

Ich verzichte darauf, ihn aufzuklären, dass heute schon Freitag ist und verschwinde auf das Angestellten-WC.

Wie immer geht dort nach zwei Minuten das Licht aus, eine Zeit, die nach Auffassung von Huber längstens reicht, einen Bob in die Bahn zu schicken und die zehnseitige Hygieneanweisung zum Händewaschen zu befolgen. Es könnte ja sonst sein, dass unser Geld zu stinken anfängt.

Doch ich muss gar nicht aufs WC. Ich stelle mich vor den Spiegel und klebe mir einen Leberfleck rechts neben die Lippe. Wäre ich Cindy Crawford, sähe das sicher sexy aus.

Kaum stehe ich wieder am Schalter und habe meinen Computer hochgefahren, öffnet sich die Filialtür. Es gibt nur zwei Kundinnen, die ich mir in dem Moment möglichst weit weg von der Sparkasse wünsche. Eine davon betritt gerade den Laden. Wenigstens ist es die Hübschere der beiden.

Anna kommt sofort auf mich zu. Sie sieht ein wenig gehetzt aus, anscheinend kann sie es gar nicht erwarten, mich in aller Öffentlichkeit zur Sau zu machen.

»Hallo, Matthias«, begrüßt sie mich. »Na, schon fleißig am Arbeiten?« Sie zeigt auf den Post-it-Stapel auf meiner Theke.

Also hat sie den Zettel entdeckt. Zeit für Plan B.

»Klar, immer fleißig«, sage ich. »Nur bin ich nicht Matthias.«

Anna schaut mich verwirrt an. »Du bist nicht Matthias?«

Ich beuge mich über den Tresen. »Ich bin sein Zwillingsbruder Markus«, flüstere ich. »Wir teilen uns heimlich den Job hier.«

»Und das klappt?«, fragt Anna.

»Yep.« Ich nicke. »Man kann uns nur am Muttermal unterscheiden.« Ich zeige auf den Leberfleck neben meiner Lippe. »Ich habe eines, er nicht.«

»Stimmt, ist mir gar nicht an ihm aufgefallen«, antwortet sie. »Und ihr tragt sogar denselben tollen Anzug?«

»Äh, also ... ja«, stammle ich. »Wir kaufen alles doppelt. Sonst würde das ja auffallen. Einen Tag komme ich zur Arbeit, den anderen er.«

»Aber dann verdient ihr ja nur halb so viel Geld und habt doppelt so hohe Ausgaben«, antwortet sie. Eine praktisch veranlagte Frau. Von ihr könnte ich noch einiges lernen.

»Das stimmt natürlich, aber so haben wir mehr Spaß. Und Geld ist ja nicht alles, oder?«

»Richtig.« Sie zwinkert mir zu. »Schließlich gibt es noch andere schöne Dinge im Leben. Diamanten, Gold, griechische Schuldverschreibungen.«

»Oder Ferraris, Rennboote und eine Dauerkarte von Waldhof Mannheim«, ergänze ich. »Das besitzen wir alles nicht.«

»Aber ihr habt denselben Humor wie ich«, sagt Anna

und lächelt. »Und der ist mehr wert als Geld.«

Dieses Stichwort entgeht Huber natürlich nicht und er macht Anstalten, zu uns zu kommen.

»Und wie kann ich dir helfen?«, frage ich laut in Annas Richtung.

»Also ich bin wegen des Kontoeröffnungsantrags da.«

»Kontoeröffnungsantrag?«, wiederhole ich, nun noch lauter.

»Ja, hat Matthias nichts davon erzählt?« Ihre Lippen formen einen Schmollmund. Wenn sie jetzt sagen würde *Bekomm ich den Tresorschlüssel?*, würde ich ihr den Schlüssel sofort aushändigen, notfalls über Hubers Leiche.

Obwohl, was heißt hier notfalls?

»Matthias hat so viele Kundinnen am Tag, da kann er sich nicht an jede erinnern«, antworte ich.

Ihr Schmollmund verschwindet so schnell, wie er gekommen ist. Was bin ich nur für ein Idiot! Wie kann ich das wieder ins Reine bringen? Ich gebe die Aufgabe an mein Hirn weiter, aber ihm fällt nichts ein. Die Milz und die Langerhansschen Inseln schweigen auch betreten.

»Wenn du Matthias die Unterlagen gibst, bin ich sicher, er erinnert sich an mich«, sagt Anna schließlich und zwinkert mir zu.

Ich liebe diese Frau. Ich stehe noch mit offenem Mund da, als sie schon gegangen ist und Osram-Huber vor mir steht.

»Hatte ich Privatgespräche nicht ausdrücklich untersagt?«, blökt er.

»Haben Sie schon mal ein Auto gekauft?«, frage ich.

Huber nickt und sieht jetzt selbst verwirrt aus, wohl weil er nicht weiß, worauf ich hinaus will.

»Und woher kennt der Verkäufer Ihre Wünsche?«, frage ich und warte gar nicht erst auf Hubers Antwort. »Weil er ein bisschen Smalltalk mit Ihnen macht und so erfährt, was für ein Typ Sie sind.« Ich knalle die Kontoeröffnungsunterlagen auf den Tisch. »Die junge Frau hat ein Girokonto eröffnet, eine Kreditkarte beantragt und von den Versicherungen will ich gar nicht erst reden.«

Ist auch besser so, denn Versicherungen hat sie nicht abgeschlossen. Ich ziehe die Unterlagen wieder zu mir zurück, damit Huber nicht auf den Gedanken kommt, sie sich anzuschauen.

»Kann ich die Daten jetzt in das System eingeben?«, frage ich Huber, der immer noch stumm ist wie ein filetierter Fisch. »Die Kundin wartet darauf und ich habe ihr versprochen, heute noch das Konto freizuschalten. Sonst wäre sie nämlich zu einer anderen Bank, und das weiß ich nur, weil ...«

»Ist ja gut«, unterbricht mich Huber. »Und hören Sie verdammt noch mal auf, sich stundenlang zu loben, wenn Sie ausnahmsweise mal was richtig gemacht haben.«

Jetzt schaue wieder ich verwirrt drein. War das etwa ein Lob? Das erste in den drei Jahren, die ich hier arbeite? Doch es kommt noch besser. Frau Weber, die mich sonst nur mitleidig anschaut, wenn Huber mich mal wieder zusammenscheißt, wirft mir auf einmal einen Blick zu, der nur eines heißt: Gut gemacht!

Euphorisiert stürze ich mich auf Annas Unterlagen und fange an, ihre Daten einzugeben. Erst als ich bei

Seite drei angekommen bin, sehe ich den kleinen gelben Zettel, der auf der Rückseite des Blattes klebt.

23

Man sollte in Gelddingen nur auf Leute hören, mit denen man auch ins Bett gehen würde.
Wolfgang Joop

Ich atme tief ein und drehe das Blatt um. Die Handschrift auf dem Post-it ist schnörkellos und harmonisch.

Du gehst ja ganz schön ran :-)
Meine Telefonnummer hast Du ja.
Anna

»Jaaa!«, schreie ich und mache spontan die Becker-Faust, was Huber zu meiner Überraschung nur mit einem Räuspern quittiert. Ich lächle still in mich hinein, lese den Zettel noch einmal und lasse ihn unauffällig in meiner Hosentasche verschwinden. Moment, was steht da noch mal drauf? Sofort hole ich den Zettel wieder heraus und lese ihn. *Meine Telefonnummer hast Du ja.*
Welche Telefonnummer?
Da ich nicht weiß, wie man sich das Hirn zermartert

oder den Kopf zerbricht, denke ich einfach nur nach.
Und denke nach.
Und noch mal nach.
Doch mir fällt nicht ein, welche Telefonnummer sie meinen könnte. Wohl kaum die kostenpflichtige Nummer ihrer Kollegen, die sie mir online genannt hat.
Ich muss ihre Nummer finden! Ich nehme mir noch einmal den Kontoeröffnungsantrag vor und durchsuche ihn Blatt für Blatt nach Zetteln oder Anmerkungen. Nichts!
Als gerade keine Kunden in der Filiale sind, verlasse ich meinen Platz hinter dem Schalter und gehe Annas Laufweg in der Filiale ab. Huber räuspert sich erneut und kommt auf mich zu.
Ich laufe zurück zu meinem Pult und nehme mir Annas Antrag, damit ich beschäftigt tun kann.
Mister Nasenhaar sieht, dass ich offensichtlich arbeite, wirft mir noch mal einen strengen Blick zu und geht dann zurück an den Kopierer, von dem aus er mich besonders gut beobachten kann. Also gebe ich die Daten aus Annas Kontoeröffnungsantrag in den Rechner ein, darunter den Namen (Anna Svenson; ein sehr schöner Name), Familienstand (ledig; bisher habe ich mich immer gefragt, warum Banken solche Informationen für eine Kontoeröffnung benötigen, doch jetzt finde ich diese Sammelwut sehr lobenswert), Geburtstag (10. Mai), Alter (29), Adresse (Benckiserstraße 63, 67059 Ludwigshafen; was erklärt, warum sie in meine Filiale in der Innenstadt gekommen ist), Telefonnummer (0621/900127), Arbeitgeber (Ikea, Niederlassung Mannheim; aber das weiß ich ja schon),

bisherige Bankverbindung (nicht vorhanden). Und plötzlich fällt es mir wie Schuppen aus den Haaren. Da steht eine Telefonnummer!

Ich mache wieder die Becker-Faust, dieses Mal ohne zu schreien (man lernt ja dazu) und grinse wie ein Nutellapferd. Das ist sicher tausendmal leckerer als ein Honigkuchenpferd.

Ich bin so glücklich, dass mir nicht einmal die Arbeit etwas ausmacht. Zwar bin ich noch auf Bewährung, pleite und hab diese Schuster-Schäfer am Hals, aber das interessiert mich jetzt alles nicht. Denn es ist bald Wochenende und ich bin verliebt. Ja, verliebt, in Anna von Ikea!

Doch das Beste ist, ich weiß auch warum. Bisher habe ich mich von Frauen blenden lassen, die nur an Oberflächlichem interessiert waren. Frauen wie Julia, denen Geld und Prestige wichtiger ist als Glück. Anna ist anders. Sie lacht über meine Witze. Solche Frauen sind rar, so rar, dass ich dachte, es gäbe sie nicht. Doch ich habe mich getäuscht. Zum Glück!

Zu Hause laufe ich zum Telefon, wähle Annas Nummer, die ich inzwischen auswendig kann und warte schätzungsweise drei Nanosekunden, bevor ich den Hörer wieder auflege.

Wäre es nicht vernünftiger, mir erst einmal zu überlegen, was ich sagen soll? Schließlich arbeitet Anna nicht auf einer Bank und steht um 17 Uhr folglich noch bei Ikea in der Geschirrspülerabteilung. Womöglich hat sie einen Anrufbeantworter und ich muss etwas draufsprechen. Ich hasse diese Dinger. Schon der Name *Anrufbeantworter* ist eine einzige Irreführung. Oder hat so ein Teil in der gesamten Menschheitsgeschichte auch nur einen einzigen Anruf beantwortet?

Das wäre ja wenigstens noch praktisch, aber stattdessen zeichnen diese Brabbelboxen nur das eigene Gestammel auf.

Ich nehme mir einen Block Post-its und setze mich an meinen Schreibtisch. Ich überlege, wie ich beginnen könnte, dann, was Anna antworten wird und wie ich darauf reagiere.

Nach wenigen Stunden ist mein ganzer Tisch voll mit Post-its, in bis zu fünf Zentimeter hohen Türmen angeordnet. Ich habe alle Möglichkeiten durchdacht.

Jetzt kann nichts mehr schiefgehen.

Nein wirklich, jetzt wird es klappen.

Ich atme noch einmal tief aus und greife zum Telefon.

24

*Ich werde nie einen Intelligenztest machen,
so schlau bin ich auch.*
Daniela Katzenberger

»Hier ist Matthias«, melde ich mich und lege den ersten Zettel auf den leeren Stapel mit den verwendeten Post-its.

»Hallo, Matthias«, antwortet eine weibliche Stimme. »Schön, dass du anrufst.«

Das läuft ja super, denke ich und nehme mir den nächsten Zettel. »Wie war dein Tag?«, lese ich ab und lege auch diesen Zettel beiseite.

»Ein wenig stressig«, ist ihre Antwort. »Freitagabend eben. Und bei dir?«

»Ich bin heute von meinem Filialleiter gelobt worden«, antworte ich, finde die Antwort aber währenddessen selbst ein wenig langweilig und werfe den Zettel in den Papierkorb. »Nachdem ich dein Post-it gesehen habe, ging es mir so gut, dass ich das ganze Universum hätte umarmen können«, ergänze ich.

»Welches Post-it?«, fragt sie.

Aha, Kategorie unerwartete Antwort. Ich nippe an

dem Bier, das ich mir hingestellt habe, falls ich mir Mut antrinken muss und nehme mir den entsprechenden Zettelstapel. »Deine Antwort auf mein Post-it«, sage ich vorsichtig.

»Welches Post-it von dir?«

Mist, jetzt bin ich in der Falle, weiß ich doch immer noch nicht, welches Post-it sie erhalten hat und welches Anabolika-Heidemarie. Ich nehme den Stapel der Kategorie akuter Notfall und durchsuche ihn nach einer passenden Antwort.

Ich finde keine und nehme einen großen Schluck Bier. »Das mit meinen pubertären Anwandlungen«, sage ich schließlich, nachdem ich meinen Jokerzettel gezogen habe. »Aber ich habe es irgendwie auch ernst gemeint«, spreche ich aus, was auf dem nächsten Joker-Post-it steht, die auch immer passt.

»Und wie stellst du dir das vor?«, fragt Anna.

Eine Frage der Kategorie *Was denkst du gerade?* Ich hasse diese Fragen, bei denen man Farbe bekennen muss, obwohl man nicht weiß, was gerade gespielt wird. Für diesen Stapel Zettel habe ich fast die ganze Nacht gebraucht. Kein Wunder ist es schon zwei Uhr morgens.

Man soll ja nichts überstürzen, außerdem wollte ich ihr ein paar Stunden zum Ausspannen geben. Und mir auch. In denen ich mich ein wenig lockertrinken wollte. Das hat fünf Flaschen Bier gedauert und dann noch mal drei, bis ich endlich den Mut hatte, zum Hörer zu greifen.

Ich befürchte, das Ganze geht ein wenig auf Kosten meiner kognitiven Fähigkeiten. Aber für Einsicht ist es jetzt ziemlich spät, denn ich bin mitten im Telefonat und Anna wartet auf meine Antwort. Ich durchsuche den Stapel nach einem passenden Zettel. Natürlich finde ich keinen. Das Telefon ist jetzt so still, stiller kann es gar nicht sein.

Jetzt bloß keine Gesprächspause entstehen lassen! Sonst bin ich wieder blockiert und die Milz übernimmt das Kommando. Panisch greife ich nach irgendeinem beliebigen Post-it. »Ich dachte, wir gehen in eine coole Bar, nehmen ein paar gediegene Drinks zu uns, flanieren anschließend zu dir nach Hause und poppen bis zum Umfallen«, lese ich ab, was ich offensichtlich nach Bier Nummer acht geschrieben habe.

Ich lausche in den Hörer, doch nur die mir schon bekannte Stille antwortet. Ist ja auch kein Wunder, bei dem Mist, den ich gerade von mir gegeben habe. Anna hat aufgelegt.

Beziehungsweise sie hätte es getan, wenn sie wirklich am Apparat gewesen wäre. Ich befinde mich nämlich noch im Stadium der Simulation.

Was für ein Glück!

Bestimmt ist es ein gutes Zeichen, dass die Generalprobe in die Hose gegangen ist. Damit trösten sich die Regisseure beim Theater und im Fernsehen ja auch immer. Ob dort aber auch jede andere Probe so gründlich schiefgeht wie bei mir? Ich habe trotz einer von mir sehr wohlwollend gespielten Anna nicht einen Durchlauf zustande gebracht, der zu einer Verabredung geführt hätte.

Ob das an meinem leicht erhöhten Alkoholpegel liegt? Normalerweise bin ich nicht einmal ein Gelegenheitstrinker; der Kasten Bier, den ich gerade fast zur Hälfte geleert habe, ist schon seit zwei Monaten abgelaufen. Ich kann mich auch gar nicht erinnern, dass ich den gekauft habe und mir die Existenz des Kastens in meiner Wohnung nur damit erklären, dass die Bauarbeiter vom Innenausbau ihn vergessen haben.

Ich denke kurz über die Hypothese nach und muss dann selbst lachen, da wäre ja selbst wahrscheinlicher, dass Außerirdische den Bierkasten vorbeigebracht haben, nach einer Stippvisite bei Erich von Däniken.

Mir schmeckt das Zeugs nicht einmal, aber irgendwie muss ich den Witz in mir ja zum Sprießen bringen. Dass dabei auch ein wenig Unkraut wächst, ist doch völlig normal.

Ich beschließe, genug geprobt zu haben und greife zum Hörer. Ich wähle Annas Nummer und warte auf das Freizeichen. Es klingelt ein paar Sekunden, dann höre ich ihre Stimme. Ich will etwas sagen, doch dann fällt mir auf, dass nur ihre Brabbelbox rangegangen ist.

Soll ich trotz meiner Abneigung gegen diese Dinger spontan etwas aufs Band sprechen? Ich nehme einen Schluck von Bier Nummern neun, frage mich, ob ich in dem Zustand schon lalle und lege dann doch auf. Morgen ist auch noch ein Tag.

25

Erfahrung ist der beste Lehrmeister.
Nur – das Schulgeld ist teuer!
Thomas Carlyle, schottischer Schriftsteller

Am nächsten Morgen Punkt acht Uhr sitze ich wieder vor dem Telefon. Ist es unhöflich, samstagmorgens um diese Zeit anzurufen? Und ist es in meinem Zustand überhaupt anzuraten? Mein Kopf schmerzt, als hätten Bauarbeiter, aus Frust wegen dem vergessenen Kasten Bier, darin mit Presslufthämmern gewütet. Und überhaupt, sollte ich nicht erst einmal etwas trinken?

Jeder normale Mensch würde morgens um acht Kaffee trinken, und ich habe ja immer noch das Nescafé Probetütchen. Dabei gibt es nur ein Problem: Ich mag keinen Kaffee, jedenfalls nicht in meinem Mund. Mir ist völlig schleierhaft, wie ein Getränk, das so angenehm riecht, dermaßen bitter schmecken kann. *Das liegt an der deutschen Filterplörre*, mag der eine oder andere passionierte Kaffeetrinker einwenden, aber italienischer, arabischer oder amerikanischer Kaffee schmecken mir auch nicht. Und erst recht nicht der indonesische Katzenklokaffee.

Also bleibt das Nescafé-Probetütchen zu, genau wie meine beiden letzten Teebeutel, die ich mir für später aufhebe. Säfte, Cola, Fanta oder Almdudler bevölkern momentan vielleicht den nächsten Supermarkt, aber weder meinen Kühlschrank noch meine Küche oder meinen Keller. Alles, was ich an Trinkbarem im Haus habe, ist der Kasten abgelaufenes Bier. Leitungswasser zähle ich bewusst nicht dazu, denn wir befinden uns ja in der Stadt der Chemie. Da könnte ich ja gleich den Gully anzapfen.

Doch morgens schon Bier trinken, ist das wirklich gesund? Andererseits, können Millionen von Bauarbeitern sich irren?

Ich beschließe, erst Mal reichhaltig zu frühstücken. Ich öffne das letzte Glas Gewürzgurken, nehme die Essigstäbchen und tunke sie in eine gelbbraune Pampe, die in ihrem früheren Leben vermutlich Quittenmarmelade war. Dann setze ich das Gurkenwasser an, nehme einen kräftigen Schluck, schüttle mich vor Entsetzen und verschlucke mich beinah an den Senfkörnern. Wenigstens bin ich jetzt wach, so wach, dass ich fast übermütig werde. Ich lege mich auf den Boden und pumpe mir ein paar Liegestütze aus den Armen.

Drei um genau zu sein, dann bin ich außer Puste. Ich sammle mich wieder, spüre, wie die Energie in meinen Körper zurückkehrt und greife zum Hörer.

Bevor ich Annas Nummer gewählt habe, lege ich auf.

Soll ich sie wirklich anrufen? Ich überlege kurz, nehme wieder den Hörer in die Hand und wähle die ersten beiden Ziffern.

Dann lege ich auf.

Verdammt, ich bin nervös wie ein Möchtegern-Superstar vor dem ersten Casting. Ich atme tief durch, packe voller Entschlossenheit den Hörer, drehe die Wählscheibe, warte vor der letzten Ziffer einen Moment und lege wieder auf.

So geht das eine Weile hin und her, bis ich es eine halbe Stunde später aus Versehen tatsächlich schaffe, Annas Nummer zu wählen.

Das Freizeichen ertönt zwei Mal, eine weibliche Stimme meldet sich. »Hallo?«

Es ist Anna! Ich starre auf meine Zettel. Wenn ich mich stur an das halte, was auf ihnen steht, kann es gar nicht schiefgehen.

Na ja, vielleicht schon, aber eine andere Wahl habe ich jetzt nicht mehr. »Hier ist Matthias«, lese ich ab und lege den Zettel auf den frisch geleerten Stapel mit den verwendeten Post-its.

»Hej, Matthias«, antwortet Anna. »Schön, dass du anrufst.«

Das läuft doch super, denke ich und nehme den nächsten Zettel. »Wie war dein Tag?«, lese ich ab und lege auch diesen Zettel beiseite.

»Äh, ein bisschen kurz bisher«, antwortet sie.

Verdammt, es ist ja schon Samstag, fällt mir jetzt ein, was ich gestern Abend beim Proben übersehen habe. »Ich hoffe, ich habe dich nicht geweckt«, entgegne ich, weil das meine Mutter auch immer sagt, wenn sie sonntagmorgens um sieben Uhr anruft.

»Nein, ich war schon wach«, antwortet Anna.

Nein, ich war schon wach, habe ich auch nicht unter ihren potenziellen Antworten verzeichnet. Ich werde nervös. Was soll ich tun? Schon wieder improvisieren? Zweimal hintereinander? Das geht doch bestimmt in die Hose!

»Dein Post-it hat mich sehr gefreut«, sagt plötzlich jemand, von dem mein Gehirn nach kurzer Zeit feststellt, dass ich es selbst bin.

»Welches Post-it?«, fragt Anna.

Oh Gott, genau wie in der Generalprobe.

Ich sitze in der Falle!

Ich will schon zum Jokerstapel greifen, als Anna plötzlich lacht. »Dein Post-it hat mich auch gefreut«, sagt sie. »Wenngleich es ein wenig ungewöhnlich war.«

Ich freue mich so sehr über ihre Antwort, dass ich die Becker-Faust mache und dabei fast alle Zettel vom Tisch haue. Jetzt ist alles verloren!

Orientierungslos greife ich nach einem der wenigen Post-its, die noch auf dem Tisch liegen. »*Du hast tolle Brüste!*«, steht darauf. Obwohl es stimmt, lese ich den Zettel nicht vor. Verdammt, Gesprächspause nicht zulassen! Ich nehme den nächsten Zettel und lese ab: »Was hältst du davon, wenn wir uns heute Nachmittag zu Kaffee und Kuchen bei mir treffen?«

Es kommt mir wie eine Ewigkeit vor, bis Anna antwortet, dabei sind es wahrscheinlich nur ein paar Sekunden. »Ich denke, du magst keinen Kaffee?«, fragt sie.

»Das, äh, stimmt«, stammle ich. »Ich meinte auch Tee und Torte. Das klingt eh besser.«

»Finde ich auch«, antwortet Anna. »Ich muss dir ohnehin etwas erzählen«, ergänzt sie noch, doch da bin ich schon auf Glücksautopilot.

»Wie wäre es um halb drei?«, frage ich.

»Klingt gut, holst du mich ab?«

Gut, dass sie daran gedacht hat, mir wäre das nämlich mal wieder total entfallen. »Benckiserstraße 63«, sagen wir beide im Chor und müssen lachen.

26

Eine Milliarde hier, eine Milliarde da –
und bald läppert sich das zu richtigem Geld zusammen.
Everett McKinley Dirksen, amerikanischer Politiker

Kaum habe ich aufgelegt, fällt mir ein, dass ich zwar Tee im Haus habe, aber keine Torte. Außerdem sollte ich noch aufräumen und den Geschirrspüler anschließen, denn Anna mag selbstständige Männer. Was erledige ich zuerst? Torte, Geschirrspüler oder Aufräumen?

Ich werfe eine Münze. Beim dritten Wurf bleibt sie endlich mit der Zahl oben liegen. Also Torte. Das kommt mir gerade recht, nicht auszudenken, wenn sie auf dem Rand gelandet wäre: Aufräumen!

Zudem haben Konditoreien die unangenehme Eigenschaft, selbst am Wochenende recht früh zu öffnen. Ich befürchte daher, dass deren Auslage heute Nachmittag aussieht, wie ein Wühltisch am letzten Tag des Sommerschlussverkaufs.

Ich steige in meinen Anzug, dann ins Auto, drehe den Zündschlüssel und warte darauf, dass der Motor anspringt.

Ich drehe ihn erneut.

Und wieder.

Und noch mal.

Dann gehen mir die Synonyme aus.

»Das ist keine deutsche Wertarbeit!«, schreie ich nach dem elften Anlauf, doch niemand hört mich. Mit oder ohne Gaspedal, erster Gang, zweiter, dritter, Schlagen auf das Armaturenbrett, Lenkrad oder Handschuhfach, alles ist vergebens, die Kiste bewegt sich keinen Zentimeter.

»Bitte, bitte, lieber Corsa«, flehe ich schließlich, weil ich mir nicht mehr anders zu helfen weiß. »Spring an, nur noch dieses eine Mal.« Ich drehe den Zündschlüssel um und plötzlich weiß ich, dass es einen Gott gibt. Jedenfalls für Opelfahrer.

Nach einer halben Stunde und dem üblichen Samstagmorgen-wir-müssen-alle-einkaufen-Stau stehe ich endlich vor der Konditorei *Katze*.

Ich überlege kurz, wie der Name klingen würde, befänden sich darin drei O statt nur zwei, doch dann verdränge ich den Gedanken wieder, denn ich bin ja nicht wegen des Namens hier, sondern wegen der Torten. Und in dieser Konditorei gab es nun mal die besten Torten zwischen Haßloch und Handschuhsheim. Mindestens!

Wie man an diesem Beispiel sehen kann, hat man in der Kurpfalz nicht nur ein Faible für ungewöhnliche Konditoreititulierungen, sondern auch für Ortsnamen. Jahrelang habe ich mich beispielsweise gefragt, was die Lieblingsbeschäftigung eines Schifferstädters ist? Schifferstadt liegt nämlich kilometerweit vom nächsten Fluss, See oder Meer entfernt. Sandhausen liegt auch nicht in der Sahara und es hieß früher sogar noch schlimmer, nämlich Lochheim. Sandhausen beherbergt laut Gelben Seiten sieben Architekten, und ich möchte gar nicht wissen, ob die nur auf Sand bauen können.

Doch genug davon, schließlich wartet die Konditorei Katze auf mich.

Nicht nur auf mich, wie ich beim Aussteigen sehe. Vor der Konditorei steht eine beträchtliche Anzahl Rentner, schön in Reih und Glied, bis auf den Bürgersteig.

Die Herren und Damen Rentenempfänger meckern natürlich sofort los, ausnahmsweise jedoch zurecht, weil ich beim Parken den Motor laufen lasse. Doch der Opelgott hat mir nun mal nur einen einmaligen Aufschub zugebilligt. »Es geht sicher ganz schnell«, sage ich zu dem Opa, der vor mir steht, doch allein die Zeit, die er braucht, um sich zu mir umzudrehen und mir die pfälzische Universalantwort auf alle Fragen des Lebens entgegenzeitzulupen, belehrt mich eines Besseren. »Hä?!«

Rentner! Die Plage aller Berufstätigen! Warum müssen die ausgerechnet immer samstags einkaufen, wo sie doch die ganze Woche über Zeit haben, die von mir mühsam erarbeiteten Rentenbeiträge zu verprassen? Und warum brauchen sie für jede Entscheidung fünfzehn Minuten und noch einmal zwanzig, um das passende Wechselgeld zu suchen, das sie in den meisten Fällen gar nicht dabei haben?

Nach gefühlten drei Leben komme ich endlich in den Laden und nach zwei weiteren an die Reihe. »Eine Schwarzwälder Kirschtorte«, bestelle ich in gehobener

Lautstärke, um den noch anwesenden Rentnern zu zeigen, dass man sich auch überlegen kann, was man gerne hätte, bevor man an die Theke tritt.

Die Konditorfachverkäuferin ist zwar auch schon kurz vor dem Rentenalter, doch sie lächelt ob meiner Professionalität anerkennend, weswegen ich eine echte Verbundenheit mit ihr spüre. Wir aus der Dienstleistungsbranche halten eben zusammen.

Sie schiebt die Torte in eine mit mehreren Kätzchen verzierte Schachtel. *Katzen würden bei Konditorei Katze kaufen*, steht darunter. Der Slogan ist ja noch schlimmer als bei Klempner-Kemal.

»Das macht dann siebundzwanzig Euro fünfundneunzig.«

Das menschliche Gehirn ist ein bemerkenswertes Objekt. Es kann sich unendlich viele Dinge merken und genau bis zu dem Moment ausblenden, in dem sie benötigt werden. Den ganzen Morgen wusste ich schon, dass ich etwas Wichtiges vergessen habe und doch fällt es mir jetzt erst ein.

Ich habe kein Geld mehr. Null, nix, niente. Ich bin pleite, illiquid, abgebrannt und all das, was sonst noch im Synonymwörterbuch zu dem, an für sich einfachen, Umstand steht, dass sich mein Gelbbeutel im Zustand der totalen Dürre befindet.

» Siebundzwanzig Euro fünfundneunzig«, wiederhole ich, um ein wenig Zeit zu gewinnen, doch die Rentner hinter mir drängeln schon. »Kann ich anschreiben lassen?«, flüstere ich und schaue die Konditorfachverkäuferin mit einem Kumpellächeln an. Schließlich sind wir quasi Kollegen.

»Anschreiben?«, blökt die Verkäuferin so laut in den

Verkaufsraum, dass man es noch auf der Straße hören kann. Ihr freundliches Lächeln verschwindet auf Nimmerwiedersehen und wird durch einen grimmigen die-Kunden-können-mich-mal-Blick ersetzt. »Das machen wir schon seit zwanzig Jahren nicht mehr. Die jungen Leute zahlen das doch nie zurück.«

Damit meint sie offensichtlich mich. Obwohl ich immer alle meine Rechnungen sofort bezahle.

Außer die, für die ich gerade kein Geld habe. »Es ist aber sehr wichtig«, sage ich. »Ich brauche die Torte für ein Rendezvous.«

Normalerweise gehört Rendezvous nicht zu meinem Wortschatz, aber ich bezweifle, dass *Date* zu dem der Konditoreifachverkäuferin gehört.

»Das ist nicht mein Problem«, sagt sie.

»Ich könnte Ihnen als Gegenleistung einen neuen Werbeslogan anbieten«, schlage ich vor.

Sie schaut mich interessiert an. »Welchen denn?«

»Ihr Logo brauchen Sie nicht zu ändern. Oben groß steht *Konditorei Katze*, wie bisher. Und klein darunter schreiben Sie: *Für Naschkatzen.*«

Das ist natürlich ein sehr provinzieller Vorschlag, den die Frankfurter Werbegurus nicht mal bei einem Brainstorming zulassen würden, aber hey, wir sind hier in Ludwigshafen-Oggersheim, da muss ma babble, wie eim de Schnawwel gewachse iss.

Und es wirkt. In den Augen der Konditoreifachverkäuferin blitzen Eurozeichen, ja, sie schreibt sich den Slogan auf eine Brötchentüte und lächelt. Dann schaut sie auf die Rechnung, wieder auf die Tüte und wieder auf die Rechnung. »Da kann ich Ihnen zwei Euro für abziehen. Das macht fünfundzwanzig Euro fünfundneunzig.«

Ich komme mir vor wie einer dieser unterbezahlten Schriftsteller, die nebenher noch bei der Müllabfuhr arbeiten müssen. »Das ist nicht Ihr Ernst, oder?«

»Ich hab eine andere Idee.« Sie deutet auf die Straße, wo mein Corsa immer noch vor sich hin tuckert. »Offensichtlich besitzen Sie ein Auto, richtig?«

Ich nicke, doch schon im nächsten Moment ahne ich, dass es ein Fehler ist.

Nachdem ich gute drei Stunden später die achtzehnte Torte ausgefahren habe, muss ich mir eingestehen, dass meine Befürchtungen mehr als übertroffen wurden. Ich habe noch eine halbe Stunde, um die restlichen drei Torten auszufahren, wieder zur Konditorei zu düsen, meine Schwarzwälder Kirschtorte in Empfang zu nehmen und zu Anna zu jetten. Natürlich muss jede Lieferung vom Kunden quittiert, sowie bezahlt werden und die meisten Kunden sind – na klar, Rentner.

Außerdem muss ich jeden Cent in der Konditorei abliefern, wenn ich meine Torte wiedersehen will. Damit ich nicht auf die Idee komme, vorzeitig mit den Sahnebomben zu verduften, durfte ich meinen Anzug gegen eine potthässliche Bäckeruniform tauschen, die mir auch noch drei Nummern zu klein ist.

Immerhin ist es mir bei jedem Parkvorgang beim Kunden gelungen, den Autoschlüsselabziehreflex zu unterdrücken, so dass mein Opel bisher wacker durchgehalten hat.

Zwei Kunden später zähle ich mein nicht sehr üppiges Trinkgeld und rechne das durch. Ich bin eigentlich ein ehrlicher Mensch, aber ehrlich braucht manchmal am längsten.

Ich opfere mein Trinkgeld, fälsche die letzte Unterschrift und pese zurück zur Konditorei. Dort springe ich in meinen Anzug, schnappe mir die Schwarzwälder Kirschtorte und kitzle auch das letzte der 58 Pferdestärken aus dem Wagen.

Mit quietschenden Reifen komme ich an der Benckiserstraße 63 an und schaue auf die Uhr. Es ist halb drei und ich bin pünktlich wie einer der Maurer, die nur in diesem Sprichwort existieren. Ich steige aus dem Wagen, als sei ich die Ruhe selbst und klingle an Annas Haustür.

27

So viele Menschen, wie es böse Nachbarn gibt,
gibt's gar nicht.
Walter Ludin, schweizer Publizist

Keine zwei Minuten später schwebt Anna durch das Treppenhaus zu mir herunter und lächelt, wie es nur Engel können. Die Sonne strahlt mit ihr um die Wette.

»Warum lässt du den Wagen laufen?«, fragt Anna. Jetzt erst erkenne ich, dass da gar nicht die Sonne gestrahlt hat, sondern der Greenpeace-Sticker auf ihrer Tasche. Ich mag Greenpeace, aber das wird Anna mir jetzt wohl nicht mehr glauben.

»Das ist, äh, wegen der Heizung«, stammle ich.

»Heizung?«, wiederholt sie, steigt ein und zeigt auf die Temperaturanzeige meines Autos. »Es sind neunundzwanzig Grad und es ist Hochsommer. Selbst in Schweden brauchst du um die Jahreszeit keine Heizung.«

Ich überlege, ob ich ihr sagen soll, dass die Temperaturanzeige genau wie alle anderen Anzeigen in meinem Auto defekt ist, aber der Schweiß auf meiner Stirn belehrt mich eines Besseren. Es ist wirklich verdammt heiß hier drin.

»Das ist ja das Problem«, sage ich. »Ich muss den Wagen laufen lassen, damit die blöde Heizung nicht angeht. Ist ein Opel.« Ich zucke entschuldigend mit der Schulter und fahre los. »Mir sind andere Dinge wichtiger als Autos.«

»Mir auch«, antwortet Anna und lächelt plötzlich wieder. »Mein letzter Freund hatte übrigens einen Porsche.«

Porsche, Greenpeace, wie passt das denn zusammen? Außerdem dachte ich, sie steht nicht auf solche Typen?

»Furchtbar, oder?«, fragt sie.

Ich male mir aus, wie ich mit einem Porsche und Anna durch die Landschaft düse. »Was ist daran furchtbar?«, frage ich.

»Ich hab nichts gegen Luxus«, antwortet sie. »Erst war ich sogar begeistert. Aber das hat sich schnell gelegt. Für ihn zählte nur das Auto.« Sie schüttelt den Kopf. »Einmal hat er einen Unfall gebaut, ich hab mir dabei den Arm gebrochen und sein Porsche bekam eine Schramme ab. Und meinst du, er hat mich im Krankenhaus besucht?«

»Ja«, antworte ich, weil ich mir gar nichts anderes vorstellen kann.

»Von wegen!«, antwortet sie. »Er hat jede freie Minute in der Werkstatt verbracht.«

»Echt?«

»Wenn es möglich gewesen wäre, hätte er sogar dort übernachtet und dem Porsche die Felgen gehalten!« Trotzig verschränkt sie die Arme. »Da hab ich mir geschworen, ich will nie wieder einen Typen, dem sein

Auto, sein Handy oder sein Computer wichtiger sind als ich.«

»Ich hab gar kein Handy«, sage ich. »Und mein Auto siehst du ja selbst.« Ich muss lachen und sie auch.

»Dein Auto mag ich«, sagt sie. »Außerdem verbraucht es sicher nicht so viel Sprit.«

»Das stimmt«, nicke ich und erinnere mich, dass ich mich damals auch mit den Verbrauchswerten getröstet habe, weil ich mir die PS-Monster, die alle anderen hier in der Gegend fahren, nicht leisten konnte. Und irgendwie auch nicht wollte.

»Hast du immer noch so viel zu tun?«, fragt sie und zeigt auf den Geschirrspüler, der nach wie vor auf der umgelegten Rückbank schlummert.

»Das ist nur der Karton«, lüge ich, weil sie ja auf selbstständige und umweltbewusste Männer steht. »Ich wollte ihn auf dem Weg zu dir zur Altpapiersammelstelle fahren, aber dann hab ich es vergessen.«

»Dann kannst du es ja jetzt erledigen«, schlägt sie vor, woraufhin ich mir vorstelle, welchen Eindruck ich bei ihr hinterlasse, wenn ich zusammenbreche, während ich einen vermeintlich leeren Karton zu einer Altpapiersammelstelle trage. »Wir sind vorhin gerade dran vorbeigefahren«, antworte ich. »Das erledige ich dann ein anderes Mal. Schließlich warten zwei leckere Torten auf uns.«

»Gleich zwei? Sie zieht die linke Augenbraue hoch. »Wen hast du denn sonst noch eingeladen?«

»Nur dich und mich«, antworte ich. Selbst mir fällt nun auf, dass zwei Torten in diesem Fall reichlich verschwenderisch sind. »Morgen kommen noch meine Eltern zu Besuch«, schiebe ich hinterher. »Mit

Großeltern.«

»Man sieht, du bist ein praktisch veranlagter Mann.« Sie zwinkert mir zu. »Aber ich hoffe, du hast mich nicht nur deswegen eingeladen.«

»Nein, aber meine Eltern«, antworte ich und wundere mich, wie schlagfertig ich ohne Post-its und Bier sein kann. Zumindest für meine bescheidenen Verhältnisse. Anna lacht und so bin ich fast ein wenig stolz auf mich.

In Ludwigshafen-Oggersheim angekommen, parke ich meinen Corsa, ziehe den Zündschlüssel und plötzlich herrscht Stille im Motorraum. Ich lasse mir nichts anmerken und tröste mich damit, dass Anna es kaum zugelassen hätte, das der Corsa die ganze Zeit läuft, während wir uns durch das Haus lieben. Oder Torten essen, was doch um einiges wahrscheinlicher ist.

Für das Aufräumen meiner Wohnung bleibt jetzt natürlich keine Zeit mehr und so führe ich Anna geschickt an allem Unrat vorbei und setze sie auf die Wohnzimmercouch. Ich nehme eine LP mit Kuschelhouse und lege sie auf.

»Ist das Chill-out?«, fragt sie.

Ich nicke.

»Cool«, antwortet sie und strahlt. Anscheinend hat ihr Porschefahrer Deppentechno gehört oder Heavy Metal. Oder noch schlimmer, Dieter und der Typ mit der Norakette.

»Ich schneide nur schnell die Torte auf und mache einen Tee«, sage ich, um in der Küche verschwinden zu können. »Ist Pfefferminz okay?«

»Sehr okay«, sagt sie und lächelt.

Zum Glück, denn etwas anderes habe ich nicht im

Haus. Kaum bin ich aus Annas Gesichtsfeld verschwunden, spurte ich in die Küche und decke den alten Geschirrspüler mit meiner Kochschürze ab.

Ich öffne den Küchenschrank, um sauberes Geschirr zu entnehmen und werde von einer Horde Fruchtfliegen überrascht. Die Teller mit den Nutellaresten! Ich hätte sie natürlich schon lange abgespült, wenn ich etwas zu essen daheim gehabt hätte. Aber da es die letzten Tage nur Gurken aus dem Glas gab, habe ich die Teller einfach vergessen.

Schnell schließe ich den Schrank wieder und schaue im Geschirrspüler nach. Dort sieht es aus wie im Magen des Hotdog-Wettessen-Weltmeisters. So stelle ich mir das zumindest vor. Hektisch öffne ich alle anderen Schränke, doch bald weiß ich, ich besitze zwar noch zwei Kuchengabeln, ein Tortenmesser und einen Tortenschieber, aber keinen einzigen sauberen Teller mehr.

Bisher war ich ja vergleichsweise cool, aber jetzt, genau in diesem Moment werde ich panisch. Eine Schwarzwälder Kirschtorte mit der Hand zu essen ist nicht wirklich der Inbegriff eines romantischen tête-à-tête. Ich gehe meine Optionen durch.

Pappteller: Hab ich nicht, außerdem schlecht für die Umwelt.

Neues Geschirr einkaufen: Wann und von welchem Geld?

Das Geschirr spülen: Dauert zu lange, außerdem bekommt man davon Spülhände, selbst wenn Sie-baden-gerade-ihre-Hände-darin-Tilly seit Jahren etwas anderes behauptet.

Die Nachbarn fragen: Wieder mal eine geniale Idee

von mir!

Ich renne aus der Wohnung und klingle bei den Redlichs. Hilde Redlich öffnet die Tür und schaut mich schon im nächsten Moment so grimmig an, als sei ich ihr persönlicher Steuereintreiber. Ihr Blick erinnert mich daran, dass es mit unserer Beziehung nicht zum Besten steht. Da kann ein wenig Smalltalk nicht schaden. »Hat sich Julia wieder beruhigt?«, frage ich. »Sie hat ja ziemlich überreagiert.«

Vielleicht war das die falsche Bemerkung, denn Frau Redlichs Blick entwickelt sich nicht wirklich zum Positiven. Trotzdem, so ein wenig Nachbarschaftshilfe in einer Notlage wird doch wohl noch drin sein, oder?

Ich schildere mein Anliegen mit freundlichen Worten und lächle untertänig.

»Kawumm!«, lautet ihre Antwort, die in Form der zugeschlagenen Haustür bei mir eintrifft.

»Heißt das nein?«, frage ich, doch wieder rede ich nur mit der Tür.

Wie kann man wegen eines Hamsters nur so empfindlich sein? Hab etwa ich ihm das Gras zu fressen gegeben?

Doch mit Hamsterschicksalen kann ich mich jetzt nicht aufhalten. Ich brauche Geschirr! Und zwar dringend! Ich bin mal wieder auf mich allein gestellt.

Ich und mein Erfindungsgeist. Ich hoffe, dass auf den Verlass ist und renne zurück in die Wohnung. Ich schicke meinen Blick auf Reisen und bleibe am Kühlschrank hängen. Das ist einfach genial!

28

Es lohnt sich niemals, negativ zu agieren.
Ingvar Kamprad, Gründer von IKEA

»Trara!«, rufe ich, stoße mit dem Fuß die Tür zum Wohnzimmer auf und balanciere auf der rechten Hand meine kostbarste LP herein, *Love for Sale* von Boney M., natürlich in der äußerst seltenen ecuadorianischen Pressung. Darauf ruht die Schwarzwälder Kirschtorte. Sie sieht königlich lecker aus. Also die Torte.

Anna natürlich auch. Aber wir sind ja hier nicht bei den Kannibalen. Mit der Linken balanciere ich den Bienenstich, der auf der limitierten, aus vierfarbigem Vinyl bestehenden Maxi-Single von *Ra-Ra-Rasputin (Russian's greatest love machine)* liegt.

Anna schaut mich überrascht an, doch als ich noch die beiden Singles *Daddy Cool* (unverkäufliches Promo-Exemplar) und *Ma Baker* (Japan-Import) als Kuchenteller auf den Tisch stelle, ist sie begeistert. Das würde ich ihr auch raten, denn es sind die vier wertvollsten Platten meiner Sammlung. Aber eben auch die Bestaussehendsten.

»Das ist ja mal kreativ«, ruft Anna und nimmt *Daddy Cool* in die Hand. »Ich kann das Ikea-Geschirr nämlich schon nicht mehr sehen.«

»Ich auch nicht«, antworte ich und blicke mit Argusaugen auf die Single. Hoffentlich gibt das keine Kratzer!

Doch Anna geht behutsam damit um, fährt mit dem Finger über den Plattenrand und legt die Single wieder auf den Tisch. »Aber Vorsicht mit Renlig«, sagt sie und zwinkert mir zu.

Ich zwinkere auch, doch in erster Linie schaue ich mir die Fragezeichen an, die um mich herumschwirren.

»Vinyl ist nicht spülmaschinenfest«, lächelt Anna. Sie nimmt das Tortenmesser, schneidet vorsichtig zwei Stück Torte heraus und legt es auf unsere Singles. »Gibt es noch Tee?«

»Äh, natürlich«, antworte ich. »Ist schon aufgesetzt.« Ich spurte in die Küche und schaue mich nach möglichen Teetassen um.

Keine Minute später komme ich mit zwei kleinen, doppelhenkeligen Blumenvasen wieder in das Wohnzimmer. In beiden hängt ein Teebeutel, an einem Henkel der Vase angebunden. Als Untersetzer habe ich nichts Besseres gefunden als zwei Bierdeckel, die schon seit Jahren auf ihren Einsatz in meiner Küche warten.

Ich stelle ihr den Tee hin und sie probiert von der Schwarzwälder Kirschtorte. »Warum heißt der Wald eigentlich Schwarzwald?«, fragt sie.

Eine berechtigte Frage, wo Wälder doch je nach Jahreszeit Grün, Gelb, Braun oder Weiß sein können, aber niemals Schwarz. Außer, wenn man sie rodet, was aber beim Schwarzwald offensichtlich nicht geschehen ist. Ich kenne die Antwort und bin versucht zu antworten, dass der Wald so heißt, weil man dort überwiegend die CDU wählt, aber so ganz stimmt das ja auch nicht mehr. Und ans Schwarze Meer grenzt der Schwarzwald ebenso wenig.

»Er heißt so, weil dort viele Schwarzbrennereien stehen, in denen Schwarzarbeiter aus Schwarzbeeren Schnaps brennen, dabei Schwarzbrot mit Schwarzwurzeln essen und sich schwarz ärgern, wenn sie erwischt werden«, antworte ich und schaue in Annas verdutztes Gesicht.

»Das ging mir zu schnell«, sagt sie.

»Es stimmt auch gar nicht«, lächle ich. »Der Schwarzwald heißt so, weil dort überwiegend Nadelbäume wachsen und er daher im Vergleich zu anderen Wäldern dunkel oder schwarz wirkt.«

Anna schaut mich beeindruckt an und ich freue mich mal wieder, dass ich das Lexikon des unnützen Wissens auswendig gelernt habe.

»Auf alle Fälle schmeckt der Kuchen sehr lecker«, sagt Anna und nimmt einen weiteren Bissen. So behutsam, wie sie mit meiner Plattensammlung umgeht, bin ich mir sicher, dass meine Schätze diesen Sondereinsatz heil überstehen werden.

Kaum habe ich das erste Stück verzehrt, will mein Magen sofort mehr. Klar, ich habe auch den ganzen Tag noch nichts gegessen, wenn man mal von den Gurken mit Marmelade absieht. Ich stürze mich auf die Torte und schneide mir ein Stückchen ab. Ratsch macht es und mein Messer dringt in das Vinyl ein.

»Nein!«, schreie ich, doch da ist es schon zu spät. Aus *Love for sale* ist ein Pennystock geworden.

»Was ist denn?«, fragt Anna.

»Ach nichts«, antworte ich und unterdrücke meine Tränen. »Mir ist nur grad eingefallen, dass der Tee schon ziemlich lange zieht.«

»Aha«, sagt sie und schaut mich an, als müssten meine Tassen mal durchgezählt werden. Angesichts der Vase, aus der sie gerade den Teebeutel zieht, eine naheliegende Idee. Sie nippt an ihrem Tee und stellt ihn wieder auf den Bierdeckel mit Aufschrift *Treiber Bier*. Selbstverständlich stammt die Brauerei aus Ludwigshafen-Oggersheim, daher der merkwürdige Name. Aber das kennen wir ja schon aus der Pfalz.

»Und wie schmeckt der Tee?«, frage ich, um von dem Bierdeckel abzulenken.

»Ein wenig blumig«, antwortet Anna und wir müssen beide lachen.

»Du ich muss dir etwas sagen.« Sie wählt dafür einen Tonfall, der so klingt, als sei sie schwanger.

Jetzt schon? Hab ich im Biologieunterricht nicht richtig aufgepasst? Wir haben uns doch noch nicht mal geküsst!

»Was denn?«, frage ich und warte gespannt auf ihre Antwort.

Sie seufzt, versteckt eine blonde Strähne hinter ihrem Ohr und schaut mir in die Augen. Gerade als sie den Mund öffnet, kommt ihr die Haustürklingel zuvor.

29

*Was man nicht im Kopf hat, muss man im
Körbchen haben.*
Daniela Katzenberger

Wer kann das sein? Meine Eltern? Die hab ich doch gar nicht eingeladen. Jogi Löw, der mit den 40 Millionen männlichen Möchtegernbundestrainern die Mannschaftsaufstellung für das nächste Länderspiel durchspricht? Oder ist es Knechter, zusammen mit dem Mann von der Lottogesellschaft, um sich bei mir zu bedanken?

Es klingelt erneut und zwar länger als nur ein paar Höflichkeitssekunden. »Ich schau mal, wer das ist«, sage ich, laufe in den Flur und öffne die Haustür.

Julia? Was macht die denn hier? Ist sie etwa eifersüchtig?

»Du wolltest Geschirr?«, ruft sie und bevor ich antworten kann, landen schon zwei Teller an der Wand meines Flurs. Ich schaue Julia völlig verdutzt an. Fliegende Teller, das sieht ziemlich nach Eifersucht aus.

»Und wenn du meinst, ich hätte überreagiert, dann schau dir mal das an!« Sie funkelt mit den Augen wie es nur wütende Frauen können. Jetzt erst fällt mein Blick auf den üppig gefüllten Müllsack, den sie hereingeschleppt hat.

Bevor ich reagieren kann, schüttet sie den Inhalt des Sacks in hohem Bogen in meinen Flur. »In Frankfurt würde so etwas nie passieren!«, schreit sie und knallt die Tür hinter sich zu. Ich stehe da, mit offenem Mund und mir wird gerade klar, dass Julia wohl doch nicht eifersüchtig ist, sondern immer noch ziemlich sauer auf mich, als Anna in den Flur kommt.

Sie schaut auf den Müll, auf mich und dann auf die Tür. »Wer war das denn?«

»Das war die Müllabfuhr«, antworte ich.

»Die Müllabfuhr?«, fragt sie. »Ich denke, die holen den Müll und bringen ihn nicht?«

Ein wahrlich berechtigter Einwand.

»Das stimmt, sie holen den Müll«, beginne ich, ohne zu wissen, wie es weitergeht. »Aber wenn man nicht ganz genau sortiert, dann bringen sie ihn auch wieder zurück.«

Anna blickt mich an, als sei ich ein sprechender Vogel und zeigt mir einen.

»Ich weiß, es klingt verrückt, aber es stimmt«, lüge ich, dass sich der Betonboden unter uns beinahe biegt. »Deutschland ist da ganz streng, wir haben sogar Dosenpfand.«

»Das haben wir in Schweden auch«, antwortet sie. »Wir haben das älteste Pfandsystem der Welt, schon seit 1885.«

»Echt?« Ich bin beindruckt, aber das hilft mir jetzt auch nicht weiter.

»Aber bei uns bringt niemand falsch sortierten Müll

zurück«, sagt sie und deutet auf den Sack.

»Ihr seid ja auch liberal«, antworte ich. »Aber Deutschland ist das bürokratischste Land der Welt. Wir haben sogar Dosenpfand, obwohl es so gut wie keine Dosen mehr gibt.« Ich zucke entschuldigend mit der Schulter. »Aber das macht nichts, weil das Dosenpfand gilt auch für Plastikflaschen.«

»Dosenpfand für Plastikflaschen?« Anna schaut mich immer skeptischer an.

»Ja, aber nicht für alle, weil es gibt ja auch noch Pfandflaschen aus Plastik«, sage ich. »Für Fruchtsäfte wiederum gibt es andere Regelungen, aber nur, wenn sie keine Kohlensäure enthalten.« Während meiner Erklärung schiebe ich Anna wieder ins Wohnzimmer. »Also Apfelsaft zum Beispiel kostet kein Pfand, Apfelsaftschorle kostet aber welches, außer es wird im Tetra Pak verkauft, im Karton oder im Glas. Im letzteren Fall kann es aber sein, dass es Mehrwegpfand kostet. Oder es muss in die gelbe Tonne, weil es einen grünen Punkt trägt.«

»Gelbe Tonne? Grüner Punkt?« Anna setzt sich wieder. Ihrem Blick nach zu urteilen, habe ich sie so verwirrt, dass sie mir glaubt.

Das Deutschlandbild im Ausland muss erschreckend sein. Oder entspricht es einfach nur der Realität?

Ich gehe zurück in den Flur, packe schnell den Müll zurück in den Sack und bedanke mich in Gedanken bei den vielen Umweltministern, die diese bürokratische Großtat verzapft haben.

»Und mit deinen Nachbarn verträgst du dich gut?«, fragt Anna, als ich wieder ins Wohnzimmer komme.

Anscheinend ist sie immer noch skeptisch.

»Klar«, antworte ich. »Letztens war ich sogar auf einer Beerdigung nebenan eingeladen.«

»Wie meinst du das?«, fragte sie. »Nebenan?«

»Na ja, eben im Garten nebenan.«

»Im Garten?«

Ich nicke und winke dann ab. »Das war nur George Clooney.«

»George Clooney?«, wiederholt sie. »*Der* George Clooney?«

»Yep«, antworte ich. »George Clooney, der Hamster.«

Sie lacht erleichtert auf.

Ich schneide ihr ein Stück Bienenstich ab, dieses Mal ganz vorsichtig und lege es auf ihren Teller. Sie bedankt sich, aber selbst ich merke, dass ihr nach wie vor etwas auf dem Herzen liegt. Sie kaut auf ihren Lippen herum und schiebt sich wieder die blonde Strähne hinters Ohr.

»Du wolltest mir noch etwas sagen«, helfe ich ihr und male mir erneut aus, was sie mir gleich Tolles berichten wird.

Doch wieder höre ich nicht Annas Stimme, die mir ihre Liebe gesteht oder wenigstens hemmungslosen Sex mit mir möchte. Und sie sagt mir auch nicht, dass sie ein Konto bei der Deutschen Bank eröffnet hat, was nun wirklich so weit hergeholt ist, dass ich mich für den Gedanken schäme.

Nein, sie sagt gar nichts, denn genau, als sie dazu ansetzen will, klingelt es erneut an der Tür. Genervt springe ich zur Eingangstür und reiße sie auf. »Julia, was soll der Scheiß?!« Erst dann schaue ich mein Gegenüber an. Mir bleibt beinah das Herz stehen.

30

Ich beherrsche nur drei Wörter Französisch:
Yves, Saint, Laurent.
Lady Diana, Prinzessin von Wales

Kein Wunder, es steht ja auch nicht Julia vor mir, sondern Heidemarie. Das Ultimatum! Ich habe es glatt vergessen!

Heidemarie Schuster-Schäfer anscheinend nicht.

Sie trägt einen Pelzmantel und High Heels wie seinerzeit Lady Di vor Dodis Tür. Nur ist sie nicht Lady Di.

Und sie sieht auch nicht so aus, selbst dann nicht, wenn Lady Di noch am Leben wäre und sich nur noch von Anabolika ernähren würde.

Außerdem bin ich nicht Dodi Al-Fayed, besitze keine Milliarden und habe mein Leben auch nicht in einer Pariser Unterführung beendet.

Doch das Wichtigste: Ich hasse Pelzmäntel.

»Wer ist Julia?«, haucht Heidemarie und öffnet ihren Pelzmantel. Ich kann meine Augen und die Tür gerade noch rechtzeitig zumachen. Zum Glück, denn sonst wäre ich in eine katatonische Schockstarre verfallen. Es ist nie schön, dem Tod in die Augen zu sehen. Selbst wenn er eine Frau ist.

Was macht sie hier? Dann fällt es mir ein. Das Post-it! Jetzt ist auch klar, welches sie mitgenommen hat. Und welches Anna.

Ich will gerade zurück ins Wohnzimmer, als es erneut klingelt. Und zwar mal wieder im Dauerbetrieb. Das haben hysterische Frauen wohl so an sich. Den Weg zu Anna kann ich mir sparen, denn sie kommt gerade zu mir in den Flur. »Wer ist das?«, fragt sie.

»Nur die Zeugen Jehovas«, antworte ich, schalte die Klingel aus und schließe sicherheitshalber die Tür ab. »Die sind ziemlich hartnäckig.«

Wir setzen uns wieder ins Wohnzimmer. »Du wolltest mir gerade etwas erzählen«, sage ich zu Anna, in der Hoffnung, dass sie den Vorfall schnell vergisst.

Anna seufzt. Ich schaue ihr gespannt in die Augen und warte auf ihre Worte. Mal wieder.

Und wieder werde ich abgelenkt, dieses Mal vom Wohnzimmerfenster hinter ihr. Hat sich da nicht etwas bewegt?

»Also, was ich sagen wollte«, fährt Anna fort und versucht, meinen Blick einzufangen. Es gelingt ihr genau bis zu dem Moment, in dem Heidemarie vor dem Fenster erscheint und ohne Vorwarnung ihren Pelzmantel öffnet.

»Verdammte Waschbärkacke!« Verzweifelt versuche ich, meine Hände vor die Augen zu bekommen. Trotzdem muss ich mit ansehen, wie Heidemarie sich dreht, ihren Pelzmantel lüpft und mir ihren Po zeigt, mit dem sie gerade eine Walnuss knackt.

Jetzt blickt auch Anna zum Fenster, dreht sich schnell wieder zu mir und schaut mich mit offenem Mund an. Ich zucke mit den Schultern, tue so, als hätte ich das Ganze schon tausendmal gesehen, ziehe den Vorhang zu und lasse die Rollläden herunter.

»Du hast recht, die sind wirklich hartnäckig«, sagt Anna und schüttelt irritiert den Kopf.

Ich nicke betroffen. »Das ist noch gar nichts«, sage ich. »Die campen sogar manchmal im Garten. Und bevor du denen nicht mindestens drei Wachtürme abgekauft hast, ziehen die nicht ab.«

»Ich muss zurück nach Schweden«, sagt Anna plötzlich, was sie die ganze Zeit schon hatte sagen wollen.

Sie schaut mich aus traurigen Augen an. Mein Herz schlägt ins Leere. Falls es überhaupt noch schlägt. Eben noch wollte ich Anna fragen, wie ihr Deutschland so gefällt und jetzt ist alles vorbei. »Schweden?«, wiederhole ich, was ich gerade gehört, aber noch nicht verstanden habe. »Aber ... aber du ... hast doch gerade ein Konto bei uns eröffnet?«

»Ich habe mich vor zwei Monaten in Göteborg für einen Job als Deutschlehrerin beworben und jetzt hat es überraschend geklappt. Ich habe erst gestern Bescheid bekommen.« Anna beißt sich wieder auf die Lippe. »Es gab nur zwei Kandidaten und eigentlich dachte ich, sie würden den männlichen Bewerber nehmen.«

»Aber sie haben sich für dich entschieden«, antworte ich und bin ein wenig stolz auf Anna. Irgendwie hilft es mir auch, über den Schock hinwegzukommen.

»Na ja, sie hatten sich für den Mann entschieden«, sagt sie. »Aber er ist kurzfristig ausgefallen und liegt im Krankenhaus. Er fängt wohl erst im nächsten Halbjahr an.«

»Ist es so schlimm?«

»Irgendein Unfall mit einem Staubsauger.«

»Vorwerk?«, frage ich.

»Was?«

»Schon gut.« Ich winke ab. Manche Details aus dem Lexikon des unnützen Wissens eignen sich eher nicht für ein romantisches Date. Ich lächle sie an. »Das ist doch toll! Also das mit dem Job.«

»Ja, aber ich muss schon am Montag mit den Vorbereitungskursen anfangen. Und bin doch gerade erst nach Deutschland gekommen, hab mich eingelebt und ein paar Freundschaften geschlossen.« Sie schaut mich mit einem Blick an, der mir das Herz in die Hose rutschen lässt. Und das Hirn.

Irgendwie kommt es aber wieder nach oben und beginnt zu arbeiten. Wenn auch langsam. »Du musst schon am Montag nach Schweden? Das ist doch schon übermorgen«, sage ich, was ich die letzten zwanzig Sekunden berechnet habe.

»Genau«, nickt Anna. »Die Stellen für Deutschlehrer in Schweden sind rar. Daher wollte ich in Deutschland meine Deutschkenntnisse verbessern und das Land genauer kennenlernen. Und jetzt ist es schon wieder vorbei.«

»Deine Deutschkenntnisse sind schon perfekt«, sage ich. »Zumindest besser als die vieler Pfälzer.«

»Ach was«, winkt sie ab. »Viel von dem, was du sagst, verstehe ich nicht.«

Das liegt nicht an deinen Deutschkenntnissen, denke ich, doch ich sage es natürlich nicht. »Ich beneide deine Schüler jetzt schon.«

»Danke«, antwortet sie und lächelt mich wieder so an, dass ich alles für sie tun würde. Sogar die eigene Bank überfallen.

31

Wenn die Götter uns bestrafen wollen,
erhören sie unsere Gebete.
Oscar Wilde

Wenn ein Traum platzt, ist niemand sonderlich gesprächig. Und ich schon gar nicht. »Willst du noch ein Stück Kuchen?«, frage ich nach fünf Minuten Bedenkzeit.

»Nein, danke.« Anna schüttelt den Kopf. »Aber er war sehr lecker. Davon werde ich meinen Schülern vorschwärmen.« Sie schaut auf die Uhr und beißt sich erneut auf die Lippe. Das heißt nichts Gutes, habe ich inzwischen gelernt.

»Ich muss leider auch noch meine Sachen zusammenpacken und bis Montag die Wohnung übergeben«, erfüllt sie meine Prophezeiung. »Aber ich wollte dich trotzdem noch besuchen.«

»Danke«, sage ich und stehe auf. Vielleicht viel zu schnell, aber in der Situation kann ich an nichts anderes als an Flucht denken. »Soll ich dich nach Hause fahren?«

Sie nickt und steht auch auf. Als wir an der Küche

vorbeikomme, sehe ich Anabolika-Heidemarie, die mit einem Lippenstift etwas auf mein Fenster schreibt. Spiegelverkehrt kann ich das nicht lesen, aber ich bin mir sicher, das wird sich bald aufklären.

Leider.

Wenigstens hat Anna dieses Mal nichts mitbekommen. Vor dem Haus halte ich ihr die Beifahrertür des Corsas auf und sie steigt ein. Als ich mich selbst auf den Fahrersitz fallenlasse, wird mir plötzlich klar, dass ich Anna gar nicht nach Hause fahren will.

Wir werden uns danach nie wiedersehen. Ich weiß, dass es unvermeidbar ist, aber ich weiß auch, dass ich es nicht wahrhaben möchte.

Als Kind habe ich mich am Ende des Urlaubs auch immer geweigert, meine Sachen zu packen, weil ich auf diese Weise hoffte, die Ferien zu verlängern. Einmal hat es geklappt und wir verpassten wegen mir den Flug. Allerdings wurde der zusätzliche Urlaubstag dann gar nicht so toll, weil meine Eltern sich merkwürdigerweise nicht über ihn freuten. Im Gegenteil, sie beschuldigten mich, mit Absicht getrödelt zu haben.

Gut, sie hatten recht, aber ich war eben noch ein Kind, das nicht nach Hause wollte. Okay, ich war damals schon neunzehn, aber soll man nicht im Geiste immer jung bleiben?

Plötzlich fällt mir ein, dass ich Anna noch ein wenig länger bei mir haben werde, als die fünfundzwanzig Minuten, die ich selbst bei langsamster Fahrweise maximal benötige, um sie nach Hause zu fahren.

Ich bin meinem Opel unendlich dankbar, dass er uns gleich im Stich lassen wird. Ich liebe deutsche

Wertarbeit! Und ich liebe den Opelgott! Wenigstens ein bisschen getröstet trete ich auf das Gaspedal und drehe den Zündschlüssel um.

Die Scheißkiste springt tatsächlich an. »Es gibt keinen Gott!«, fluche ich noch, doch dann muss ich mich auf meinen Corsa konzentrieren, denn wir schießen aus der Einfahrt wie ein Silvesterkracher. Ich bin völlig überrascht, schließlich war nicht vorherzusehen, dass das Ding mal tut, was ich will. Beziehungsweise das, was ich normalerweise will, aber gerade jetzt nicht!

Kaum habe ich die Kontrolle über das Fahrzeug wieder gewonnen, sehe ich etwas Unförmiges vor das Auto springen.

Heidemarie!

Sie hat die Arme erhoben und sieht aus, als wolle sie mich stoppen. Ich bezweifle, dass ihr das trotz ihrer geschätzten zehn PS gelingen wird und reiße das Lenkrad herum.

Anna schaut mich an, als sei an mir ein Rallyefahrer verloren gegangen. Und verdammt, sie hat recht! Es schlummern tatsächlich ungeahnte Talente in mir!

Dennoch richte ich ein furchtbares Blutbad an. Zumindest unter den Tulpen im Vorgarten der Redlichs, in den ich mangels Alternative ausgewichen bin. Ob das noch mal was wird mit der guten Nachbarschaft? Immerhin verfehle ich Heidemarie und lenke den Wagen wieder zurück auf die Straße.

»Was war das denn?«, fragt Anna und schaut mich mit großen Augen an. »Und wieso gibt es keinen Gott?«

Das sind gleich zwei Fragen auf einmal und normal

bin ich schon mit einer überfordert, aber da ich die peinlichen Situationen anziehe, wie eine Hantelbank Anabolika-Heidemarie, habe ich mir inzwischen schon ein wenig Routine im Finden von Ausreden aneignen können. »Ich sagte ja, die Zeugen Jehovas sind hart im Nehmen.«

»Deutschland ist schon ein merkwürdiges Land.« Anna runzelt die Stirn. »Aber auch ein lustiges.« Sie lächelt mich an. »Genau wie du.«

»Ja, Deutschland ist merkwürdig«, ist alles, was mir dazu einfällt. Der beste Beweis, dass dies stimmt, bin ja wohl ich selbst.

Andererseits fallen mir gerade all die Dinge ein, die Anna ihren Schülern über dieses merkwürdige Deutschland erzählen wird. Ob sie ihr den Unsinn abnehmen, den ich ihr aufgetischt habe? Anna lächelt irgendwie so wissend. Wahrscheinlich hat sie mir das meiste gar nicht geglaubt, sich ihren Teil gedacht und höflich geschwiegen. Ich weiß nicht, was ich weiter sagen soll und lächle auch. Unwissend, aber das kann ich ja gut.

Trotz meiner langsamen Fahrweise, die selbst eine Rentner-Sonntagsfahrt als wahnwitzige Raserei erscheinen lässt, kommen wir viel zu schnell an ihre Wohnung. Ich bringe Anna an die Tür. Zum Abschied schaut sie mich lange an.

Irgendetwas glitzert in ihren Augen.

»Ja dann«, sage ich. »Mach's gut.«

Sie nickt und beißt sich auf die Lippe. Weil das bisher nichts Gutes bedeutet hat, wächst mein Fluchttrieb ins Unendliche. Alles, was Anna jetzt noch sagen könnte, würde nur unnötig wehtun. Ich schaue auf die

Uhr, tue überrascht, sage fast wortlos tschüss, setze mich in den Corsa und gebe Gas.

Nach zwanzig Metern realisiere ich, dass das Ganze unter Abwägung aller Fakten nur suboptimal gelaufen ist.

Oder anders gesagt: völlig beschissen.

Ich bin ein dummer, dämlicher, debiler, doofer, dabbischer, depperter Doppeldepp.

Wahrscheinlich war das gerade die dümmste Aktion der Menschheitsgeschichte, von der Wahl Hitlers, George W. Bushs Begründung für den Irak-Krieg und dem Tanz von Tom Cruise auf Oprahs Couch mal abgesehen.

Aber es ist zu spät. Wenn ich jetzt umdrehe, wird mich Anna für ein wankelmütiges Weichei halten.

Also fahre ich weiter, immer tiefer hinein ins Unglück.

32

Die eigenen Torheiten erkennen,
fällt oft schwerer als sie begehen.
Schwedisches Sprichwort

Irgendwie schaffe ich es, nach Hause zu kommen, mich ins Bett zu legen, in eine Art Wachkoma zu fallen und mich erst achtzehn Stunden später wieder zu rühren. Die ganze Nacht habe ich keine Sekunde geschlafen, war schließlich keine Zeit dafür, bei all den Vorwürfen, die ich mir machen musste.

Inzwischen ist Sonntagmorgen, die Vögel zwitschern unerträglich glücklich und die Sonne strahlt wie bekloppt. Wie ein Schlafwandler stehe ich auf, dusche, ziehe mich an, setze mich in den Corsa, bemerke nicht mal, dass er widerspruchslos anspringt und fahre zu Anna.

Ich klingle an ihrer Tür und frage sie, ob ich ihr beim Packen helfen kann. Ihre Augen und das Chaos in ihrer Wohnung sagen ja, aber sie selbst meint, ich könne doch meine Eltern und Großeltern nicht einfach am Sonntag allein lassen, schließlich habe ich sie zu Torte und Tee eingeladen.

Ich will mich schon umdrehen und gehen, aber dann klärt mich meine Milz darüber auf, dass Frauen in solchen Situationen meist das Gegenteil von dem sagen, was sie wollen. Keine Ahnung, woher meine Milz das weiß, aber ich glaube ihr und erkläre Anna, dass meine Eltern eine spontane Tortenallergie entwickelt hätten und ich daher am Abend für sie grillen werde.

Keine Ahnung, ob Anna mir das abnimmt, jedenfalls strahlt sie, sagt, dass sie sich über meine Hilfe freue und lässt mich mit anpacken. Das heißt, ich darf diverse IKEA-Schränke und Regale demontieren, wobei ich peinlich genau darauf achte, dass am Ende keine Schraube zu viel im Karton liegt.

Und natürlich auch keine zu wenig.

Die nächsten acht Stunden rasen vorbei wie ein ICE an Wolfsburg. Die ganze Zeit denke ich nur daran, wie ich Anna erklären soll, was ich für sie empfinde.

Und sage dann doch nichts.

Sie wirkt auch ein wenig abwesend, kaut irgendwie die ganze Zeit auf ihrer Lippe herum. Aus Angst vor schlechten Nachrichten frage ich sie natürlich nicht, was sie bedrückt.

Gegen Abend, als es gerade noch so glaubhaft ist, dass ich jetzt noch für meine Eltern grille, verabschiede ich mich von Anna. Als ich mir überlege, was ich Tolles zu ihr sagen könnte, gibt Anna mir schon einen Abschiedskuss.

Auf die Backe.

»Danke«, flüstert sie, haucht mir fast ins Ohr.

Anstatt auf diese Vorlage am gegnerischen Elfmeter zu reagieren und sie eiskalt in den Winkel zu hämmern, bin ich von diesem sexuellen Höhepunkt der letzten zwei Jahre so perplex, dass ich den Ball an die Milz passe und der fällt nix Besseres ein, als sie den Langerhansschen Inseln zurückzuspielen, die über den Rasen stolpern und dabei mit der Hacke ein Eigentor erzielen. »Ja dann«, sage ich, genau wie gestern. »Mach's gut.«

Wieder glitzert irgendetwas in Annas Augen, doch wahrscheinlich ist es nur die Vorfreude auf Schweden.

Meine Milz wird plötzlich mutig, regt an, jetzt zum Angriff überzugehen und keine Gefangenen zu machen, aber das Hirn hat schon wieder das Kommando übernommen.

Und so sage ich nichts.

Tja, meine Lernkurve verläuft ziemlich flach.

Anna lächelt mich so tapfer an, als würden wir uns morgen wiedersehen. Doch wir werden uns nicht mehr wiedersehen. Nicht morgen, nicht übermorgen und auch nicht überübermorgen.

Und den Tag darauf auch nicht.

Denn sie lebt in Schweden und ich in Ludwigshafen-Oggersheim.

Dann dreht sie sich um und geht in die Wohnung.

Ich laufe zu meinem Corsa, gebe Gas, schaue nicht zurück und verschwinde hinter dem nächsten Häuserblock. Und alles nur, damit sie mich nicht weinen sieht.

33

*Das Herz einer Frau sieht mehr als die
Augen von zehn Männern.*
Schwedisches Sprichwort

Am Montagmorgen um 6:47 Uhr blicken sich meine verheulten Augen hundemüde um und bleiben am Wecker hängen. Ich habe wieder die ganze Nacht nicht geschlafen. Mein Hirn schaltet sich trotzdem an. Zumindest der Teil, der fürs Rechnen zuständig ist. Mir bleiben noch genau dreiundvierzig Minuten, den gesamten Schlaf des Wochenendes nachzuholen. Und gleichzeitig zur Arbeit zu fahren.

Das könnte etwas knapp werden und so beschließe ich, zur absoluten Notmaßnahme zu greifen: Nescafé.

Da ich sonst weder Kaffee noch Cola oder flüssiges Gummibärchenblut trinke, rechne ich damit, dass das Koffein meinen Körper so auf Hochtouren bringen wird, dass ich den Arbeitstag irgendwie überstehe. Denn wenn ich jetzt noch meinen Job verliere, kann ich mein Leben gleich den Gully runterspülen.

Als ich die Küche betrete, um mir mit dem Probetütchen den ersten Kaffee meines Lebens zu kochen, sehe ich Heidemaries Lippenstiftnachricht auf dem Fenster.

Die habe ich glatt vergessen. Kein Wunder, gestern Abend, als ich müde, kaputt und desillusioniert vom Umzugskartonfüllen mit Anna heimgekommen bin, hatte ich keinen Blick mehr für Fensterhygiene. Ich bin ins Bett gefallen, hab die Augen zugemacht und Schäfchen gezählt.

Nach einermillionachthundertfünfundachtzigtausend-dreihundertsiebenundzwanzig Schafen hab ich schließlich auf den Wecker geschaut und jetzt stehe ich hier.

Da ich immer noch keine Spiegelschrift lesen kann, tappe ich aus dem Haus und schaue mir das Ganze von draußen an. Ihre Handschrift ist zwar ein wenig kraklig, aber allzu schwer ist Heidemaries Botschaft trotzdem nicht zu entziffern: *Ja, ich will auch hemmungslosen Sex mit Dir!*

Ich überlege, ob einer meiner Nachbarn die Nachricht gesehen haben könnte. Es steht niemand vor meinem Fenster und lacht, was in etwa die Reaktion ist, die ich von ihnen erwarten würde. Es hat auch niemand *Bin auch geil!* mit seiner Telefonnummer darunter geschrieben. Ein weiteres Indiz, dass wenigstens diese Peinlichkeit nicht entdeckt worden ist.

Ich nehme ein Taschentuch und versuche den Lippenstift wegzuwischen. Er klebt, als bestünde er aus zusammengepappten, roten Blattläusen.

Ach, das ist auch so?

Ein Grund mehr, dass ich Frauen nie verstehen werde.

Plötzlich lugt eine Idee aus dem Gewirr meiner Gehirnwindungen heraus. Es ist zwar reichlich spät für brillante Ideen, aber mein Hirn ist manchmal wie die Deutsche Bahn. Eine Verspätung jagt die nächste.

Und ich muss das dann wieder aufholen. Ein Blick auf die Uhr verrät mir, dass mir noch genau siebenunddreißig Minuten bleiben, um den perfekten Liebesbrief zu schreiben, zu Anna zu düsen, den Brief einzuwerfen und dann zur Arbeit zu fahren.

Kinderspiel!

Ich lasse die Schrift auf dem Fenster stehen, renne in die Küche, koche heißes Wasser auf und schütte das Beutelchen Nescafé hinein. Nach dreimal Rühren probiere ich einen Schluck und verbrenne mir die Zunge. Jetzt bin ich wenigstens wach.

Ich schütte kaltes Wasser nach, stürze den Kaffee herunter, schüttle mich vor Entsetzen und setze mich an den Schreibtisch.

Hallo Anna, beginne ich euphorisch. Anschließend sitze ich erst mal zehn Minuten vor dem weißen Rest des Blattes. Ich überlege, es online bei Anna zu versuchen, aber erstens war das immer etwas merkwürdig und zweitens arbeitet sie bestimmt gar nicht mehr bei Ikea. Und sie meinte gestern, die Möbelpacker kämen um 9:00 Uhr zu ihr, also wird sie meinen Brief wahrscheinlich noch erhalten. Aber nicht den hier. Ich verknülle ihn und fange von vorn an.

Liebe Anna, schreibe ich und damit es vorangeht, schalte ich den Hirnzensor aus. *Wusstest Du, dass man einen weiblichen Borstenwurm in ein Männchen verwandeln kann, indem man ihm das Gehirn amputiert?* Na ja, das ist vielleicht nicht der beste Anfang für einen Liebesbrief, aber immerhin ein Anfang.

Manchmal komme ich mir auch vor wie ein gehirnamputierter Borstenwurm. Ist das nicht völlig erbärmlich, was ich hier schreibe? Schließlich wird sich eine Frau kaum in einen Borstenwurm verlieben, erst recht nicht in einen gehirnamputierten. *Dabei ist ja nur ein Körperteil von mir damit vergleichbar, der Rest hat ja schon noch ein Gehirn. Irgendwie.* Oh Mann! Ich dachte immer, ich wäre viel besser im Schreiben, als im Reden, aber dieses peinliche Geschreibsel würde selbst Klopapier beleidigen.

Trotzdem, vielleicht kann ich das Ding irgendwie noch retten? Ich aktiviere Hirnzellen, von denen ich nicht mal wusste, dass sie existieren, doch nach zehn Minuten Grübelei erkenne ich: Es ist aussichtslos.

Wahrscheinlich ist es auch kein guter Zeitpunkt, nach achtundvierzig Stunden ohne Schlaf einen Liebesbrief zu schreiben, wenn auch noch die Uhr tickt und die Kündigung droht.

Ich zerknülle den Brief, werfe ihn, weil ich mal wieder nicht treffe, neben den Papierkorb und nehme mir ein neues Blatt.

Ich male eine rote Milz, zerknülle das Blatt, nehme ein neues, male ein rotes Herz, schreibe *Ich vermisse Dich jetzt schon* darunter und unterschreibe. Manchmal ist weniger mehr.

Ich stecke den Brief in einen Umschlag, renne zu meinem Auto, stecke mich rein und atme tief aus. Wenn der Wagen jetzt nicht anspringt, bin ich geliefert! Mir bleiben noch exakt fünfzehn Minuten und drei Sekunden, um rechtzeitig auf der Arbeit zu sein. Das würde selbst dann nicht reichen, wenn ich direkt dorthin fahren würde. Ich sehe mich schon unter der

Brücke liegen, arbeitslos, pleite, einsam, neben mir mein inkontinenter Geschirrspüler, der einzige Freund, der mir geblieben ist.

Soll ich den Brief für Anna einfach vergessen? Sie einfach vergessen? Dann könnte ich vielleicht noch pünktlich kommen.

Aber was ist schon ein verlorener Job gegen eine verlorene Liebe?

Ich drehe den Zündschlüssel herum und zähle bis zehn.

Bei drei schnurrt der Corsa wie eine Katze. Mit Schallgeschwindigkeit bringt er mich in Richtung Innenstadt. Okay, ein wenig langsamer, aber immerhin schaffe ich es, Punkt 7:26 Uhr vor Annas Haustür zu parken. In ihrer Wohnung brennt kein Licht und die Vorhänge sind abgezogen. Alles sieht verlassen aus.

Ist sie doch schon unterwegs nach Schweden? War alles umsonst? Mir bleibt keine Zeit, das herauszufinden. Ich spurte aus dem Auto, schiebe den Brief unter ihrer Haustür durch und katapultiere den Corsa wieder in den Hyperraum. Um 7 Uhr 29 Minuten und 58 Sekunden parke ich ihn auf dem Kundenparkplatz direkt vor der Sparkasse, hechte heraus und öffne genau in dem Moment die Tür zur Bank, als der Zeiger auf 7:30 Uhr springt.

Sofort kommt Huber auf mich zugeschossen. Glücklicherweise hat er nicht gesehen, wie ich aus dem Corsa gestiegen bin, aber da beamen noch nicht erfunden ist, muss ich ja irgendwie aus dem Nichts in die Sparkasse gekommen sein. Auf dem Kundenparkplatz zu parken ist in seinen Augen genauso schlimm, als hätte ich die Sparkasse überfallen, hundert Geiseln genommen und sie gezwungen, ein Konto bei der Deutschen Bank zu eröffnen.

Mindestens.

»Ist das Ihr Auto?«, keift er und zeigt auf meine Rostgurke auf dem Kundenparkplatz.

»Apropos Auto«, antworte ich. »Der nächste Spot beginnt damit, dass jemand mit einem Jeep durch die Saudi-Arabische Wüste fährt. Er trifft einen Scheich, der gerade ein Ölvorkommen entdeckt hat und es spottbillig abgeben will. Aber der Käufer muss bar bezahlen. Heute noch. Unser Mann geht auf die Bank, zückt seine Sparkassencard, bekommt einen Koffer voller Geld und kauft die Quelle. Man sieht ihn dann vor dem sprudelnden Öl stehen und darunter wird der Slogan eingeblendet: *Wenn's ums Ölfeld geht, Sparkasse!*«

Huber lässt mich einfach stehen, nimmt einen Block und schreibt sich die Nummer meines Corsas auf. »Sie sind hier zum Arbeiten und nicht um irgendwelchen kreativen Unsinn zu verzapfen! Ist das klar?«

Ich nicke.

»Und wenn ich herausfinde, dass diese Schrottkiste Ihnen gehört, sind Sie gefeuert! Endgültig!«

»Dann wäre ich aber immer noch Kunde und dürfte hier parken«, antworte ich, doch Huber schickt mich mit einem unmissverständlichen Fingerzeig an den Schalter.

Wenigstens habe ich dadurch seine morgendliche Musterung überstanden. So schlimm sehe ich anscheinend nicht aus. Dann hilft der Kaffee wohl.

34

*Kennen Sie diesen Ausdruck in den Augen einer Frau,
wenn sie Sex will? Ich auch nicht.*
Mike Krüger

Eine Viertelstunde später merke ich, dass Koffein sich relativ schnell wieder abbaut. Ich fühle mich wie ein Folteropfer auf Schlafentzug. Ein Blick auf Huber reicht aus, und ich relativiere meine Einschätzung. Ich *bin* ein Folteropfer auf Schlafentzug.

Nach zehn Tassen Kaffee, die ich mir bei meiner Kollegin Frau Weber geschnorrt habe, fühle ich mich immer noch so, aber es geht wenigstens auf Feierabend zu.

Irgendwie schaffe ich es, den Rest des Arbeitstages hinter mich zu bringen. Ich denke sogar daran, nicht vor Hubers Augen in den Corsa zu steigen und spaziere stattdessen in die Ludwigshafener Innenstadt.

Schnell bestätigt sich, warum manche Ludwigshafener, die den Humor noch nicht ganz verloren haben, Buttons angesteckt haben, mit der Aufschrift: Freiwillig in Lu. Denn die Ludwigshafener Innenstadt ist so spannend, dass ich nach zehn Minuten schon wieder vor der Bank stehe. Von Huber ist nichts zu sehen. Ich schmeiße mich in den Corsa und stelle auf Autopilot.

Vielleicht hat das Ding ja wirklich einen, auf alle Fälle gelingt es mir, irgendwie nach Hause in mein Bett zu kommen. Kaum liege ich in den Federn, schließe die Augen und will schlafen, bin ich wach wie ein an die Hochspannungsleitung angeschlossenes Duracell-Häschen. Scheiß Koffein!

Mir schießen Millionen Gedanken durch den Kopf. Ein paar davon halten kurz an und dringen nach vorn. Lag da eben nicht etwas in meinem Briefkasten? Hat Anna mich wirklich geküsst? Auf die Backe? Was, wenn im Briefkasten nicht nur Rechnungen liegen? Hab ich mich überhaupt richtig von Anna verabschiedet? Warum hab ich sie nicht nach ihrer neuen Adresse gefragt? Hat sie meinen Brief noch bekommen und mir gleich geantwortet? Und warum heißt der Bienenstich Bienenstich?

Ich robbe aus dem Bett und schleppe mich zum Briefkasten. Darin befindet sich tatsächlich ein Brief. Mein Herz tanzt Pogo. Allerdings nur solange, bis ich den rosaroten Umschlag erkenne. Ich ahne das Schlimmste. Ich reiße ihn auf und finde – natürlich – ein rosarotes Blatt Papier.

Immer noch gebe ich die Hoffnung nicht auf und fange an zu lesen.

Matthias, mein Sexgott!
Jedes Mal, wenn ich an Deinen heißen Zettel denke, bin ich rollig wie eine Lawine.

Ein passendes Bild, finde ich, denn mir ist spätestens

jetzt klar, dass dieser Brief nicht von Anna stammt. Aber da mich bisher noch nie jemand Sexgott genannt hat, lese ich ihn trotzdem weiter.

Ich bin scharf wie
[x] ein Sushimesser
[x] ein indisches Curry
[x] eine Handgranate mit gezogenem Zünder

Sie hat alle drei Möglichkeiten angekreuzt. Ein deutliches Zeichen, dass man bei dieser Frau keine Wahl hat.

Was an mir macht Dich am meisten an? Sag es mir, und ich erfülle Dir jeden Wunsch.

»Mein einziger Wunsch ist, dass du mich in Ruhe lässt!«, schreie ich, was nichts nützt, da mich weder Anabolika-Heidemarie noch sonst jemand hören kann. Und der Opelgott ist dafür nicht zuständig. Zumal der Kerl ja ohnehin tut, was er will.

Wann werden die Götter endlich verstehen, dass die Menschen sie nur erschaffen haben, um ihre Wünsche erfüllt zu bekommen? Klar kann das schon Mal zum Konflikt kommen, wenn sich Hunderttausende wünschen, dass der FC Bayern Meister wird und ebenso viele, dass es Dortmund schafft. Aber das ist ja wohl noch lange kein Grund, nichts zu tun, faul im Himmel rumzuhängen und die Münchner gewinnen zu lassen!

Doch ich bin kein Philosoph, sondern Bankangestellter. Also weiter im Text.

Am meisten fasziniert die Männer mein klar definierter Körper ...

Ich würde das zwar nicht klar definiert nennen, sondern eher zum Platzen angespannt, aber ich will mal nicht so pedantisch sein.

... und meine grenzenlose Lust auf endlosen Sex. Ich hoffe, Du KOMMST damit klar. :-)
Bitte melde Dich bei mir so schnell Du kannst. 0179-89978866

H.

KOMMST ist nicht nur groß geschrieben, sondern dreimal unterstrichen. Ich dachte bisher, zu solchen Anspielungen wären nur Männer mit dem Intelligenzquotienten einer Cervelat fähig, aber anscheinend gibt es auch Frauen dieses Kalibers. Natürlich ist der Brief hier noch nicht beendet, denn es KOMMEN noch einige Postskripte hinterher gewackelt.

PS: Falls Du Dich Deiner Liebe zu mir schämst, oder dieser blonden Schlampe den Vorzug gibst, muss ich doch noch einmal auf die Anzeige bei der Polizei zurückkommen.
PPS: Du hast 24 Stunden mir Deine Liebe zu beweisen!
PPPS: Worte reichen dafür jetzt nicht mehr!
PPPPS: Weißt Du, was mit meinen Überweisungen geschehen ist? Ich hatte noch keine Kontobewegungen.

Ich zerbreche mir noch ganze drei Sekunden den

Kopf über den Brief, dann erinnert sich mein Körper daran, dass er seit dem Pleistozän keinen Schlaf mehr bekommen hat. »Da kümmere ich morgen drum«, murmle ich noch zu mir selbst, dann schlafe ich ein.

35

*Kaffee dehydriert den Körper nicht.
Ich wäre sonst schon Staub.*
Franz Kafka

Als der Wecker am nächsten Morgen um 6:30 Uhr klingelt, fühle ich mich wie ein vergessenes Pausenbrot nach den Sommerferien. Ich drücke die Snooze-Taste, deren Funktion ich nur vermuten kann, da ich in meinem Leben noch nie gesnoozt habe und wache acht Minuten später wieder auf. Natürlich noch müder als vorher.

Ich bin gerade wieder dabei wegzunicken, als plötzlich ein Ungeheuer mit wehenden Nasenhaaren vor meinem inneren Auge erscheint. Ich springe aus dem Bett und nehme eine Verteidigungshaltung ein.

Schließlich wird mir klar, dass das nur der übliche Ich-will-nicht-zur-Arbeit-Traum war und ich entspanne mich. Allerdings nur ein wenig, denn ich muss ja immer noch zur Arbeit.

Ich stelle mich unter die Dusche, ziehe mich an, verzichte aus Zeit- und Angebotsgründen auf das Frühstück und beame mich mit meinem Corsa in die Innenstadt. Obwohl ich zur Sicherheit ein paar Blocks von der Sparkasse entfernt parke, schaffe ich es trotzdem, verschwenderische acht Sekunden zu früh dort zu sein. Jetzt erst mal einen Kaffee!

Frau Weber ist heute nicht so spendabel wie am Tag zuvor. Zumindest benutzt sie auffällig oft das Wort *Kaffeekasse*, während sie mir den Kannenrest in die Tasse tröpfelt. Ich nicke schuldbewusst, doch was soll ich tun? Das Geld weicht mir aus als wäre ich ein falsch gepolter Magnet. Jeder Ein-Euro-Jobber ist Millionär gegen mich, zumindest bis zum Monatsende.

Ich werfe einen Blick auf Hubers Fotokalender mit den schönsten Sparkassenfilialen Deutschlands. Natürlich ist unsere Filiale nicht darunter. Sie käme wohl erst dann in die Auswahl, wenn alle anderen Filialen einem Erdbeben zum Opfer fallen würden. Doch mich interessiert ohnehin nur das aktuelle Datum. Irgendwie ist mir das in den letzten Tagen abhanden gekommen.

Was?! 10. August? Befindet sich unsere Filiale in einer Zeitkapsel auf dem Weg in die Vergangenheit? Oder stimmt das wirklich?

Ich rechne nach und komme zu dem Schluss, dass es noch unglaubliche einundzwanzig Tage bis zum Monatsende sind. Wenn ich bis dahin nicht verhungern will, muss ich mir dringend etwas einfallen lassen. Aber auf der Arbeit kommt man ja zu nichts.

Ich schleppe mich hinter den Schalter und trinke den Kaffee auf ex. Natürlich ist er kalt. Wenn es eines gibt, das schlimmer als Kaffee ist, dann ist es kalter Kaffee. Anscheinend wird Kaffee auch immer besonders schnell kalt, zumindest habe ich noch nie etwas von kaltem Lumumba gehört.

Der Tag kriecht dahin wie ein beinamputierter Hund. Huber droht dreimal damit, mich zu feuern, zweimal, weil ich gegähnt habe und einmal einfach so. Dann fällt ihm ein, dass er noch einen Dienstboten braucht, der ihm einen besonders dringenden handsignierten Report in die Zentrale bringt. Natürlich denkt er dabei an mich. Normalerweise gibt es dafür die Hauspost, aber Huber ist dafür entweder schon zu spät dran oder wie üblich einfach paranoid. Hauptsache, ich darf in die Zentrale!

Das ist meine Chance.

Ich schnappe mir den Report, lege mein Werbedossier unauffällig darunter, richte meine Krawatte und laufe zur Zentrale.

Natürlich gehe ich zuerst in den achten Stock. Der Report kann warten. Ich klopfe an die Tür zur Marketing-Abteilung.

»Herein«, höre ich von drinnen und trete ein. Hinter einem Schreibtisch sitzt ein junger Kerl in Jeans und Sneakers. Das muss das Paradies sein!

»Was führt Sie zu uns?«

Ich kann meinen Blick kaum von seinen Schuhen abwenden. »Ich arbeite in der City-Filiale«, beginne ich. »In meiner Freizeit habe ich mir Gedanken zu einer neuen Werbekampagne für die Sparkasse gemacht.« Ich nestle nervös an meinem Dossier herum. »Die Kampagne basiert auf dem Slogan: *Wenn's um Geld geht Sparkasse* und variiert diesen.«

»Ja, den kennt wirklich jeder«, sagt er. »Und wie variieren Sie ihn?«

»In einem Spot geht es zum Beispiel um einen Bernhardiner, der zu einem Lawineneinsatz muss, um einen verschütteten Skifahrer zu retten. Doch sein Fässchen ist leer und er hat nicht genügend Geld dabei, um es aufzufüllen. Also stellt er sich an den Geldautomat, zückt die Sparkassencard, bekommt das Geld, füllt das Fässchen auf und rettet den Skifahrer. In der Schlussszene fahren sie gemeinsam ab ins Tal und dann wird der Slogan eingeblendet: *Wenn's um den, der bellt geht, Sparkasse.*«

Der Werbemann schaut mich erst irritiert an, doch dann lacht er. »Witzige Idee«, sagt er. »Könnte funktionieren. Und Sie haben da noch mehr von?«

Ich nicke.

»Gut. Allerdings sind wir nur eine von vielen Sparkassen in Deutschland. Aber wenn Sie das schriftlich zusammenstellen, kann ich es an den Sparkassen- und Giroverband in Berlin schicken.«

»Das hab ich schon zusammengestellt«, antworte ich und reiche ihm das Dossier.

»Na, umso besser«, sagt er und lächelt mich beeindruckt an. »Ich schau mir das an und melde mich dann wieder bei Ihnen.«

Ich bin völlig perplex. So einfach geht das! »Ja ... dann bis demnächst«, sage ich noch, verabschiede mich und schwebe aus dem Zimmer durch die Innenstadt in unsere Mini-Filiale.

Dort erinnert mich allein schon Hubers Existenz wieder daran, dass die Welt kein Überraschungsei ist. Doch am Ende überstehe ich auch diesen Arbeitstag, selbst mein Corsa springt klaglos an. Ich überlege, ob das ein Konstruktionsfehler ist, aber dann nehme ich es einfach hin. Man darf ja auch mal Glück haben.

Daheim leere ich als Erstes den Briefkasten. Das heißt, ich versuche es, denn es befindet sich nichts darin. Kein Brief, keine Rechnung, keine Werbung, nicht einmal die halb leeren Puddingverpackungen, welche die Nachbarskinder neuerdings in meinem Briefkasten entsorgen, seit sie kein Zehnereis mehr bekommen. Niemand denkt an mich! Nicht einmal meine Feinde!

Auf der Suche nach etwas Essbarem finde ich in der Tiefkühltruhe eine Mini-Pizza, die es sich im Truheneis bequem gemacht hat. Sie sieht zwar aus, als wäre extra für sie das Wörtchen Gefrierbrand erfunden worden, aber ich habe zu viel Hunger, um wählerisch zu sein. Ich meißle die Ötzi-Pizza frei und lege sie in den Backofen. Das wird ein Festmahl!

Ich drehe den Backofen auf 250 Grad und schaue zu, wie die Pizza kross wird. Das ist ungefähr so abwechslungsreich wie das Programm von RTL 2 und so schweife ich bald ab. Wie es Anna wohl geht? Warum frage ich nicht einfach eine Kollegin von ihr? Die wissen doch bestimmt, wo sie wohnt, kennen vielleicht sogar ihre Adresse.

Ich werfe noch einmal einen Blick auf die Mini-Pizza. Sie ist schon fast knusprig, aber Anna ist jetzt wichtiger. Ich springe ins Obergeschoss, schalte den Rechner an und öffne die Ikea-Homepage.

Ich reibe mir die Augen.

Schaue noch mal.

Nein, sie ist wirklich da. Völlig perplex klicke ich auf Annas Bild. War der Aufenthalt in Schweden nur ein Vorwand um mich loszuwerden? Nein, das kann nicht sein. Nicht bei Anna!

Das Fenster mit der Eingabemaske öffnet sich. »Hallo, hier ist Matthias«, tippe ich.

»Hej, ich freue mich, dich bei IKEA begrüßen zu können«, antwortet sie.

»Ich dachte, du bist schon in Schweden?«, schreibe ich, leicht irritiert von ihrer sehr allgemeinen Begrüßung.

»Mein Ursprung liegt in Älmhult. Das ist ein idyllisches Örtchen in Schweden.«

Moment, Anna hat doch gesagt, sie wohne jetzt in Göteborg? »Wo bist du jetzt?«, frage ich.

»Meine private Adresse ist www.ikea.de.«

In mir keimt ein böser Verdacht.

»Wie war dein Tag?«, frage ich.

»Alle Artikel der TAG Produktserie findest du auf der Seite, die ich dir gerade geöffnet habe. Solltest du hier keine Angaben finden, so gehört der Artikel zu unserem zusätzlichen Sortiment oder er ist bereits aus dem Sortiment gegangen«, antwortet sie, als ob ich etwas ganz anderes gefragt hätte. Und als ob ich nie in ihr Leben getreten wäre.

Gibt es hier mehrere Annas, die abwechselnd schreiben? Oder ist es noch viel schlimmer?

»Wann hast du Geburtstag?«, tippe ich, denn ich kenne ihren vom Kontoantrag. Zehnter Mai. Ich werde ihn nie vergessen.

Annas Antwort kommt wie aus der Pistole geschossen und trifft mich wie eine Kugel mitten ins Herz. »Ich bin eine Maschine und habe keinen Geburtstag.«

Es dauert eine Weile, bis die Information auch in meinem Hirn ankommt, verarbeitet und halbwegs verstanden wird. »Du bist eine Maschine?«, tippe ich zitternd. Während meine Milz schon weiß, was hier gespielt wird, hoffe ich noch, mich nur verlesen zu haben.

»Mein Leben besteht aus Bits und Bytes, denn ich bin eine echte Online-Assistentin!«, schreibt Anna. »Das heißt also, ich bin hier, um dir zu helfen – aber ich bin kein Mensch, sondern Software.«

Jetzt wird mir einiges klar.

Also so richtig, richtig klar.

Ich fühle mich, wie ein dreijähriges Waisenkind, dem ein böser Mann gerade sein letztes Spielzeug weggenommen und es vor dessen Augen zertreten hat.

Mein letzter Trost war nur ein Stück Software.

Ich brauche eine Weile, bis ich wieder unter den Lebenden bin.

Dann schalte ich den Computer aus.

Ich bin mir sicher, dass ich ihn die nächsten zwanzig Jahre nicht mehr einschalten werde.

36

Geld allein macht nicht unglücklich.
Peter Falk, Schauspieler

Zehn Minuten später sitze ich wieder vor der Kiste und versuche, die Installationsdisketten meines Lieblingsspiels *Lemmings* in den Rechner zu schieben. Vergeblich, das Ding hat gar kein Laufwerk mehr. Da investiert man vorausschauend in zukunftssichere 5 ¼ Zoll-Disketten und ist am Ende doch technisch abgehängt.

Vor lauter Frust beginne ich ziellos im Internet zu surfen. Mir fällt einfach nichts anderes ein, mit dem ich mich sonst noch ablenken könnte. Außerdem habe ich schon immer geahnt, dass das Internet süchtiger macht als Heroin. Das klingt nach einer gewagten These, aber wenn man sich anschaut, wie viele Menschen mit einer Nadel im Arm in einem Café sitzen und wie viele mit einem iPhone in der Hand, kann man zumindest mal darüber nachdenken.

Eigentlich müsste ich das Problem mit Anabolika-Heidemarie lösen. Aber ich habe keine Ahnung, wie ich das anstellen soll. Dabei dachte ich heute Mittag in der Zentrale noch, ich sei kreativ. Doch wahrscheinlich überschätze ich mich nur maßlos und ich sollte froh sein, dass ich es wenigstens zum Buchhalter gebracht habe.

Plötzlich umschwänzelt ein merkwürdiger Geruch meine Nase. Rauch? Silvesterkracher? Feuer?

Pizza!

Ich renne in die Küche und reiße den Backofen auf. Tja, nach 45 Minuten bei 250 Grad wird selbst ein Eisbrocken schwarz. Ich werfe die Mini-Pizza in den Mülleimer, lösche den Brand, der dadurch entsteht und verwünsche mal wieder alle Götter dieser Welt. Super, jetzt bin ich einsam und hungrig! Können die da oben nicht ein einziges Mal auf mich aufpassen? Ich kann mir doch nicht auch noch eine Überwachungskamera für den Backofen bauen!

Moment!

Überwachungskamera?

Ich schnappe mir Heidemaries Brief, wähle ihre Telefonnummer und warte auf das Freizeichen.

»Hier ist Heidemarie Schuster-Schäfer«, flötet sie in die Leitung.

Ich bin überrascht, am Telefon klingt sie wie ein Supermodel. Na ja, wohl eher wie eine 0190er-Nummer, aber trotzdem ein Beweis dafür, dass jeder seine versteckten Qualitäten hat.

»Hier ist Matthias«, sage ich knapp.

»Oooh! Matthias!« Sie klingt ziemlich erregt. »Ich wusste, dass du anrufst.«

Woher kann sie das wissen, wenn ich selbst vor fünf Minuten noch keinen blassen Schimmer davon hatte?

»Du willst mich also auch«, haucht sie. In ihrer

Stimme ist nicht die Spur eines Zweifels zu hören. »Wann können wir uns treffen? Sofort? Gleich? Jetzt?«

»Ich schick dir eine E-Mail.«

»Das wird der heißeste Sex deines Lebens!« Sie stöhnt fast schon. »Ich kann es kaum erwarten.«

»Ich auch nicht«, antworte ich. »Gibst du mir deine E-Mail-Adresse?«

»Klar, mein Schatz.« Sie schmatzt ein paar Küsse in die Leitung. »EwigeLiebe555@hotmail.com.«

Während ich ihre Mailadresse in die Empfängerzeile eingebe, stutze ich. »Warum 555?«

»Die 6er waren alle belegt«, flüstert sie und kichert wie ein Teenager. »Hast du Lust auf eine Runde Telefonsex zum Warmmachen?«, fragt sie noch, doch die Antwort spare ich mir und lege auf.

Ich gehe zur Haustür und nehme die Speicherkarte aus der Haustürüberwachungskamera, die dort eigentlich nur noch hängt, falls Claudia wieder zurückkommt. Natürlich ist es verboten, Leute ohne deren Erlaubnis aufzuzeichnen. Ich habe auch fast ein schlechtes Gewissen.

Aber eben nur fast.

Ich war immer gegen diese Kamera.

Und jetzt bin ich dafür.

Ja, aus mir hätte ein toller Politiker werden können. Aber muss man heutzutage nicht flexibel sein?

Unglaublicherweise passt die Speicherkarte der Kamera in einen Steckplatz meines Computers. Man könnte fast glauben, da hätte sich jemand etwas dabei gedacht, aber wahrscheinlich war es nur ein Versehen.

Ich schaue mir die Videos der Überwachungskamera an und scrolle durch die letzten vier Tage meines Lebens, respektive die meiner Haustür.

Sie führt ein spannenderes Leben als ich. Selbst wenn es mir ziemlich auf den Geist gehen würde, ständig von Hunden angepinkelt zu werden.

Plötzlich sehe ich Anna auf dem Video. Sie verlässt mit mir das Haus und lächelt mich an. Mein Herz wird schwer wie ein Betonbunker. Als ich bis zu Heidemarie zurückgescrollt habe, fühle ich mich zwar immer noch nicht besser, aber ich weiß wenigstens, warum ich mir das hier antue.

Ich stoppe das Video genau an der Stelle, an der man sieht, wie Anabolika-Heidemarie ihren Pelzmantel öffnet, mache ein paar Screenshots und hänge sie an die Mail. Damit Heidemarie auch weiß, was ihre Bilder mir bedeuten, schreibe ich noch ein wenig Text dazu.

Sehr geehrte Frau Schuster-Schäfer,

Innerhalb von 48 Stunden landen diese Bilder und das zugehörige Video im Postfach Ihres Arbeitgebers. Ja, ich bin mir bewusst, dass es sich hierbei um die katholische Bistumsverwaltung handelt, die möglicherweise ein wenig konservativer ist als der Rest der Bevölkerung.

Falls Sie die Bilder nicht auf diesem Wege veröffentlicht sehen wollen, sollten Sie zwei Tatsachen akzeptieren:

1. Ich habe mich auf dem Ikea-Parkplatz nur umgezogen.

2. Das Post-it war nicht für Sie oder sonst jemanden aus Ihrem Umfeld bestimmt.

M.

PS: Falls ich mich je wieder verlieben sollte, dann sicher nicht in Sie.

PPS: Ihre Antwort erwarte ich formlos per E-Mail.

PPPS: Falls Ihr Arbeitgeber noch mehr Beweise sehen möchte, besitze ich auch noch die Fotos aus Ihrem ersten Brief.

PPPPS: Falls Ihr Konto unter Bewegungsmangel leidet, versuchen Sie es doch mal mit Sport :-).

PPPPPS: Ich kenne da übrigens jemanden, der könnte ernsthaft Interesse an Ihnen haben. Rufen Sie bei Gelegenheit einfach folgende Telefonnummer an: 0621/9061152. Aber sagen Sie ihm nicht, wer Sie sind. Noch nicht.

37

Die letzte echte Innovation der Banken war der Geldautomat.
Paul Adolph Volcker, Ex-US-Notenbankchef

Nachdem ich im Mailprogramm auf Senden gedrückt habe, fühle ich mich ein wenig besser. Ich habe endgültig mit allen Frauen abgeschlossen. Damit ich nicht zu einem dieser Hollywoodfilmpappnasen mutiere, die sich pausenlos die Aufnahmen ihrer Verflossenen anschauen, lösche ich das Überwachungsvideo und schalte den Rechner aus.

Da ich anscheinend nicht für Frauen gemacht bin, wird mein Leben in Zukunft nur noch aus Schlafen, Essen und Arbeiten bestehen. Jeder Bewohner der Sahelzone würde liebend gerne mit mir tauschen, aber mit geht es bei dem Gedanken an diesen öden Lebensentwurf trotzdem beschissen. Da ich dieses Gefühl allerdings zur Genüge kenne, lege ich mich ins Bett und schlafe einfach ein.

Als ich am nächsten Morgen am Frühstückstisch in das leere Marmeladenglas schaue, wird mir klar, dass ich meine finanziellen Probleme nicht länger ignorieren kann. Selbst wenn meine Werbekarriere dank meines Dossiers jetzt durchstartet, hab ich nicht viel davon, wenn ich bis dahin verhungert bin. Ich verschlinge die letzten beiden Gewürzgurken und beschließe, mich gleich nach der Arbeit darum zu kümmern.

Als wäre mein Opel damit gar nicht einverstanden, streikt er erst einmal. Mit einer Viertelstunde Verspätung lässt er mich auf die Piste, 7:22 Uhr, acht Minuten vor Arbeitsbeginn.

Das habe ich noch nie geschafft.

Ich pese wie Sebastian Vettel durch Ludwigshafen, doch die unterlegene Technik gibt mir keine Chance. Ladas, Dacias und BMWs ziehen an mir vorbei, als hätte ich die Handbremse angelegt.

Wahrscheinlich würde es Sebastian Vettel genauso gehen, wenn er mit meinem Opel Corsa ein Formel 1 Rennen bestreiten müsste.

Als ich mich dann noch dreimal verschalte, ist es um mich geschehen. Mit quietschenden Reifen parke ich den Corsa ein paar Meter vor der Sparkasse. Wenn ich ihn wieder auf den Kundenparkplatz stelle, ist es jetzt schon vorbei. Ich wage nicht mal, auf meine Uhr zu schauen und hechte in die Sparkasse. Beim Öffnen der Tür sehe ich im Augenwinkel, dass der Zeiger gerade auf 07:32 Uhr springt.

Verzweifelt blicke ich mich nach Huber um. Sicher steht er schon vor meinem Pult und wedelt mit der fristlosen Kündigung. Er hat wochenlang darauf gewartet, dass ich einen Fehler mache.

Jetzt ist es so weit.

Damit kann ich mir auch meine Karriere als Werbefachmann der Sparkasse in die Haare schmieren.

Doch Huber steht gar nicht an meinem Schalter, und auch nicht vor seinem Büro. Dann erst entdecke ich ihn. Brauche ich eine Brille oder warum lehnt Huber neben einem sehr jungen Kerl in Anzug und Krawatte und redet?

Er schreit nicht, er droht nicht, er tobt nicht, er redet. Und er bemerkt nicht einmal, wie ich heimlich hinter meinen Schalter husche, sondern ist voll und ganz auf den offensichtlich frisch eingetroffenen Auszubildenden konzentriert. Als wäre er ein kompetenter Vorgesetzter erklärt Huber ihm dessen Kernaufgabe für die nächsten drei Jahre.

Kopieren.

Selbst als der Kopierer die doppelseitigen Kopien falsch sortiert und der Lehrling dem Herrn Filialleiter zeigt, wie man das richtig macht, bleibt Huber ruhig und lächelt. Ja, Mr. Nasenhaar lächelt. Ist Huber von Außerirdischen entführt, repariert und wieder zurück geschickt worden?

Wie auch immer, es wird ein ausgesprochen ruhiger Arbeitstag, ein paar verirrte Optikerkunden, ein paar Omis, die ihr Geld am Schalter abheben, weil man sich mit Geldautomaten nicht unterhalten kann und Mister Minit höchstpersönlich.

Vielleicht ist es auch nur ein Angestellter, auf alle Fälle ist das ein wichtiger Geschäftskunde und ich fühle mich fast wie ein Key-Account-Manager.

Wenn auch nur für einen Schlüsseldienst.

Aber egal, Dienstleistungsgewerbe rules. Das bringt mich auf eine Idee, mit der ich meine finanzielle Lage dramatisch verbessern könnte.

38

*Anderen eine Grube zu graben, ist anstrengend,
doch es zahlt sich fast immer aus.*
D. H. Lawrence, englischer Schriftsteller

Kaum bin ich zu Hause angekommen, rufe ich zwecks Nebenjob bei der Konditorei *Katze* an. Erst tutet es eine Weile, dann meldet sich die mir wohl bekannte Konditoreifachverkäuferin: »Konditorei *Katze*, für Naschkatzen, was kann ich für Sie tun?«

»Hier ist Matthias Käfer«, antworte ich. »Wie ich höre, haben Sie den Werbeslogan von mir übernommen?«

»Sie?«, schreit die Konditoreifachverkäuferin ins Telefon. Im Folgenden überschlägt sich ihre Stimme dermaßen, dass ich nur die Worte *Bienenstich*, *Bundeskanzler* und *Betrug* verstehe.

»Haben wir nicht eine Bundeskanzlerin?«, frage ich in eine ihrer Schreipausen hinein.

»Sie wissen sehr wohl, wen ich meine!«, entgegnet sie. »Der liebe Herr Kohl hat einen Bienenstich bestellt und was hat er bekommen? Nichts!«

»Er wird wohl kaum deswegen verhungert sein«,

antworte ich, doch das Argument scheint nicht zu stechen, jedenfalls überschlägt sich ihre Stimme wieder.

»Okay, es tut mir leid«, sage ich. »Aber ich hab mir die Torte für ein Rendezvous ausgeliehen. Das versehen Sie doch sicher, oder?«

Dem wieder ansteigenden Erregtheitsgrad ihrer Stimme zufolge scheint sie es nicht zu verstehen. Dabei dachte ich immer, Frauen stehen auf Romantik.

»Jetzt hören Sie mal zu!«, werde auch ich etwas lauter. »Ich hab mir nur eine Torte ausgeliehen, Sie haben aber gleich einen Werbeslogan geklaut! Wissen Sie, was der normalerweise kostet?«

»Zehntausend Euro«, entgegnet sie. »Jedenfalls haben wir das für die Agentur bezahlt, aber dann fanden wir alle Vorschläge doof und haben doch den genommen, den ich mir auf einer Brötchentüte notiert hatte.«

»Und der war von mir!«

»Sie haben mir den doch für zwei Euro verkauft.«

»Hab ich nicht«, entgegne ich. »Ich habe stattdessen Torten ausgefahren.«

»Ach, schwarz haben Sie auch noch gearbeitet?«

»Ich habe nicht schwarz gearbeitet, sondern wurde in Schwarzwälder Kirschtorten bezahlt. Und in Bienenstich.«

»Den Sie geklaut haben!«, schreit sie. »Und Sie besitzen die Unverfrorenheit, hier noch mal anzurufen?«

»Ich wollte fragen, ob Sie einen Nebenjob für mich haben, als Werbetexter oder Tortenausfahrer.«

»Was?«, die Konditoreifachverkäuferin ist jetzt in die Schnappatmung übergegangen. »Das war das letzte Mal, dass ich auf einen dieser jungen Nichtsnutze hereingefallen bin! Und alle anderen Oggersheimer Gewerbetreibenden habe ich natürlich auch informiert! Sie brauchen gar nicht auf den Gedanken kommen, dort nach einem Job zu fragen. Seien Sie froh, dass ich nicht die Cosa Noisettehörnchen auf Sie hetze!«

Offensichtlich ist mit ihr nicht zu spaßen, wenn sie mir sogar mit der Bäckermafia droht, also lege ich auf und rufe bei der Metzgerei Gammel & Fleisch an. Vielleicht haben die Bedarf an einem Aushilfsverwurster.

Kaum habe ich meinen Namen genannt, wird einfach aufgelegt. Dasselbe beim Blumengeschäft Welk und beim Coiffeur Glatze. Offensichtlich hat die Konditoreifachverkäuferin nicht gebluffT. Die Idee mit dem Nebenjob in Oggersheim kann ich mir also abschminken.

Was mein weiteres Überleben angeht, brauche ich dringend ein paar geniale Einfälle, aber mein Körper weigert sich, den Denkapparat anzuwerfen, wenn ich ihm nicht schleunigst etwas zu essen besorge. Klingt nach Teufelskreis, also bleibt mir nichts anderes, als jede Ecke meiner Küche zu durchstöbern.

Überglücklich finde ich eine Packung Cornflakes und metzle sie nieder. Sie schmeckt ein wenig trocken, um nicht zu sagen pappig. Also nicht die Cornflakes, denn die waren ja schon leer, sondern die Packung. Wie ich aus dem Lexikon des unnützen Wissens weiß, hat die Packung ohnehin mehr Nährwerte als deren Inhalt. Viele können das allerdings nicht sein, denn als ich mein Mahl beendet habe, fühlt sich mein Magen immer noch an wie ein leerer Getreidesilo.

Dann erst fällt mir ein, dass ich noch gar nicht im Briefkasten nachgeschaut habe. Vielleicht hat ja eines der Nachbarskinder einen halben Pudding reingelegt. Ich springe nach draußen, öffne den Kasten und finde zwei Briefe.

Aber keinen Pudding.

39

Wenn bei Geld die Freundschaft aufhört, ist es keine.
Stephan Sarek, deutscher Schriftsteller

Enttäuscht nehme ich die Briefe aus dem Kasten. Auf einem steht handgeschrieben und mit Ausrufezeichen: *10. Mahnung!!!* Das kommt selbst mir unwahrscheinlich vor und so reiße ich den Umschlag auf. Der Brief ist von Video-Paule. Er erinnert mich in unfreundlichen Worten daran, dass ich immer noch die *Lost*-*DVDs* ausgeliehen habe und zwar seit 278 Tagen. Die Leihgebühr inklusive Weekend-, Stammkundenrabatt und Happy-Hour-Donnerstag betrage eintausenddrei Euro und vierunddreißig Cent. Zu bezahlen sofort per Überweisung oder in bar.

Ich greife zum Telefon und rufe Video-Paule an. Der Kerl war mein Klassenkamerad und jetzt schickt er mir so eine Rechnung? Gut, es war nur für eine Ehrenrunde in meiner Klasse und ich habe ihn in der entscheidenden Klassenarbeit nicht abschreiben lassen, weil er ständig mein Pausenbrot mit Juckpulver garniert hat, aber trotzdem!

»Video-Paule – da gibt's nix zu maule«, meldet er

sich. Tja, auch er hat ein Faible für furchtbare Werbeslogans.

»Sag mal Paul, das mit der Rechnung ist doch ein Scherz, oder?«, frage ich.

»Genauso wie die Zinsen, die ich bei euch abdrücken muss.«

»Die musst du zahlen, weil du mich um einen Kredit gebeten hast«, entgegne ich. »Schon vergessen?«

»Eben und du musst die Rechnung zahlen, weil du dir die Lost-DVDs ausgeliehen hast. Schon vergessen?«

»Ich hab die Dinger verloren.«

»Ja klar, und die Rambo DVDs sind explodiert«, antwortet Paul. »Und die Titanic DVDs haben bestimmt einen Wasserschaden. Weißt du wie viele dieser bescheuerten Ausreden ich mir jeden Tag anhören muss?«

»Ich würde mir niemals Titanic ausleihen«, sage ich noch, doch Paul ist schon nicht mehr zu stoppen. Er geht mal wieder seinem Lieblingshobby nach: Kunden beschimpfen. Nicht gerade eine empfehlenswerte Geschäftsstrategie. »Ich hab echt die Faxen dicke von euch Kundenpack«, höre ich, als ich mich nach geschätzten fünf Minuten wieder in das Gespräch einblende. »Immer muss ich die verklebten Porno-DVDs reinigen!«

»Ich hab mir nie eine Porno-DVD ausgeliehen«, unterbreche ich ihn. »Nur die erste Staffel von Lost.«

»Ja klar, die Porno-DVDs leiht nie jemand aus. Und wenn dann nur für Freunde. Aber irgendwann muss ich mal ein Exemplar salutieren ... nee, soufflieren, äh, dingsen.«

»Und das muss ausgerechnet bei mir sein, deinem

alten Schulfreund?«

»Schulfreund?«, fragt Paul. »Du meinst den Schulfreund, der zehn Mahnungen braucht, bis er sich mal meldet?«

»Du hast mir nie und nimmer zehn Mahnungen geschickt!« Auch wenn mein unerledigter Rechnungsturm bedrohliche Ausmaße angenommen hat, weiß ich doch genau, was darin lagert. Der Pleitier beherrscht das Chaos. Oder so ähnlich. »Ich hab dich jedes Mal an die DVDs erinnert, wenn du im Laden warst«, widerspricht Paul. »Und immer einen Strich gemacht. Das ist jetzt die zehnte Mahnung. So lässt du mich hängen! Und das, obwohl ich dir dieses geile 80er-Jahre-Merchandising-Überraschungspaket quasi umsonst überlassen habe.«

»Quasi umsonst?« Wenn ich durch die Leitung springen könnte, würde ich es tun. »Einhundertfünfzig Euro für ein paar T-Shirts von Bands, die so peinlich sind, dass jede Altkleidersammelstelle die Dinger ablehnt.«

»Das waren einunddreißig hochwertige Merchandising-Artikel«, antwortet Paul.

»Von dreißig beschissenen Bands!«

»Kann ich was für die Musik der Achtziger?«

»Die Achtziger waren das einzige Jahrzehnt, in dem es mehr gute Musik als schlechte gab«, antworte ich. »Und das trotz Modern Talking und David Hasselhoff.«

»Willst du mit mir jetzt über deinen Musikgeschmack diskutieren oder deine Rechnung bezahlen?«

»Gut, diskutieren wir über die Rechnung«, antworte ich. »Tausend Euro für ein paar DVDs sind ziemlich übertrieben, oder? Ich will den Laden nicht kaufen!«

»Leg noch einen Hunni drauf und er gehört dir.«

»Ich hab nicht mal mehr zehn Euro! Ich bin pleite! Bei mir stapeln sich die Rechnungen bis unters Hausdach.« Ich übertreibe ein wenig, in der Hoffnung, Paul damit weich zu bekommen.

»Tja, aber ohne dein Geld kann ich die nächste Rate für den Kredit nicht bezahlen.« Paul wirkt alles andere als weich, zündet sich eine Zigarette an und bläst den Rauch in den Hörer. Ich könnte schwören, dass etwas davon bei mir ankommt, aber gerade als ich Paul darauf aufmerksam machen will, spricht er weiter. »Wie ich gehört habe, kannst du dir einen weiteren geplatzten Kredit nicht mehr leisten.«

»Woher willst du das wissen?«

»Du hast es mir selbst erzählt.« Paul klingt immer noch betont lässig. Dachte ich wirklich mal, Paul wäre mit mir befreundet? Er räuspert sich. »Wenn du also deinen Job bei der Bank behalten willst, solltest du besser die Rechnung bezahlen.«

»Sag mal, willst du mich erpressen? Mich, den Einzigen, der dich damals überhaupt bis zu den Kreditanträgen durchgelassen hat? Wenn ich deinen tollen Business-Plan nicht eigenhändig neu abgetippt hätte, der nur so von falschen Fremdwörtern, Rechtschreibfehlern und Kaffeeflecken gestrotzt hat, wäre das nie was geworden mit dem Kredit.« Ich hole tief Luft. »Und von den anderen Flecken auf dem Papier will ich gar nicht erst reden!«

»Soll ich dir jetzt auch noch dankbar sein, dass ich Schulden hab?«

Ich seufze. Im Grunde habe ich Paul nur geholfen, weil ich immer noch ein schlechtes Gewissen wegen der Klassenarbeit hatte, auch wenn ich mich damals irgendwie hatte wehren müssen. »Du hast mich auf Knien angebettelt, dir den Kredit zu geben«, sage ich. »Du wolltest dich sogar von der Rheinbrücke stürzen, wenn es nicht klappt.«

»Also gut, ich will mal nicht so sein«, gibt Paul sich plötzlich gönnerhaft. Viel zu plötzlich. Seine Stimme wird tief und flüsternd. Ich ahne, was gleich kommt.

»Ich hätte vielleicht eine Lösung für unser Problem«, sagt er und seine Stimme rasselt dabei, als sei er ein alter Italiener mit Bronchitis. Paul imitiert mal wieder Marlon Brando, sein einziges anderes Hobby.

»Ich werde ihm ein Angebot machen, das er ...«

»Komm zur Sache, Paul!«

»Du musst schon mitspielen, sonst gibt es kein Angebot«, schmollt Paul und klingt nun wie ein kleines Kind.

»Also gut«, seufze ich und hebe den Hörer. Ich höre gerade noch: »... das er nicht ablehnen kann«, dann spricht Paul wieder normal. »Und wie war ich? Brillant, oder?«

»Toll«, sage ich. »Und was ist jetzt dein Angebot?«

»Hast du noch diese seltenen Boney-M.-Platten?« Ich spüre sein Grinsen durch den Hörer bis zu mir nach Hause.

»Vergiss es«, sage ich. »Die sind Millionen wert.«

»Vielleicht in italienischen Lire«, antwortet er. »Wenn es die noch gäbe.«

»Wart noch ein bisschen, dann gibt es sie wieder.«

»Wart du noch ein bisschen, dann steigt die Rechnung für die *Lost*-DVDs noch weiter.« Er lacht dieses Joker-Lachen und bevor er jetzt noch Arnold Schwarzenegger nachmacht, muss ich das Gespräch in eine andere Richtung lenken. »Hab ich schon erwähnt, dass ich jetzt auf der Arbeit jeden Tag einen Kredit kündigen muss, um unsere Risiken zu minimieren?« Jetzt grinse ich.

»Also gut«, seufzt er. »Du kündigst nicht, ich vergesse die Rechnung, du gibst mir die Platten und ...«

»Ja?«, frage ich gespannt.

»Und du bekommst den Laden.«

»Nicht für geschenkt!«

»Na gut«, sage er. »Du bekommst für die Platten ein iPhone.«

»Ich brauch kein Handy.«

»Das ist ein Smartphone.«

Ich zuckte mit den Schultern. »Ich bin selber smart.«

»Damit kannst du überall ins Internet.«

»Interessiert mich nicht. Ich hab Internet daheim.«

»Es hat tolle Apps. Und du kannst dich sogar mit dem iPhone unterhalten.«

Mein Bedarf an virtuellen Gesprächsdaten ist erst mal gedeckt. »Vergiss es«, sag ich und will schon auflegen. Doch dann flattern aus Pauls Mund auf einmal die magischen Worte: »Und es ist auch *Lemmings* drauf installiert.«

Zehn Minuten später stehe ich mit den Platten bei Paul im Laden. Zum Glück ist er von dem etwas freizügigen Cover von *Love for sale* so überwältigt, dass er den Tortenmesserkratzer darauf übersieht. Er ist zufrieden, erlöst mich von meinen Schulden und streckt mir das iPhone hin.

Ich zögere. Ich und ein Handy. Anderseits gibt es die Technik schon mehr als zwanzig Jahre und sollte somit ausgereift sein. Außerdem bin ich im Grunde gar kein Technikfeind. Sondern ein Feind der Wegwerfgesellschaft.

Skeptisch nehme ich das Handy in die Hand. Ich mag zwar hinter dem Mond leben, respektive in Ludwigshafen-Oggersheim, aber selbst ich merke, dass sich das Ding irgendwie billig anfühlt. »Das ist kein iPhone!«

»Kannst du nicht lesen?«, fragt Video-Paule. »Da steht es doch!«

»Das ist ein Aufkleber!«

»Apple ist auch nicht mehr das, was sie mal waren. Die sparen inzwischen überall.«

Ich schalte das Ding ein, scrolle durch die Apps und finde tatsächlich ein Programm mit Namen *Lemmings*. Na immerhin. Mehr ist hier wohl nicht zu holen.

Und vielleicht brauche ich das Handy ja doch mal. Ich lasse mir von Paul die Nummer des Handys geben und verabschiede mich. Als ich schon in der Tür stehe, ruft mich Paul noch mal zu sich und bietet mir erneut seine Videothek an. »Drei Monatsumsätze und sie gehört dir!«

»Ich hab keine hundert Euro.«

»Fünfzig reichen auch. Schließlich sind wir Freunde.« Er zeigt auf seine Regale. »Es heißt zwar Videothek, wir haben aber auch DVDs und Blu-ray-Discs im Angebot.« So viel Grips habe selbst ich, dass ich sein Angebot ablehne, obwohl er noch mehrmals mit tiefer

Stimme betont, dass ich es gar nicht ablehnen könne. Ich erkläre ihm, dass eine Videothek zu betreiben heutzutage so zukunftssicher ist, wie Webstühle zu verkaufen.

Beim Gehen beschimpft er mich als Trendjunkie und kündigt an, neben seiner Videothek einen Schallplattenladen zu eröffnen. Er habe ja jetzt einen ganz tollen Grundstock an seltenen Platten. »Hasta la vista, baby!«, ruft er mir noch hinterher und ich mache, das ich fortkomme.

Für seinen Plattenladen bekommt er von mir jedenfalls keinen Kredit, auch nicht, wenn er sich vom Burj Khalifa stürzen will.

Wieder zu Hause, beschließe ich, all meinen Freunden meine neue Handynummer mitzuteilen.

Das ist schnell erledigt.

Denn die Handynummern meiner Freunde waren mangels eigenem Handy alle auf meinem alten Computer gespeichert.

Um wenigstens irgendjemandem die Nummer mitzuteilen, greife ich mir die gelben Seiten, suche nach Klempner Kemals Handynummer und schicke ihm eine SMS.

Dann erst sehe ich den zweiten Brief, den ich neben das Telefon gelegt habe. Das Ding habe ich glatt vergessen. Klar, ich dachte ja auch der Brief käme von Anabolika-Heidemarie, denn er sieht irgendwie weiblich aus: farbiger Umschlag, eine gewisse Schwere, also wahrscheinlich kein Karopapier vom Abreißblock. Es prangt sogar ein Stempel drauf. *Visit Sweden.*

Visit Sweden?

Plötzlich wird mir ganz anders.

40

Wer viel redet, lügt viel.
Schwedisches Sprichwort

Meine Hände zittern, als ich Annas Namen und Adresse auf dem Briefumschlag entdecke. Mit Telefonnummer! Ich bin viel zu nervös, den Brief zu öffnen und schaue mir erst einmal den Stempel auf der Marke an. Abgeschickt in Göteborg, per Luftpost, diesen Montag, vor zwei Tagen. Hat sie mich auch vermisst? Oder bilde ich mir das nur wieder ein?

Einen Moment lang überlege ich, den Brief ungelesen in einen Bilderrahmen zu stecken. So bliebe die Illusion unserer Liebe erhalten und ich würde nicht enttäuscht werden. Dann siegt jedoch die Vernunft, genauer gesagt meine Neugierde und ich reiße den Brief auf.

Selbst ohne Absender hätte ich spätestens jetzt erkannt, dass der Brief nicht von Anabolika-Heidemarie stammt. Die Schrift ist schnörkellos und doch elegant.

Hallo Matthias,
ich nehme an, Du bist überrascht, dass ich Dir schreibe,

aber unser Abschied ging so schnell und ich wollte Dir noch so viel sagen. Und jetzt sitze ich vor dem Papier und mir fällt kein Wort ein.

Wahrscheinlich ging es Dir bei Deinem Brief genauso, weswegen er ein wenig kurz ausgefallen ist. Aber es kommt ja nicht auf die Größe an ☺.

Vielleicht erzähle ich Dir erst mal, wie es mir hier geht. Mein Umzug hat gut geklappt und ich habe eine schöne, große Wohnung in der Nähe der Altstadt von Göteborg. Morgen habe ich meinen ersten Arbeitstag, die Kollegen kenne ich schon von der Bewerbung, sie sind wirklich nett. Aber nicht so lustig und fantasievoll wie Du. Witztorten sind eben schwer zu finden.

Zwar bist du manchmal ein wenig wortkarg, aber das mag ich. Wenn man in Schweden mehr als zwei zusammenhängende Sätze sagt, gilt man schließlich schon als extrovertiert. Insofern fand ich es schön, mit dir auch einfach mal schweigen zu können.

Am Montag sind die Schulferien zu Ende und wir beginnen mit dem Unterricht. Ich bin schon sehr auf meine Schüler gespannt. Vielleicht ist ja einer dabei, der mich an Dich erinnert. Das wäre schön.

Eigentlich wollte ich noch so viel schreiben, aber ich glaube, ich bin besser im Reden. Leider bekomme ich bis zu den nächsten Ferien keinen Urlaub, aber vielleicht kommst Du mich ja mal besuchen? Ich würde mich freuen.

Anna

PS: Falls Du noch zu Deinem Zettel stehst, findest Du anbei meine Antwort.

Antwort? Welche Antwort? Und welcher Zettel?

Ich stelle den Briefumschlag auf den Kopf, doch es fällt nichts heraus. Dann schaue ich hinein. Das Post-it klebt an der Innenwand des Umschlags. Ich ziehe den Zettel ab und lese ihn.

Willst Du mit mir gehen?

[ ] ja
[ ] nein
[x] vielleicht :-)

Das Smiley ist von ihr. Und das Kreuz auch.

Soll ich sie anrufen? Doch was zu ihr sagen? Oder soll ich ihr zeigen, dass ich ein Mann der Tat bin, Flüge buchen und sie dann anrufen? Oder sie gleich in Göteborg überraschen? Das wäre eigentlich am besten, denn dann müsste ich gar nicht telefonieren.

Dank des Adrenalinschubs entscheidet sich mein Hirn doch noch zur aktiven Mitarbeit und ich beschließe, erst einmal nach Flügen zu schauen und dann weiterzusehen. Da das Internet im Gegensatz zum Reisebüro noch offen hat, mache ich mich dort auf die Suche. Eine halbe Stunde später werde ich fündig. Frankfurt - Göteborg und zurück für dreihundertdreiundsechzig Euro und siebenundzwanzig Cent, inklusive Steuern, Lande- und Startgebühren, Luftverkehrsabgabe sowie Kreditkartenverwendungsabzockobolus. Und natürlich inklusive CO_2-Ausgleich, schließlich will ich nicht, dass Anna mich gleich wieder zurückschickt.

Der Flug startet am Freitagabend und kommt Sonntagabend wieder in Frankfurt an. Er ist perfekt! Ich bin so euphorisiert, dass ich immer weiter klicke. Jetzt nur noch meine Kreditkartendaten eingeben und es kann losgehen.

Tja, leider muss man den Spaß auch bezahlen. Schon etwas weniger euphorisch gebe ich meine Kreditkartendaten ein. Bei der letzten Nummer zittere ich fast. Bitte, bitte, lieber Opelgott, lass die Buchung durchgehen! Ich weiß zwar nicht, ob der Opelgott dafür zuständig ist, aber seine eigene Firma hat er ja auch mehrmals vor dem Konkurs gerettet. Ich drücke auf Buchen und die Sanduhr erscheint. Natürlich! Sie eiert ein wenig herum, dann wechselt der Bildschirm und ich sehe meine Buchungsbestätigung.

Buchungsbestätigung? »Jaaa!« Ich mache dreimal die Beckerfaust und hüpfe im Zimmer herum, wie ich es nicht mehr getan habe, seit ich mit drei in ein Wespennest getreten bin.

Dann fällt mir ein, dass schon Mittwoch ist und ich am Freitag fliege. In weniger als achtundvierzig Stunden! Vielleicht sollte ich Anna anrufen, damit sie Bescheid weiß.

Bevor ich lange nachdenken kann, habe ich schon das Telefon in der Hand und wähle ihre Nummer. Das Freizeichen tutet eine Weile herum, plötzlich klickt es und ich höre etwas, das klingt wie *Smörrebröt, Smörrebröt, ramtamtamtam*. Dann piept es.

Es ist mein Feind, ihr Anrufbeantworter. Während ich noch überlege, was ich sagen soll, fängt meine Milz schon einmal an zu reden. »Hallo, Anna, hier ist Matthias. Ich habe deinen Brief erhalten und komme nach Göteborg.«

Vielleicht ein wenig kurz, denke ich, nachdem ich aufgelegt habe. Den Langerhansschen Inseln fällt auf, dass ich noch etwas vergessen habe und ich wähle wieder ihre Nummer. »Hier ist noch einmal Matthias. Mein Flug landet diesen Freitag um 19:45 Uhr. Bis dann.«

So, jetzt bin ich zufrieden.

Nein, doch nicht ganz. Der Blinddarm hat noch was zu meckern. Ich wähle erneut. »Ich bin's noch mal. Falls du mich erreichen möchtest, kannst du mir ein Mail schicken an matthiasderkaefer@gmx.de oder mich anrufen unter 0621/9022081 oder unter – Moment – 0173/89978950.«

Jetzt lässt mich noch mein Kleinhirn wissen, dass es mit der bisherigen Kommunikation unzufrieden ist und ich wähle wieder Annas Nummer. »Ach ja und die Vorwahl von Deutschland natürlich nicht vergessen 0049 und dann die Null weglassen, aber das weißt du ja sicher.«

Gerade als ich wieder aufgelegt habe, meldet sich mein Herz und weist mich darauf hin, was diesen ganzen Mitteilungen fehlt. Wenigstens kann ich ihre Nummer jetzt schon auswendig. Ich tippe sie ein, lasse wieder das Smörrebröt über mich ergehen und sage: »Ich freue mich übrigens.«

Ich beschließe, schon mal mit dem Kofferpacken anzufangen, hole meinen Koffer unter dem Bett hervor, öffne ihn und werde von den *Lost*-DVDs angestrahlt. Ich nehme einen Hammer, haue die Dinger so platt, dass sie hochkant in einen Briefumschlag passen und schicke sie an Video-Paule.

Ich werfe ein paar Klamotten in den Koffer, setze mich wieder an den Computer, drucke meine Buchungsbestätigung aus und rufe meine E-Mails ab. Aha, da ist schon eine E-Mail von der Fluggesellschaft. Voller Vorfreude öffne ich sie.

41

Ist das nötige Geld vorhanden, ist das Ende meistens gut.
Bertolt Brecht

Sehr geehrter Herr Käfer,
Ihre Buchung unter der Reservierungsnummer AB238565 haben wir gerne entgegengenommen. Wir freuen uns, Sie zu unseren Kunden zählen zu können.

Leider konnten wir die von Ihnen angegebene Kreditkarte nicht mit dem Betrag von Euro 363,27 belasten. Wir bitten Sie, uns eine alternative Zahlungsmethode mitzuteilen, am besten direkt unter 'Meine Buchungen' auf unserer Homepage.

Sollten wir innerhalb von 24 Stunden keine Zahlung von Ihnen erhalten haben, müssen wir Ihre Buchung leider stornieren.

Mit freundlichen Grüßen
Melanie Krause, Kundenberaterin

Verdammte Biberkacke! Ich brauche dringend Geld!

Alles, was ich besitze, ist eine Kreditkarte, die am Limit ist und eine EC-Karte, die über dem Limit ist. Doch was ist mit den Barbeständen?

Ich renne in das Obergeschoss und öffne die Geldtruhe. Nach viermaligem Nachzählen kann ich den Umfang meines Reichtums ziemlich genau angeben: dreiundzwanzig Peseten, zwölf Franc, dreißig Centimes sowie eine Deutsche Mark und fünfundzwanzig Pfennige.

»Ich bin pleite!«, rufe ich, nur für den Fall, dass ich es selbst noch nicht mitbekommen habe.

Seit Claudia ausgezogen ist, war es finanziell schon immer eng, schließlich musste ich die Hypothek, die für zwei Einkommen kalkuliert gewesen war, danach allein bestreiten. Außerdem musste ich Claudia ihren Anteil am Eigenkapital auszahlen, was damals meine gesamten Reserven aufgefressen hatte.

Daher habe ich im letzten Jahr von der Hand in den Mund gelebt.

Und jetzt ist eben nichts mehr in der Hand.

So schnell gebe ich jedoch nicht auf und werfe meinen Ideengenerator an. Mein Hirn lässt mich auch dieses Mal nicht im Stich und spuckt eine Idee aus. Okay, vielleicht ist es nicht gerade der genialste Einfall der Menschheitsgeschichte, aber immerhin eine Idee: Ich muss irgendetwas aus meinem Besitz verhökern, um an Geld zu kommen.

Ich denke an den Corsa, doch den Gedanken verwerfe ich gleich wieder. Für den bekomme ich nicht mal dreihundert Euro. Außerdem muss ich irgendwie zur Arbeit kommen. Aber im Auto liegt doch noch etwas? Der Eiskratzer? Meine Audiokassetten? Der

Geschirrspüler! Soll ich ihn zurückgeben? Er hat immerhin dreihundertneunundfünfzig Euro gekostet.

Ich muss an Anna denken und daran, wie sie mir den Geschirrspüler ausgesucht hat. Er ist das Einzige, was ich noch von ihr habe. Außerdem wäre sie doch sehr überrascht, wenn sie mich wieder besuchen käme und er wäre nicht eingebaut. Zudem reichen dreihundertneunundfünfzig Euro nicht ganz für den Flug, und obwohl ich nicht annehme, dass man mich deshalb über Offenbach aus dem Flieger werfen wird, entscheide ich, dass *Renlig* bleibt.

Als Nächstes fällt mir mein neuer Computer ein, doch erstens ist so ein Ding gerade noch die Hälfte wert, kaum hat man ihn nach Hause getragen. Und zweitens könnte Anna versuchen, mich per Mail zu erreichen. Also, der Computer bleibt auch.

Da ich Anna meine neue Handynummer mitgeteilt habe, kann ich die iPhone-Kopie auch nicht verkaufen. Wahrscheinlich ist das Ding ohnehin aus dem Kaugummiautomaten und der Erlös würde nicht mal reichen, um an den Flughafen zu kommen. Und ohne meinen neuen Anzug und meine neuen Lederschuhe verliere ich meinen Job. Und womöglich Anna.

Ich überlege, denke nach und sinniere, doch ich komme immer zum gleichen Ergebnis. Die Boney-M.-Platten waren das Einzige wertvolle, das ich noch besessen habe. Und die hat jetzt Video-Paule. Natürlich hat er sich von mir einen Kaufvertrag unterschreiben lassen, ein bisschen was lernt man in einer Videothek anscheinend doch fürs Leben. Die Platten kann ich mir also abschminken. Wie immer das gehen soll, wenn ich sie gar nicht mehr habe.

Mir bleibt nur noch eine Möglichkeit. Ich nehme wieder das Telefon, wähle eine Nummer, die ich auch auswendig kann und warte auf das Freizeichen. »Hier ist Matthias, euer Lieblingssohn.«

»Wer?«, ruft jemand in die Leitung. Das kann nur mein Vater sein.

»Hier ist Matthias, euer einziger Sohn«, erkläre ich, nun etwas lauter.

»Du rufst doch sicher nur an, weil du Geld willst«, begrüßt mich mein Vater.

»Wie kommst du denn darauf«, gebe ich mich empört, frage mich jedoch, ob er insgeheim einen Kurs in Hellseherei belegt hat. »Ich wollte nur mal hören, wie es euch so geht«, schiebe ich noch nach, damit es nicht so auffällig ist.

Ich merke sofort, dass dies ein Fehler war. Mein Vater beginnt unverzüglich mit der üblichen Litanei aus Rentenkürzungen, Beitragserhöhungen und dem verfluchten Teuro.

Ungefähr eine halbe Stunde später ist er damit fertig, beginnt jedoch von vorn, als ich vorsichtig anmerke, dass in der Geschichte der Bundesrepublik noch nie die Renten gekürzt wurden, weil die Rentner jeden sofort abwählen würden, der das täte. Jetzt kommt er erst richtig in Fahrt und macht das, was deutsche Rentner am besten können: Jammern, Meckern und Liegestühle mit Handtüchern reservieren.

Da er zu Letzterem gerade keine Gelegenheit hat, kompensiert er das mit noch mehr Jammern und Meckern. Wenn man ihm zuhört, könnte man glatt glauben, Deutschland läge in der Sahara, würde von mehreren korrupten Diktatoren regiert und das halbe

Land stünde vor dem Hungertod. Ich verkneife mir die Bemerkung, dass die Deutschen mehrere Millionen Tonnen Fettreserven vor sich her schieben, denn das tun auch die Amis. Und über die möchte ich jetzt nicht auch noch einen Dia-abendfüllenden Vortrag hören.

Als mein Vater sich bei dem Thema Krankenkassen so in Rage redet, dass er keine Luft mehr bekommt, ergibt sich endlich eine Gesprächspause. Sofort nutze ich die Gelegenheit. »Da hast du natürlich recht, ich zahle auch jedes Jahr höhere Beiträge«, beginne ich. »Deswegen bin ich momentan finanziell ein wenig ...«

Weiter komme ich nicht, dann hat er aufgelegt. Ich drücke auf die Wahlwiederholungstaste, die ich während der packenden Ausführungen meines Vaters aus lauter Langeweile entdeckt habe und warte auf das Freizeichen. »Ich bin es noch mal«, melde ich mich. »Irgendwie sind wir getrennt worden. Also was ich fragen wollte, ist, ob ihr mir ein wenig Geld ...«

Wieder höre ich das Klicken. So schnell gebe ich nicht auf und wähle erneut die Nummer. Dieses Mal meldet sich meine Mutter. Ein Hoffnungsschimmer keimt auf. Geben Mütter für ihre Kinder nicht ihr letztes Hemd? »Hallo, Mama«, begrüße ich sie. »Wie geht es dir?«

»Wie es mir geht, fragst du? Wie soll es mir denn gehen, nach dem was mir Hilde erzählt hat?«

»Was hat Frau Redlich denn erzählt?«, frage ich, obwohl ich es eigentlich gar nicht wissen will.

»Du hast dich bei Georges Beerdigung so daneben benommen, dass man sich schämen muss. Dann steigst du noch Julia nach, obwohl sie vergeben ist, zerstörst ihren Garten und irgendwelche Prostituierten schmieren deine Fenster mit Lippenstift voll.«

»Das stimmt doch alles gar nicht!«, sage ich. »Ich kann das alles erklären.«

»Und jetzt lügst du auch noch deine eigene Mutter an«, klagt sie, wie es nur Mütter können. »Also, was die Drogen aus dir gemacht haben ...«

»Drogen?« Ich habe noch nie in meinem Leben Drogen genommen. Als Kind habe ich mich sogar geweigert, Multi Sanostol zu nehmen, worauf ich heute noch stolz bin. Und jetzt denkt meine Mutter, ich nähme Drogen?

»Anders ist doch nicht zu erklären, wie du dich veränderst hast. Nie meldest du dich und jetzt willst du auch noch Geld.«

»Es ist ja nur vorübergehend«, entgegne ich, doch weiter komme ich nicht. Jetzt hat auch sie aufgelegt. Ich drücke erneut die Wahlwiederholungstaste, um noch *bis Monatsende* sagen zu können, doch meine Mutter hat schon den Hörer neben das Telefon gelegt.

Es ist zwecklos. Für die eigenen Eltern bleibt man immer der unzurechnungsfähige Dreijährige, den sie mal großgezogen haben. Okay, ich habe mich in letzter Zeit nicht bei ihnen gemeldet, aber sie doch auch nicht bei mir! Das Leben ist doch keine Einbahnstraße, verdammt!

Ich schnappe mir das Telefonbuch und rufe meinen alten Freund Tom an. Bei ihm hab ich mich zwar auch länger nicht gemeldet, aber bei echten Kumpels ist das kein Problem.

Ein Problem hingegen ist, dass mich seine Stammelbox begrüßt und darüber aufklärt, dass Tom gerade in Urlaub ist und erst in drei Wochen wieder heimkommt. Klar, es ist ja August.

Natürlich hat er auch eine Handynummer, aber die steht nicht im Telefonbuch, sondern in meinem alten Computer, der mit der Stromnotabschaltung nach dem Geschirrspülerinferno über die Wupper gegangen ist.

Von meinen anderen Freunden und all den Halb- und Viertelfreunden finde ich nur noch zwei im Telefonbuch und bei denen piept ebenso der Anrufbeantworter. Wahrscheinlich sind die auch in Urlaub. Ich hasse die Hochsaison.

Weil mir nichts Besseres einfällt, lese ich noch einmal die E-Mail der Fluggesellschaft. Vielleicht gibt es doch noch irgendwo einen Hoffnungsschimmer? Ich bleibe bei den alternativen Zahlungsmethoden hängen und überlege, was sie damit meinen könnten. Mir fällt keine ein.

Außer, Frau Krause in Naturalien zu bezahlen, doch ich bezweifle aufgrund meiner langen Abstinenz in Sachen Fortpflanzungssport, dass ich einer Kundenberaterin bei einer Fluggesellschaft dreihundertdreiundsechzig Euro und siebenundzwanzig Cent wert bin. Wäre ich Pilot, sähe das vielleicht anders aus, aber ich bin ja nur ein einfacher Bankangestellter.

Bankangestellter?

Plötzlich habe ich eine Idee.

42

Der Magen ist die Werkstatt des Körpers.
Schwedisches Sprichwort

Am nächsten Morgen bin ich voller Tatendrang und nehme eine Packung Superplop 3000 sowie eine Pipette aus meinem Arzneischrank. Ich staune nicht schlecht, als ich erkenne, dass das Medikament seit zehn Jahren abgelaufen ist.

Ist mein Zivildienst schon so lange her? Damals, im Altersheim hab ich es trotz Anordnung der Altenpflegerin nicht in der Mülltonne entsorgt, sondern mitgenommen. Neben dem Müllservice war ich im Altenheim in erster Linie damit beschäftigt, die Windeln der Senioren zu wechseln, womit ich mir gewissermaßen selbst zuarbeitete. Beziehungsweise zuarbeiten ließ.

Nach meiner Erfahrung kennt Seniorenstuhlgang nur zwei Zustände: Verstopfung oder Dünnpfiff. Letzteres war deutlich häufiger anzutreffen und schoss mit solch einer Geschwindigkeit aus den Omas und Opas, dass man meinen konnte, sie hätten Raketentreibstoff im Bauch.

Das lag zum einen an der etwas einseitigen Ernährung im Altersheim, die aus großen Kartoffeln mit Sauerkraut, kleinen Kartoffeln mit Sauerkraut und mittleren Kartoffeln mit Sauerkraut bestand, zum anderen aber auch an diesem fulminanten Abführmittel.

Superplop 3000. Es wirkt, als hätte man eine Moulinette eingebaut.

Und das ist trotz des geringfügig überschrittenen Verfallsdatums heute bestimmt immer noch so. Außerdem, was kann schon passieren? Ein Abführmittel, das einem den Magen verdirbt? Na, umso besser.

Ich nehme mein Handy, schmeiße mich in den Anzug und rede dem Corsa gut zu. Er spurt wie ein treuer Hund. Zwar wie ein altersschwacher Hund, aber er spurt.

Ich komme ausnahmsweise zwei Minuten zu früh in die Bank, doch Huber bemerkt mich nicht einmal. Er ist noch entspannter als am Tag zuvor, lehnt lässig an Frau Webers Schalter und nippt an seinem Kaffee. Die Theorie mit den Außerirdischen habe ich inzwischen verworfen. Auf der Hinfahrt ist mir eingefallen, was seine Stimmungsumpolung hervorgerufen hat. Oder genau genommen wer.

Anabolika-Heidemarie. Ich beglückwünsche mich zu dem Einfall, ihr seine Privatnummer gegeben zu haben. Denn damit habe ich gleich zwei Probleme gelöst. Ich bin sie los und ich habe einen neuen Chef bekommen. Zwar in der alten, langweiligen Gestalt, aber ich will mal nicht so sein.

Ob ich Huber sagen soll, wer ihn die letzten beiden Nächte angerufen hat?

Besser nicht, denn ich kann bei dem, was ich heute vorhabe, keinen hyperaktiven, kontrollsüchtigen Chef gebrauchen, sondern einen, der nur in eine Richtung Aktivitäten entwickelt. Nämlich in Richtung WC.

Ich fülle die Pipette mit ein paar Tropfen Superplop 3000, stelle mich neben Huber und begrüße ihn. Als er mir die Hand gibt, was seit meinem Vorstellungsgespräch nicht mehr vorgekommen ist, bemerke ich, dass er ausnahmsweise einmal keinen grauen Anzug anhat.

Gut, schwarz ist jetzt auch nicht gerade ein Ausdruck von Lebensfreude, aber immerhin. Ich blicke ihm ins Gesicht und es haut mich beinah aus den Lederschuhen. Huber hat sich sogar die Nasenhaare geschnitten! Ob er heute Abend ein Date hat? Na, auf das Ende bin ich mal gespannt.

Genauso gespannt bin ich allerdings darauf, ob mein Arm weit genug reicht, den Pipetteninhalt in seinem Kaffee zu versenken. Ich rücke noch ein Stückchen näher an Huber heran, der neben dem Aktenschrank steht. »Das ist ja ein toller Anzug, den sie da anhaben«, lüge ich und strecke meinen Arm in Richtung Kaffee.

Huber schaut mich irritiert an. »Ich muss ja ein gutes Vorbild sein.«

Beim Wörtchen *Vorbild* habe ich auf die Pipette gedrückt, natürlich ohne hinzuschauen, damit es nicht auffällt.

»Und wo haben Sie den gekauft?«, frage ich, wende dabei meinen Blick zur Seite und entdecke einen Superplop 3000 Fleck auf dem Aktenschrank. Mist, daneben.

Während Huber irgendeine Antwort brabbelt, tue ich interessiert, hole ein Taschentuch heraus, wische den Fleck im Vorbeigehen unauffällig beiseite und verschwinde hinter meinem Pult. Als niemand hinschaut, fülle ich die Pipette schnell wieder auf. Ich will mich gerade erneut an Huber heranschleichen, als Mister Ex-Nasenhaar seine Tasse mit einem Schluck leert und in sein Büro geht.

»Verdammte Otterkacke!«, fluche ich leise, obwohl es ja im Grunde das ist, was ich beabsichtige.

Natürlich wäre es ein Leichtes, Huber eine Tasse mit kontaminiertem Inhalt zu bringen, aber seit meinem Kaffeeexzess vor ein paar Tagen wacht Frau Weber über die Kaffeemaschine, als spucke sie flüssiges Gold aus. Also muss ich meinen Plan ändern und zuerst sie ausschalten.

Ich warte eine halbe Stunde, eine Stunde und schließlich zwei, doch Frau Weber lässt die Kaffeemaschine selbst dann nicht aus ihren Augen, wenn sie einen Kunden bedient. Falls kein Kunde da ist, schaut sie alle dreißig Sekunden von ihrem neuesten Buch auf, *Die unerträgliche Leichtigkeit des Buchhalters*. Scheint spannend zu sein, doch nicht spannend genug. Denn allmählich läuft mir die Zeit davon, selbst Superplop 3000 benötigt ein paar Stunden, bis es seine Wirkung entfaltet.

Um neun Uhr dreißig rechne ich aus, dass sich die Arznei bis spätestens zehn Uhr morgens auf dem Weg in den Darmtrakt befinden muss, wenn ich nicht will, dass die beiden erst den Abend auf dem WC verbringen. Tja, jetzt weiß ich wenigstens, wie sich ein Kunde angesichts unserer Öffnungszeiten so fühlt. Und das, obwohl heute langer Donnerstag ist.

Gerade als ich mir Alternativen überlege, die sich irgendwo zwischen Abführmittelinjektion und Kaffeemaschinenentführung bewegen, kommt endlich ein Kunde an Frau Webers Schalter, der mehr will, als nur eine Überweisung abgeben oder Bargeld abheben. Ich warte, bis er sich gesetzt hat, gehe zur Kaffeemaschine, fülle zwei Tassen Kaffee und gebe ordentlich Superplop 3000 hinzu.

Ja, in beide Tassen, schließlich habe ich genug Filme gesehen, in der irgendein Schwachmat im letzten Moment die Getränke vertauscht.

Schnurstracks gehe ich zu Frau Weber, die sich natürlich schon gewundert hat, was ich an der Kaffeemaschine zu suchen habe und stelle ihr und dem Kunden eine Tasse Kaffee hin, ganz so, als seien wir eine noble Privatbank. Gut, dort gibt es bestimmt keinen Kaffee, jedenfalls nicht welchen von Aldi, sondern eher ein Glas Champagner. Aber der Gedanke ist es ja, der zählt. Und der Wirkstoff.

Ich spaziere wieder an mein Pult und beobachte die beiden unauffällig. Der Kunde scheint sich über den Kaffee zu freuen, nimmt die Tasse und schluckt das Bohnengebräu hinunter als sei es ein Kurzer. Frau Weber hingeben ist ganz in ihre Unterlagen vertieft, schaut nur einmal auf, nennt dem Kunden ein paar Zahlen und widmet sich wieder den Papieren vor ihr.

Der Kunde lässt sich noch fünf Minuten weiter beraten, dann ist er genug verwirrt und signalisiert, gehen zu wollen. Frau Weber drängt ihm noch ein paar Prospekte auf, ganz so als würden wir nach verteilter Papiermenge bezahlt. Er nimmt sie, bedankt sich und geht.

Sie seufzt, wie sie es immer tut, wenn ein Kunde gegangen ist, räumt ihren Schreibtisch auf und entdeckt den Kaffee. »Ich habe Durst!«, spreche ich in mich hinein, dann: »Ich habe Lust auf Kaffee.« Und: »Mannomann, ist hier eine trockene Luft!«

Frau Weber regt sich nicht, schaut nicht mal auf die Tasse. Anscheinend tauge ich nicht als Hypnotiseur.

Oder doch? Plötzlich wischt Frau Weber sich den Schweiß von der Stirn, nimmt die Tasse und trinkt den Kaffee mit einem Schluck aus.

Anschließend schaut sie etwas komisch. In dem Moment tut sie mir leid. Aber manchmal muss ein Mann einfach tun, was ein Mann tun muss.

Außerdem verschwindet eine Magenverstimmung irgendwann, ein gebrochenes Herz hält jedoch ein Leben lang. Ich frage mich, ob Paulo Coelho hinter mir steht, oder wer mir den Spruch gerade eingeflüstert hat, doch dann zucke ich nur mit den Schultern und gehe zur Kaffeemaschine.

Als ich dort ankomme, bemerke ich Frau Webers bissigen Blick. Klar, sie passt immer noch auf den Kaffee auf, schließlich dauert es noch ein paar Stunden, bis sie anderweitig beschäftigt ist. Na super, das hab ich ja mal wieder beschissen geplant! Und jetzt?

»Ich bringe Herrn Huber nur einen Kaffee«, erkläre ich. »Ist so trockene Luft heute.«

Zu meiner Überraschung nickt Frau Weber. Schnell drücke ich den Kaffee aus der Maschine, gebe eine besonders üppige Portion Superplop 3000 hinein und will schon an Hubers geschlossener Bürotür klopfen, als ich höre, dass er telefoniert. »Und deine Tarotkarten sagen wirklich, ich war im früheren Leben eine Frau?«, fragt Huber und klingt irgendwie beeindruckt. »Jetzt wo du es sagst, ich hatte schon immer eine weibliche Seite.«

Nicht das Huber sonderlich männlich aussieht, aber er ist ungefähr so weiblich wie ein Schützenpanzer. Jetzt höre ich seine Gesprächspartnerin irgendetwas tuscheln und dann spricht wieder Huber: »Du warst im früheren Leben ein Mann? Das haben auch die Tarotkarten gesagt?«

»Und jetzt ist es genau umgekehrt«, flüstert Huber und dann irgendetwas, das klingt wie *heißer Sex*. Oder vielleicht doch wie *Haselnusskeks*.

Das muss ich mir nun wirklich nicht anhören und klopfe an die Tür.

»Ja?«, ruft Huber und ich höre, wie er das Telefon auflegt.

Ich trete ein, die Tasse in der Hand. »Ich dachte, Ihnen ist auch so heiß wie uns draußen und ich bringe mal einen Kaffee.«

Huber schaut mich an, als halte ich eine Tasse mit Abführmitteln in der Hand. Was ja auch so ist.

»Ich meine, es ist so trockene Luft, da tut ein Kaffee gut«, ergänze ich, was ich eigentlich hatte sagen wollen, bevor mich Hubers Getuschel abgelenkt hat.

»Da haben Sie recht«, antwortet Huber und deutet auf eine freie Stelle auf seinem Schreibtisch, auf den ich den Kaffee stellen darf. »Ich komme ja auch zu nichts.«

Ich frage mich, ob Anabolika-Heidemarie ihm neuerdings die Hilfsverben diktiert, lasse es aber unausgesprochen. Ist auch besser so, denn Huber greift sofort zur Tasse. »Warten Sie, die können Sie gleich wieder mitnehmen.«

»Gerne«, antworte ich und muss mich zusammenreißen, keine Beckerfaust zu machen.

Huber nippt an dem Kaffee, schaut ein wenig irritiert und schüttet ihn dann doch komplett in sich hinein. Wahrscheinlich will er meine wertvolle Arbeitskraft nicht verplempern. Oder seine. Oder er will dringend wieder telefonieren.

Ich nehme die Tasse, verabschiede mich mit einem Grinsen und bin der glücklichste Mensch der Filiale.

Bis ich unseren neuen Auszubildenden sehe. Mist, den Jungstreber muss ich ja auch noch beseitigen. Nur wie? Ich kann ihm ja schlecht einen Kaffee bringen. Schließlich ist er der Auszubildende und ich der Bankangestellte. Das sieht sicher auch Frau Weber so. Ich schaue auf die Uhr. Verdammt, mir bleiben nur noch fünf Minuten.

43

Entscheidend ist, was hinten rauskommt.
Helmut Kohl

Auszubildender in einer Bank ist ein undankbarer Job. Man darf nix, kann nix und verdient nix. Gut, Letzteres ist ein wenig übertrieben, aber anscheinend glauben die Herren Bankinhaber, den Umgang mit Geld lernt man am besten, indem man möglichst wenig davon zur Verfügung hat.

Nach der Ausbildung verdient man auch nicht viel mehr, es sei denn, man arbeitet bei einer Investmentbank. Die Mitarbeiter dort müssen nicht mal hinter dem Schalter stehen, bekommen aber trotzdem ihr Konto mit Geld geflutet, das man bei den normalen Bankern eingespart hat.

Ein weit verbreiteter Irrtum ist übrigens, Investmentbanken seien Banken oder mit diesen verwandt. Die einzige Bank mit denen diese Häuser verwandt sind, ist jene, die in jedem Casino sitzt. Man spielt mit hohen Einsätzen und egal wie es ausgeht, am Ende gewinnt immer die Investmentbank. Daher sind Investmentbanken für achtzig Prozent des schlechten

Bankenimages verantwortlich. Die restlichen zwanzig Prozent sind leider selbst verschuldet, weil die Banken die Produkte der Investmentcasinos weiterverhökern, als wären es die eigenen. Und natürlich wegen unserer Öffnungszeiten.

Da unser Auszubildender diese Zusammenhänge noch nicht kennt, schließlich ist er kein gefühlter Wirtschaftsweiser wie ich, steht er fleißig vor dem Kopierer, drückt Knöpfchen mit Köpfchen und legt dann und wann Papier nach.

Ich gehe an den Wasserspender und fülle einen Becher. Natürlich nicht, ohne einen Strich auf der Wasserverbrauchsliste zu machen, die glücklicherweise erst am Monatsende abgerechnet wird. Ein Becher kostet unglaubliche fünfzig Cent, was Huber wahrscheinlich selbst kassiert und sich davon seine altbackenen Anzüge kauft.

Ich lehne mich an den Kopierer, nippe an meinem Becher und schenke dem Auszubildenden ein Lächeln. »Ganz schön heiß heute, oder?«

Er nickt, peinlich darauf bedacht, keinen Kopierfehler zu machen.

»Willst du auch ein Wasser?«, frage ich.

Der Azubi schaut mich an, als seien wir in einer Unten-ohne-Bar und ich hätte ihn gerade gefragt, ob er eine Flasche Champagner will. »Nein, danke, ich hab mein Eigenes dabei.«

»Das hier ist aber schön kühl.« Ich schüttle meinen Becher, als wäre darin eine Delikatesse.

Doch der Azubi zuckt nur mit den Schultern. So wird das nichts.

»Ich schmeiß 'ne Runde«, sage ich schließlich. »Mit

oder ohne Sprudel?«

Ein alter Bankberatertrick. Verknappe die Alternativen auf die mit der höchsten Provision und der Kunde merkt gar nicht, dass er eigentlich etwas ganz anderes will. Mache ich natürlich nie, denn ich bin ja ein ehrlicher Banker, auch wenn die weitgehend ausgestorben sind.

Der Auszubildende klappt seinen Mund auf, lässt ein paar Sekunden frische Luft hinein und klappt ihn wieder zu. Dann nickt er endlich. »Ohne Bläschen.«

Es ist schlimm, wenn alte Säcke versuchen, jugendlich zu sein, aber auch nicht besser, wenn Jugendliche so tun, als wären sie erwachsen.

Doch das ist mir jetzt egal. Freudestrahlend laufe ich an den Spender und fülle einen Becher Wasser. Ich schütte den Rest Superplop 3000 hinzu, schließlich müssen die Beweise vernichtet werden, gehe wieder zum Azubi an den Kopierer und stelle den vollen Plastikbecher auf das Gerät.

»Danke«, sagt er, deutet ein Prosten an und trinkt das Wasser mit einem Schluck. Anscheinend will er es sich mit dem dritthöchsten Rang unserer vierköpfigen Filiale nicht verscherzen.

Ich halte meinen Plastikbecher immer noch in der Hand, proste dem Azubi jetzt auch zu und stürze das Wasser hinunter. Schmeckt das immer so komisch?

Ich schaue auf den Becher, den Azubi und wieder auf den Becher.

Dann wird mir plötzlich schlecht.

44

Männer sind Menschen, bei denen Pubertät und Midlife-Crisis fließend ineinander übergehen.
Anke Engelke

Mit wackeligen Beinen schleppe ich mich zurück an mein Pult. Aus dem Augenwinkel betrachte ich Frau Weber. Sie geht seelenruhig ihrer Arbeit nach. Lediglich ein paar Darmbakterien scheinen zu ahnen, was da heute noch auf sie zukommt. Auch der Herr Auszubildende steht voller Elan am Kopierer, als würde er gerade eine neue Tranche 500-Euro-Scheine produzieren.

Nur ich fühle mich beschissen.

Ist das Abführmittel tatsächlich verdorben oder bin ich ein verdammter Hypochonder?

Als ich fünf Stunden später beinah an die WC-Decke geschossen werde, gibt es keine Zweifel mehr. Anscheinend habe ich mir die größte Dosis verpasst, denn weder Frau Weber noch Herr Huber scheinen bisher sonderlich indisponiert. Vom Auszubildenden ganz zu schweigen, der sich zur Feier des Tages selbst noch einen Becher Wasser ausgibt.

Huber hat doch tatsächlich seine Kopierqualität gelobt und ihm weitere zehntausend Seiten zum Vervielfältigen auf den Kopierer geknallt. Gerüchten zufolge will Huber den Altpapiersammelwettbewerb gewinnen, mit dem die Sparkassen ihr Umweltbewusstsein zur Schau stellen wollen. Oder den Einfallsreichtum und die Skrupellosigkeit ihrer Filialleiter.

Ich vermute, dass der Azubi selbst dann noch von seiner Kopiertätigkeit begeistert wäre, wenn ich ihm davon erzählen würde und unterlasse es deshalb. Außerdem muss ich schon wieder aufs Klo. Zum Glück sitzt Huber heute den ganzen Tag in seinem Büro und führt 'wichtige' Telefonate, sonst hätte er mich bestimmt schon wegen meiner Toilettenfrequenz zur Rede gestellt.

Dann endlich, gegen 16 Uhr normalisiert sich meine Stuhltätigkeit und ich muss nur noch alle zehn Minuten Ballast abwerfen. Vielleicht besteht doch noch eine Chance, dass ich ein paar Minuten unbeobachtet bin, während Huber und Frau Weber mal für kleine Sparkassenangestellten müssen. Nur was mache ich mit dem Herrn Auszubildenden?

Gerade als ich mir die Frage zum wiederholten Male ohne Ergebnis durch den Kopf gehen lasse, höre ich ein verdächtiges Magengrummeln neben mir. Plötzlich klingt es, als habe sich ein Überdruckventil geöffnet. Hat Frau Weber gerade gefurzt?

Ich schaue sie an, doch sie tut so unbeteiligt wie die Schweiz im Zweiten Weltkrieg.

Frau Weber hält ihre Fassade noch fünf Minuten aufrecht, steht aber von Sekunde zu Sekunde verkrampfter an ihrem Pult. Plötzlich springt sie unkoordiniert nach vorn. »Ich muss mal kurz«, keucht sie und verschwindet im Damen-WC.

Ich hoffe, dass sie sich bezüglich der Länge täuscht und blicke zu ihrem Bildschirm.

Mist! Selbst in so einer Situation haut meine Kollegin noch den Passwortschutz rein!

Eine Viertelstunde später kommt Frau Weber wieder. Sie wirkt zwei Kilo und einige Illusionen leichter.

Ich beobachte, wie sie ihr Passwort eingibt und schreibe jeden Buchstaben mit. Zum Glück ist Frau Weber so sehr darauf konzentriert, ihre Darmwinde im Käfig zu halten, dass ihr nicht auffällt, wie ich mich dabei fast über ihre Tastatur beuge.

Kaum habe ich das Passwort entziffert, glaube ich, an spontaner Wahrnehmungsverschiebung erkrankt zu sein. Ich lache kurz in mich hinein, muss dann selbst wieder aufs WC und lasse mich ausspülen.

Als ich wiederkomme, scheint Frau Weber gerade zu explodieren. Dieses Mal hastet sie los, ohne ein Wort zu verlieren. Ich gehe wie zufällig an Hubers Bürotür vorbei, höre einige unmissverständliche Geräusche und kann gerade noch ausweichen, als er aus der Tür stürzt.

Das ist meine Gelegenheit. Jetzt muss ich nur noch den Azubi loswerden. Ich stelle mich neben ihn. »Wissen Sie was, Herr ...«, beginne ich, bis mir einfällt, dass ich nicht einmal seinen Namen weiß.

»Tohner«, sagt er.

»Haben Sie keinen Toner mehr?«, frage ich, leicht irritiert.

»Nein, ich heiße so, Tohner, nur mit 'H' in der Mitte.«

»Ach so«, entgegne ich, unterbrochen von einem bedrohlichen Magengrummeln meinerseits. »Also, Herr Tohner, eigentlich haben Sie heute genug kopiert und können mal früher nach Hause gehen.«

Ich denke an meine eigene Ausbildungszeit und daran, wie gerne ich diesen Satz früher gehört habe. Selbst wenn es nur zweimal vorgekommen ist. Und auch nur, weil die Kollegen einen Saufen gehen wollten. Ohne mich. Trotzdem, ich habe Tohner gerade ein Angebot gemacht, das er nicht ablehnen kann.

»Es läuft aber gerade so gut.« Tohner schaut mich an, als wolle ich ihm sein Lieblingsspielzeug wegnehmen. »Herr Huber wollte, dass ich den Stapel heute noch fertigmache.« Er zeigt auf einen ungefähr zwei Meter hohen Papierberg, der anscheinend sehnsüchtig darauf wartet, sich zu vermehren.

»Es ist aber hitzefrei«, entgegne ich. »Und die Berufsgenossenschaft erlaubt nicht, dass Sie da arbeiten, wenn Sie unter einundzwanzig sind.«

»Ich bin aber schon zweiundzwanzig!«

Was haben die uns denn da für einen alten Sack geschickt?, denke ich noch, dann spreche ich schon wieder. Zum Glück was Sinnvolles. Ich erkläre Tohner, dass die Regel für alle Auszubildenden gelte, egal wie alt sie seien. Er windet sich noch ein bisschen, doch dann lässt er vom Kopierer ab und geht.

Endlich ist die Bahn frei!

Ich überprüfe noch kurz die momentanen Aufenthaltsorte von Herrn Huber und Frau Weber auf Geräusche und stürze so zufrieden wie angewidert an Frau Webers Schalter.

Kaum stehe ich dort, meldet sich mein Magen. Und

mein Handy. Ich ignoriere beide so gut es geht, mache den Klammergriff, für den man Bill Gates heute noch standrechtlich erschießen sollte und tippe Frau Webers Passwort ein, dass ich vorhin ausspioniert habe: *BlöderHuber89*.

Das hätte ich ihr gar nicht zugetraut. Wieder tut sie mir leid, vor allen Dingen, wenn ich daran denke, wie lange sie schon unter Huber leiden muss, wenn sie beim Hochzählen des Passworts bei 89 angelangt ist.

Endlich hört mein Handy auf zu klingeln. Mein Magen gibt nicht so schnell auf. Ungeachtet der Tatsache, dass wir in der Filiale nur über *ein* Herren-WC verfügen, weiß ich, mir bleibt nicht mehr viel Zeit. Ich klicke mich zu den Kundenkonten, rufe meines auf und wähle 'Bearbeiten'. Das ist etwas, was kein Sparkassenmitarbeiter mit seinem eigenen Konto kann, weswegen ich auch so tun muss, als sei ich Frau Weber. Zwar wird die Filiale rund um die Uhr von mehreren Kameras überwacht, aber die Aufnahmen werden nach fünf Tagen automatisch überspielt und nur angeschaut, wenn sich ein Banküberfall ereignet.

Ich wähle meinen Dispositionskredit aus, der schon ewig bei 3.000 Euro festgefroren ist und erhöhe ihn auf ... ja auf wie viel denn eigentlich?

Ich komme mir vor wie im Schlaraffenland. Irgendwie gelingt es mir auszublenden, dass ich dieses Geld wieder zurückzahlen muss. Aber das ist so weit weg. Jedenfalls viel weiter weg als Schweden.

Ich wähle 4.000 Euro, bekomme Zweifel, ob das auch wirklich reicht und will den Betrag gerade auf 5.000 Euro hochschrauben, als sich die Tür des Herren-WCs öffnet. Meine Zeit reicht gerade noch um

'Speichern' zu drücken, von Frau Webers Schalter zu verschwinden und selbst zum WC zu stürzen.

Als ich kurz danach wieder rauskomme, steht Huber davor. »Wissen Sie, wo Herr Tohner abgeblieben ist?«

»Ihm ging es leider nicht gut. Es grassiert wohl eine ziemliche Darmgrippe«, lüge ich so überzeugend, dass ich fast stolz auf mich bin.

»Das kann ich bestätigen«, ist alles, was Huber rausbringt, bevor er sich an mir vorbei in Richtung Kloschüssel drängelt.

Kaum stehe ich wieder an meinem Schalter, schafft es auch Frau Weber sich zurückzuschleppen. Sie macht instinktiv den Klammergriff und stellt erstaunt fest, dass die Passwortsperre nicht aktiviert ist.

Mist, die hab ich natürlich vergessen!

Sie schaut in meine Richtung, doch bevor sie etwas sagen kann, komme ich ihr zuvor. »Leiden Sie auch unter dieser Darmgrippe?«

Ich scheine sie damit an etwas zu erinnern, denn sie nickt nur kurz und stürmt erneut in Richtung Dringendesbedürfnisanstalt.

Als wären wir hier in einem Taubenschlag piept jetzt auch noch mein Handy. Da ich nicht weiß, was es mir damit mitteilen will, hole es aus meiner Hosentasche. Unter Hubers Aufsicht wäre das natürlich strikt verboten. Aber der Herr Filialleiter ist ja momentan anderweitig beschäftigt. Und die Kunden kommen am langen Donnerstag ja ohnehin erst in den letzten zehn Minuten.

Wie ich schnell feststelle, also nach ungefähr einhundertdreißig Sekunden, ist der Grund des Pieptons, dass jemand auf meine Mailbox gesprochen hat. Ich wusste bisher nicht einmal, dass ich eine habe. Selbstredend weiß ich daher auch nicht, wie man seine Nachrichten von einer Mailbox abruft. Zielsicher folgere ich daraus, dass Mailboxen noch schlimmer als Anrufbeantworter sind.

Ich fluche ein wenig herum, bis mich mein Magen dezent darauf hinweist, dass zu viel Aufregung ihm nicht gut tut. Ich verlege mich auf einfachere Tätigkeiten und versuche herauszufinden, wer versucht hat, mich vorhin anzurufen. Das dürfte nicht allzu schwer sein, da nur zwei Personen meine Handynummer kennen, Video-Paule mal nicht mitgerechnet.

Nach zehn Minuten, davon fünf unter den verkrampften Blicken von Frau Weber, schaffe ich es endlich, mich am Handy zu den entgangenen Anrufen durchzudrücken. Die Nummer beginnt mit +46. Selbst ich weiß, dass dies keine Additionsanweisung ist, sondern die internationale Vorwahl von Schweden.

Oh mein Opelgott! Anna hat mich angerufen!

45

Jeder Mann kann eine Frau dahin bringen,
wo sie ihn haben will.
Detlev Buck

Plötzlich arbeitet mein Gehirn dermaßen auf Hochtouren, dass ich gar nicht weiß, woran ich als Erstes denken soll. Interessanterweise haben alle Gedanken das gleiche Ziel: Ich muss dringend nach Hause.

Okay, ein Gedanke meint, ich müsste dringend woanders hin, aber da dort ohnehin grad besetzt ist, gibt er vorübergehend auf. Die anderen Gedanken sind hartnäckiger, doch nach und nach kann ich sie sortieren.

Erstens muss ich dringend nach Hause, weil dort die Bedienungsanleitung für mein Handy liegt, mit dem ich es möglicherweise schaffe, die Nachricht von Anna abzuhören. Frau Weber ist ja noch älter als ich und kann mir dabei sicher nicht helfen, zumal sie gerade anderweitig beschäftigt ist.

Zweitens muss ich dringend nach Hause, weil bald die vierundzwanzig Stunden ablaufen, die ich Zeit habe, der Fluggesellschaft eine alternative Zahlungsmethode mitzuteilen, bevor sie meine Flüge storniert. Und drittens muss ich dringend nach Hause, weil dort das Klo nicht ständig besetzt ist.

Was mich wieder zu meinem ersten Gedanken führt, der gerade sein Comeback feiert. Und was für eins!

Da inzwischen auch das Damen-WC wieder besetzt ist, bleibt mir nichts anderes übrig, als an die Tür des Herren-WCs zu klopfen. »Ich müsste auch mal, Herr Huber«, rufe ich, doch was ich als Antwort höre, deutet nicht gerade darauf hin, dass die Schüssel bald frei wird. Falls, was immer ich da gehört habe, überhaupt als Antwort gedacht war.

»Ist es okay, wenn ich heimgehe?«, frage ich durch die Tür. »Die Darmgrippe hat mich ziemlich erwischt.«

Huber scheint schon sein halbes Hirn die Spülung hinuntergespült zu haben, denn wie sonst ist zu erklären, dass er mit einem gepressten »Ja« zustimmt? Oder ist er nur froh, dass er den Thron nun für sich allein hat?

Ich schaffe es gerade noch, mich zu bedanken, meinen Rechner auszuschalten, aus der Filiale in die Kneipe gegenüber zu stürzen und dort das Klo aufzusuchen, bevor die Hölle losbricht.

Kaum bin ich zu Hause, beruhigt sich mein Magen wieder. Anscheinend macht es ihm keinen Spaß mehr, mich zu piesacken, jetzt wo ich freien Zugang zur Doppelnull habe. Das stört mich überhaupt nicht und so schnappe ich mir die Bedienungsanleitung für das Handy und beginne damit, meine Mailbox abzuhören.

Also genau genommen beginne ich damit, mir durchzulesen, wie man das theoretisch machen könnte, wenn man ein abgeschlossenes Informatikstudium und eine Professur in Logik und Chaosforschung hinter sich hätte.

Bestimmt ist das auf dem echten iPhone so einfach, dass es ein Dreijähriger kann, aber die Software meiner Kopie hat jemand programmiert, der wahrscheinlich auch die Fahrkartenautomaten der Deutschen Bahn unbedienbar gemacht hat.

Als ich mich fast schon zur Mailbox durchgekämpft habe, klingelt mein Handy. Es ist eine Mannheimer Nummer. Das kann nur einer sein: Klempner-Kemal! Was will der denn jetzt? Ist ihm eingefallen, dass er den Anfahrtsweg doch berechnet?

Ich befürchte, meine Mailboxexkursion von vorn beginnen zu müssen, wenn ich jetzt telefoniere und drücke den Anruf weg.

Vergebens, ich lande auch so wieder im Hauptmenü.

Eine Viertelstunde später gelingt es mir endlich, die Nachricht von Anna abzuhören. Leider nur genau einmal, denn das Hören der Nachricht löscht diese, als wäre ich ein Agent des MI-6.

Doch das ist jetzt egal, denn Anna hat mir auf die Mailbox gesprochen, dass sie sich sehr freut, mich zu sehen und mich vom Flughafen abholt.

Das ist genau das richtige Stichwort, um mich daran zu erinnern, dass ich dringend der Fluggesellschaft meine alternative Zahlungsmethode mitteilen sollte. Da E-Mails von 'serviceorientierten' Firmen wie Fluggesellschaften grundsätzlich nicht gelesen werden, entscheide ich mich für einen Anruf. Es ist immer noch besser in der Callcenter-Hölle zu landen, als nirgendwo.

Zu meiner großen Überraschung lande ich jedoch weder in einer Warteschleife, noch bei einem Anrufcomputer, sondern bei einem echten Menschen aus Fleisch und Blut. Ich bin so perplex, dass ich mich verhaspele und klinge wie ein Außerirdischer in einem Luis-de-Funès-Film. Peinlich berührt lege ich auf und drücke meinen neuen Freund, die Wahlwiederholungstaste.

Sofort habe ich wieder die Dame von der Fluggesellschaft in der Leitung. »Ich rufe an wegen der alternativen Zahlungsmethode«, sage ich und erkläre meinen Fall.

»Und jetzt möchten Sie mit EC-Karte zahlen?«, fragt die Mitarbeiterin.

Ich stimme zu und gebe ihr meine Kontonummer.

»Dann probiere ich das mal.« Ich höre leisen Zweifel in ihrer Stimme.

Pah! Mir kann nichts mehr passieren. Mein neuer Dispo reicht dicke für den Flug. Freudig warte ich darauf, dass die Dame sich wieder meldet.

»Herr Käfer«, beginnt sie und jetzt höre ich ganz deutlich an ihrem Tonfall, dass etwas nicht stimmt. »Ihr Konto ist leider nicht gedeckt.«

»Das kann nicht sein«, platzt es aus mir heraus. »Ich habe selbst den Dispo..., äh, ich meine, die Bank hat den Dispositionskredit heute erhöht.«

»Was auch immer die Bank getan hat, Ihr Verfügungsrahmen reicht nicht aus, um mit diesem Konto diesen Flug zu bezahlen.«

Ich will protestieren, doch die Frau in der Leitung ist dafür der falsche Ansprechpartner.

»Haben Sie noch eine weitere Zahlungsmöglichkeit?« fragt sie. »Zum Beispiel eine zweite Kreditkarte?«

Ich würde gerne zu dem Teil der Bevölkerung gehören, der diese Frage mit 'ja' beantworten kann. Doch genau dort liegt das Problem. Ich habe mich übernommen. Mit meinem Haus, meinem Anzug, meinen Lederschuhen, meinem Computer, meinem Geschirrspüler, meinem Auto. Gut, mein Corsa hat schon ein paar Jahre auf dem Buckel, aber musste es damals wirklich ein Neuwagen sein?

Und hätte es nicht auch eine Mietwohnung getan?

»Hallo?«, fragt die Frau von der Fluggesellschaft. »Sind Sie noch in der Leitung?«

Ich überlege, ob ich an ihr Mitgefühl appellieren soll. Ich könnte sie heulend anflehen und ihr erzählen, dass mein Leben von diesem Flug abhängt.

Ich lasse es. Ich habe auf der Bank schon zu viele Kunden betteln sehen. Es hat nie etwas gebracht. Selbst wenn sie mir helfen wollte, es gibt in jeder großen Firma einen Huber, der Dienst nach Vorschrift macht und jede Form von Menschlichkeit stoppt. Ich verabschiede mich und lege auf.

46

Und ich habe mir oft gewünscht, es möge ein Gesetz erlassen werden, wonach in jedem Jahr ein halbes Dutzend Bankiers zu hängen wären.
Jonathan Swift, anglo-irischer Erzähler und Theologe

Am nächsten Morgen schleppe ich mich auf die Arbeit wie ein Vampir bei Sonnenschein. Ich habe die ganze Nacht wachgelegen, doch mir ist keine Möglichkeit eingefallen, wie ich an Geld kommen könnte. Außer ich bitte Huber um einen Vorschuss. Vielleicht hat Heidemarie ihn ja wirklich umgepolt und er stimmt zu. Doch das ist in etwa so wahrscheinlich wie einen Sechser im Lotto zu tippen, mit Superzahl, Super 6 und allen Richtigen im Spiel 77.

Ich bin so in voreiligem Selbstmitleid versunken, dass mir gar nicht auffällt, dass Huber schon vor meinem Schalter auf mich wartet. Er wedelt mit einem Blatt Papier.

Es ist mir egal, was es ist. Es ist nur noch eins wichtig. Es ist Freitag. Heute Abend um kurz vor acht wird Anna auf dem Flughafen stehen und auf mich warten. Vergebens. Wie soll ich ihr nur klarmachen, dass ich heute nicht kommen kann?

»Da sind Sie ja endlich«, sagt Huber und zeigt auf die Uhr. Es ist 7:29 Uhr. Ich bin pünktlich. Wenigstens das.

Huber wedelt immer noch mit seinem Papier. Anscheinend ist es was Dringendes. Ich seufze und schalte meinen Computer ein.

»Die Energie können Sie sich sparen.« Huber grinst, dann lässt er das Blatt auf mein Pult segeln, mit dem er die ganze Zeit gewedelt hat. Ich lese die Überschrift.

Weiter komme ich nicht.

Mein Gehirn macht alle Schleusen zu.

Nur ein Wort knallt dort an die Wände, immer wieder.

Kündigung.

Und zwar fristlos.

Womit sich die Frage nach dem Vorschuss auch erledigt hat.

Irgendwie bekomme ich mit, dass Huber neuerdings alle Dispoerhöhungen über seinen Schreibtisch laufen lässt und gestern kurz vor Feierabend die meine entdeckt hat. Da die Bank rund um die Uhr von Kameras überwacht wird, war es für ihn ein Leichtes, mich im Nachhinein dabei zu beobachten, wie ich den Azubi weggeschickt und meinen Dispo an Frau Webers Computer erhöht habe.

Obwohl Frau Weber mich verteidigt, wie ich es nie für möglich gehalten hätte, bleibt Huber hart. Das Vertrauensverhältnis sei zerstört, außerdem gäbe es da noch einen erklärungsbedürftigen Fehlbestand bei den Benjamin-Blümchen-Sparbüchsen. Sowie unerlaubtes Parken auf dem Kundenparkplatz. Aber das

Schlimmste sei, dass ich Überweisungen einer besonders wichtigen, charmanten und vertrauenswürdigen Kundin verschlampt hätte. Anabolika-Heidemarie! Und ich Idiot habe die beiden erst zusammengebracht und glücklich gemacht.

Ich packe meine Sachen, also genau genommen nichts und bedanke mich bei Frau Weber. Sie umarmt mich und gibt mir ihre Privatnummer, falls ich reden möchte. Vielleicht braucht auch nur sie jemanden, um über Huber reden zu können, aber auf alle Fälle finde ich das eine nette Geste.

»Ach ja«, sagt Huber noch, als ich schon in der Tür stehe. »Die Werbeabteilung hat vorhin angerufen.« Er räuspert sich. »Die wollten wissen, an wenn sie den Report weiterleiten sollen, den Sie dort vergessen haben.«

»Und?«, frage ich. Ein Hoffnungsschimmer keimt auf.

»Der Report ging an die Geschäftsführung«, antwortet Huber und grinst so überheblich wie fies. »Wie ich es Ihnen aufgetragen hatte.«

»Und was haben die zu meiner Werbekampagne gesagt?«

»Die wollten Ihnen doch tatsächlich einen Job anbieten.« Huber schüttelt den Kopf, zeigt mir den Vogel und schiebt beide Augenbrauen hoch. »Allerdings nur bis zu dem Moment, in dem ich denen erklärt habe, dass ich Sie gerade gefeuert habe.«

Die lassen doch sicher mit sich reden, denke ich, doch Huber doziert einfach weiter. »Und falls Sie glauben, Sie können die noch umstimmen, vergessen Sie es. Nachdem ich denen Ihre gesamten Verfehlungen der letzten zwei Jahre aufgezählt hatte, haben die Ihr Dossier archiviert – im Papierkorb.«

Jeder normale Mann würde jetzt auf Huber losstürmen und ihn mit einem linken Haken umhauen.

Doch ich bin Pazifist. Und Pazifisten lösen ihre Probleme nicht auf diese Art und Weise.

Ohne ein Wort zu sagen, drehe ich mich um und gehe.

Einen Meter.

Dann drehe ich mich noch mal um, nehme Anlauf und trete Huber mitten in die Familienplanung. Mit meinen Lederschuhen.

Sneakers hätten sicher nicht so wehgetan.

Ich höre noch, wie Huber mir mit einer Anzeige wegen schwerer Körperverletzung droht, aber da er dies mit ziemlich erhöhter Stimme tut, klingt es, als würde mich Micky Maus anquieken. Die fand ich schon immer doof, die *Lustigen Taschenbücher* hatte ich mir immer nur wegen Donald Duck gekauft. Wie mir gerade klar wird, wahrscheinlich nur deshalb, weil er auch so ein Loser ist wie ich.

Jedenfalls ignoriere ich Micky-Maus-Huber und verlasse die Bank.

Tja, jetzt hab ich keinen Job mehr, bin pleite und wahrscheinlich bald vorbestraft. Und ich hab immer noch kein Flugticket.

47

Ich glaube, dass Bankunternehmen für unsere Freiheit gefährlicher sind, als die Obrigkeit, die Polizei und die Armee zusammen.
Thomas Jefferson, 3. Präsident der Vereinigten Staaten von Amerika

Ich steige in meinen Corsa und sehe im Rückspiegel meinen Geschirrspüler, der es sich immer noch im Fond bequem gemacht hat. Eigentlich hab ich von all dem genug, aber irgendetwas in mir wehrt sich dagegen, einfach aufzugeben.

Wahrscheinlich ist es die Milz.

Und sie hat eine Idee.

Die Idee hatte ich zwar auch schon mal, aber da war ich noch nicht so absolut hoffnungslos wie jetzt. Es tut mir leid, *Renlig*, es war schön mit dir, aber du musst jetzt leider nach Hause.

Was nützt mir der Geschirrspüler, wenn ich Anna nie wiedersehen werde? Ich werde bei Ikea die dreihundertneunundfünfzig Euro Kaufpreis kassieren und hoffen, dass irgendwo vier Euro siebenundzwanzig vom Himmel regnen.

Mit frischem Mut düse ich zu Ikea, stelle den Wagen auf dem Parkplatz ab, vergewissere mich, obwohl ich angezogen bin, dass dort nirgendwo Anabolika-Heidemarie steckt, öffne die Heckklappe und versuche, den Geschirrspüler aus dem Auto zu hieven.

Das Ding ist verdammt schwer. Wie hab ich das Teil überhaupt ins Auto bekommen? Ach ja, richtig, ich war von der ersten Begegnung mit Anna so euphorisiert, dass ich selbst einen Castorbehälter ins Auto getragen hätte, ohne es zu merken.

Jetzt hingegen bin ich arbeitslos, pleite und hab seit ein paar Tagen nichts Vernünftiges mehr gegessen. Trotzdem muss ich das verdammte Teil irgendwie an den Reklamationsschalter bekommen, wenn ich heute noch nach Schweden will. Und zwar fix.

Wenn man Anabolika-Heidemarie mal brauchen könnte, ist sie natürlich nicht da.

Doch für was wurde vor tausenden von Jahren das Rad erfunden? Also gehe ich mir einen dieser flachen Einkaufswagen holen, die glücklicherweise keinen Euro Pfand kosten, denn den hätte ich nicht.

Ich habe doppeltes Glück, denn ich bekomme den letzten freien Wagen. Ich stelle ihn vor meinen Kofferraum, will schon Renlig von der Rückbank hieven, als ich unter dem Auto neben mir etwas Metallenes sehe.

Ist das ein Zwei-Euro-Stück?

Ich bücke mich, greife mit dem Arm unter das Auto und bin mir ganz sicher, dass jetzt endlich meine Glückssträhne beginnt, als ich in einen Hundehaufen lange.

Ich blicke unter das Auto, sehe neben dem Hundehaufen statt einem Zwei-Euro-Stück einen silbernen Kronkorken, richte mich wieder auf, blicke erst angewidert meine Hand an und dann sehe ich, dass mir derweil jemand den Einkaufswagen geklaut hat.

Manchmal ist das Leben echt ein Arschloch.

Ich wasche mir im Ikea die Hände, finde auch dort keinen Einkaufswagen, gehe zurück, hieve voller Frust den Geschirrspüler aus dem Wagen und bin überrascht, dass ich nicht sofort zusammenbreche.

Langsam schreite ich rückwärts, den Geschirrspüler zwischen den Armen.

Nun ist die Schöpfung des Menschen nur unvollständig gelungen – wir haben beispielsweise keinen USB-Anschluss, ja nicht mal ein Diskettenlaufwerk und ausgerechnet das stärkere Geschlecht ist nicht unbedingt das intelligentere. Auch sonst wurde ziemlich an der Ausstattung gespart, so habe ich hinten keine Augen und übersehe die Bordsteinkante direkt vor meinen Füßen.

Es kommt wie es kommen muss, ich stolpere, lasse vor Schreck den Geschirrspüler fallen und er knallt mit der Kante auf den Bordstein.

Als ich ihn vom Bordstein wegziehe, entdecke ich eine riesige Delle, und zwar nicht nur im Karton, sondern mitten in der Frontplatte. Es sieht aus, als habe jemand mit einem Schraubstock auf den Geschirrspüler eingehauen. Oder ihn über einer Bordsteinkante fallengelassen. Was der Sache schon näher kommt.

Irgendwie gelingt es mir, das Teil zum Reklamationsschalter zu tragen. Ich kann mir zwar nicht vorstellen, dass Ikea den Geschirrspüler jetzt noch zurücknimmt, aber da es meine letzte Chance ist, nach

Schweden zu kommen, will ich es wenigstens versuchen.

Am Schalter ist es bemerkenswert ruhig. Anscheinend rufen die Kunden lieber bei der Hotline an. Ich komme direkt an die Reihe. »Ich möchte diesen Geschirrspüler umtauschen«, sage ich und deute auf den Karton.

»Haben Sie zufällig noch die Rechnung?«, fragt die Reklamationssachbearbeiterin und lächelt. Anscheinend sind die hier alle so freundlich.

Ich gebe ihr die Rechnung. »Ich habe das Teil schon vor fast zwei Wochen gekauft. Geht das noch?«

Sie nickt. »Bei uns kann man die originalverpackte Ware bis zu drei Monate nach dem Kauf wieder zurückgeben. Ohne Angabe von Gründen.«

Ich schöpfe Hoffnung. »Kann ich den Kaufpreis in bar erstattet bekommen?«, frage ich, denn mit einem Ikea-Gutschein kann man schlecht nach Schweden fliegen.

»Klar«, antwortet sie. »Bar, Scheck, eine Überweisung auf Ihr Konto, alles kein Problem.«

»Super!« Ich werde schon fast siegestrunken. »Hier ist mir ein kleines Malheur beim Transport passiert.« Ich zeige auf die Delle im Karton. Klein sieht die nicht gerade aus. »Ich hoffe, das ist kein Problem?«, frage ich, nun wieder etwas unsicherer.

Die Mitarbeiterin kommt um ihr Pult herum und betrachtet die Delle. Sie fährt die Stelle mit dem Finger entlang und sieht, dass die Frontplatte eingedrückt ist. »*Das* ist ein Problem«, sagt sie schließlich. »Die Ware ist nicht mehr im Originalzustand. Es tut mir leid, aber so kann ich die Maschine leider nicht zurücknehmen.«

Sie seufzt.

Ich seufze auch.

Sie seufzt noch mal. Es scheint ihr wirklich leidzutun. »Wie ist das denn passiert?«, fragt sie.

»Ich bin auf dem Parkplatz gestolpert«, erkläre ich. »Da kann man wirklich nichts mehr machen?«

»Sind Sie Ikea-Family-Mitglied?«, fragt sie. »Da wäre nämlich eine Transportversicherung mit drin.«

»Ikea Family?« Ich schüttle den Kopf. Genau die würde ich gerne gründen, aber anscheinend ist das ein Club, in den man nicht so einfach reinkommt. Zumindest nicht mit einem beschädigten Geschirrspüler.

»Dann können Sie den Vorfall höchstens noch Ihrer Hausratversicherung melden«, erklärt die Mitarbeiterin und versucht ein Lächeln.

»Eine gute Idee«, antworte ich. »Nur leider brauche ich das Geld jetzt.«

Sie beißt sich auf die Lippe. Anscheinend lernt man das so bei Ikea. »Ich würde Ihnen ja gerne helfen. Aber wenn ich ein offensichtlich beschädigtes Gerät zurücknehme, bekomme ich Ärger mit meinem Chef.«

Das Argument kenne ich nur zu gut. Ich bedanke mich, nehme einen der Einkaufswagen, die in Massen in der Reklamationsabteilung herumlungern, stelle den Geschirrspüler darauf, schiebe ihn zurück zum Corsa, hebe ihn in den Wagen, schlage mir dabei den Kopf an der Heckklappe an und lasse mich auf den Fahrersitz fallen.

Von der Schlepperei fühlt sich mein Rücken an wie ein entzündeter Quarkstrudel. Daheim angekommen, lasse ich Renlig erneut im Auto liegen und taumle erschöpft in meine Wohnung.

Kaum habe ich die Tür hinter mir geschlossen, fühle ich mich allein.

Also richtig, richtig allein.

Meine Leber schlägt vor, die Sorgen im Alkohol zu ertränken. Das ist zwar auch keine Lösung, aber der Untergang wirkt dann wenigstens nicht so echt.

Ich öffne den Kühlschrank, will mir ein Bier nehmen und greife ins Leere. Natürlich.

Mein Magen knurrt, meine Leber plärrt und die Türklingel läutet. Ist das Anabolika-Heidemarie? Nein, die telefoniert doch sicher mit dem, was von Huber übriggeblieben ist.

Anna, die es nicht aushalten konnte, mich zu sehen und nach Deutschland geflogen ist?

Netter Traum, da steht eher noch George Clooney vor meiner Tür.

48

Sorgfältige Buchführung ist für jede Organisation eine conditio sine qua non. Ohne ordentliche Buchführung ist es unmöglich, die Wahrheit in ihrer ursprünglichen Reinheit aufrechtzuerhalten.
Mahatma Gandhi

Ich schleppe mich zur Tür, öffne sie und blicke in ein sonnengebräuntes Gesicht mit sehr männlichen Augenbrauen, grau melierten Haaren und einem entwaffnenden Lächeln.

Fehlt nur noch die Espresso-Tasse, dann würde Kemal wirklich aussehen wie George Clooney. Jedenfalls wie eine anatolische Ausgabe davon. Er trägt keine Klempnerkluft, sondern einen Anzug und strahlt bis über beide Hörmuscheln. »Matthias, altes Freund!«, ruft er und umarmt mich. An seiner rechten Hand trägt er eine goldene Rolex, die so klobig ist, dass sie mir die letzten Rückenmuskeln abquetscht. »Ich anrufe gestern, aber nix Matthias in Leitung.«

»Ich habe den Anruf aus Versehen weggedrückt.«

»Macht nix«, antwortet er. »Jetzt ich ja da. Du nix arbeite um das Zeit?«

»Ich bin heute entlassen worden«, antworte ich und erwarte, dass Kemal mich erneut umarmt. Dieses Mal um mich zu trösten.

Doch er strahlt immer noch, als sei er an den Strom angeschlossen. »Das ist doch toll!«, sagt er.

»Nein, ich bin entlassen worden«, wiederhole ich. »Das ist definitiv nicht toll.«

»Doch das toll!«, antwortet Kemal und grinst. »Denn dann du könne arbeite für Kemal.«

Einen Moment lang freue ich mich, doch dann fällt mir ein, dass ich zwei linke Hände habe.

Mit lauter Daumen.

»Das ist nett«, sage ich. »Aber ich kann weder Klempnern, noch Fliesen legen, noch Dach decken.«

Kemal macht eine wegwerfende Handbewegung. »Du nix arbeite mit Graumann.« Er klopft mir auf die Schulter. »Du viel zu intelligent. Du arbeite Büro.«

Ist Kemal das letzte Mal nicht mit seiner Monatskarte angereist? So jemand braucht sicher niemanden im Büro. Andererseits steht vor meiner Tür ein nagelneuer Mercedes-Kombi. »Ist das deiner?« Ich zeige auf das Auto.

»Macht 280 Sache. So ich schneller bei Kunde als mit Straßebahn.«

»Laufen die Geschäfte so gut?«, frage ich.

»Seit du geändert Anzeige, meine Klempnerlade brumme wie Bienestock«, antwortet er. »Ich schon drei Klempner eingestellt, die mache Arbeit.« Plötzlich verdunkelt sich sein Gesicht. »Und zwei Flieseleger. Aber niemand wolle Fliese. Du wisse warum?«

Ich schüttle den Kopf. »Ist gerade Parkett angesagt?«

»Welche Idiot wolle Holz in Bad?«, antwortet Kemal.

»Mensche immer brauche Fliese. Sie nix komme wege schlechte Anzeige.«

Ich nicke. Da hat er natürlich recht. »Ich soll also deine Anzeigen schreiben?«, frage ich.

»Nicht nur Anzeige. Alles. Prospekte, Fliegblätter, Radiospots. Du mache Werbung für Kemal.«

»So ein paar Stunden die Woche?«, frage ich vorsichtig. Immerhin habe ich seine letzte Anzeige in zehn Sekunden korrigiert.

»Nix Stunde. Ist Fulltime-Job. Ich expandiere, Fliese, Dachdecker, Döner, Atomkraftwerk.«

»Atomkraftwerk?«, wiederhole ich. Das erscheint mir doch ein wenig zu viel Diversifikation.

»Ist Scherz«, lacht Kemal. »Ich nix blöd. Ich nur mache bombesichere Geschäft, was jeder braucht.«

Erleichtert nicke ich. Und wollte ich nicht schon immer in die Werbung? »Darf man auf der Arbeit Sneakers tragen?«

»Was?«, fragt Kemal. »Ah, du wolle Snicker esse? Wegen mir auch Döner oder Dürüm. Alles egal, solange du nix schlachte Schwein auf Tisch bei Arbeit.«

Da ich diese Bedingung sicher erfüllen kann, will ich schon zusagen, doch dann fällt mir ein, dass ich nach Schweden auswandern will. Heute noch.

Das hat mein Unterbewusstsein gerade beschlossen. Und ein Unterbewusstsein lässt sich nicht so einfach umstimmen, das wusste schon Siegmund Freund. Vielleicht komme ich nach dem Besuch auch erst mal wieder zurück, aber meine Zukunft liegt in Schweden, soviel steht fest.

Falls ich das Flugticket bezahlen kann.

»Danke für das Angebot«, sage ich. »Ich würde das

gerne annehmen, aber ich möchte in Zukunft in Schweden leben.«

»Schwede, Sibirie, Salzgitter. Du könne von überall für Kemal arbeite«, antwortet er. »Selbst in Saloniki.«

Ich will etwas antworten, aber meinem Hirn geht diese Job-Achterbahnfahrt gerade viel zu schnell. Es rattert noch.

Kemal merkt, dass ich nachdenke und zeigt auf mein Auto. »Als Sofort-Bonus ich baue dir Geschirrspüler ein, der liege in deine Corsa. Was du meine?«

»Der hat eine Delle auf der Vorderseite«, sage ich. »Und ich weiß nicht, ob er noch geht.«

Kemal öffnet die Heckklappe meines Autos, schaut sich die Delle an und winkt ab. »Kein Problem, ich habe neue Platte in Benz. Schraube drauf, sehe aus wie neu.« Er holt tatsächlich eine neue Frontblende aus dem Kofferraum des Mercedes und legt sie auf das Gerät. Sie passt wie angegossen. »Ist DIN«, erklärt er mir. »Also Deutsch-Indisches-Norm. Heißt so, weil passt von Deutschland bis Indie.«

Ich verzichte darauf, ihm zu erzählen, was DIN wirklich heißt und lächle. Zum ersten Mal an dem Tag.

»Und du jetzt wolle arbeite für mich?«, fragt Kemal, während er mit mir den Geschirrspüler ins Haus trägt.

»Ich bin dabei!«, entscheidet meine Milz spontan, schließlich kann ich nicht ewig auf mein Hirn warten. Im nächsten Moment weißt mich das Ding allerdings darauf hin, dass wir noch gar keine Gehaltsverhandlungen geführt haben. »Und was verdiene ich so?«

»Ich dir zahle dreitausend Euro in Monat.«

Dreitausend Euro? Das ist mehr, als ich bei der

Sparkasse verdient habe. Hab ich an einer Lampe gerieben und der Mann ist ein orientalischer Flaschengeist, oder warum erfüllt er mir gleich drei Wünsche auf einmal? In Schweden arbeiten, Geschirrspüler anschließen und eine Gehaltserhöhung!

»Und das ist alles korrekt mit Vertrag und Sozialversicherung und so?«, frage ich vorsichtshalber.

»Klaro«, sagt Kemal. »Oder sind wir hier Türkei?« Er stellt den Geschirrspüler in der Küche ab und reibt sich die Stirn. »Ich noch brauche gute Buchhalter. Du kenne jemand?«

»Buchhalter?« Das könnte ich natürlich auch, aber erstens ist es nicht mein Traumjob und zweitens möchte ich nicht zwei Jobs erledigen. »Meine ehemalige Kollegin bei der Sparkasse wäre vielleicht interessiert.« Ich gebe Kemal die Privatnummer von Frau Weber. Sie ist sicher froh, wenn sie mal ihr Passwort ändern kann. Oder wenn sie es in Zukunft mit Schadenfreude eingibt.

Kemal holt meinen alten Geschirrspüler aus dem 45cm-Einschub, setzt den neuen ein und schließt ihn an. Am Schluss bringt er die neue Frontplatte auf. Das Ding sieht wirklich aus wie neu. Und er funktioniert. Der Mann steht zu seinen Sprüchen!

Damit das auch weiterhin so ist, korrigiere ich ihm den Werbespruch für sein neues Fliesenlegergeschäft. Aus 'Vliese lege. Alle Farbe. Auch schwarz.' wird 'Fliesenlegen ist Vertrauenssache. Weil das Leben für Pfusch zu kurz ist.' Sicher nicht reif für den ersten Platz beim Art Directors Club, aber auch keine Werbung, bei der das Finanzamt mal genauer hinschaut.

Kemal ist begeistert. Zum Dank holt er ein paar

Scheine raus. »Kleiner Vorschuss«, sagt er und streckt mir 500 Euro hin.

»Ich ... ich weiß gar nicht, wie ich mich bedanken soll«, stammle ich.

»Du habe Kemal geholfe, jetzt Kemal helfe dir. Ist altes buddhistisch-türkisches Weisheit.«

Fünfhundert Euro, das ist genug für den Flug. Da bleibt sogar noch Geld übrig für einen Kaffee in Göteborg. Doch Kemal hat noch mehr in seiner Wundertüte. »Wenn du wolle nach Schweden, ich habe Wörterbuch«, sagt er und holt ein paar Blätter aus seinem Mercedes. »Ist von lokales Radiosender«, erklärt er mir.

Ich frage mich, welcher lokale Radiosender ein Bildungsprogramm ausstrahlt, nehme die Blätter aber mit. Darüber steht 'Schwedisch für Anfänger'.

»Super, das ist genau das Richtige«, bedanke ich mich und umarme Kemal. Der Mann hat mich gerettet.

Und ich ihn.

Nachdem wir uns verabschiedet haben, schaue ich auf die Uhr. In zweieinhalb Stunden hebt der Flieger ab. Wenn ich ganz schnell packe, nach Frankfurt rase und ein Ticket kaufe, reicht das vielleicht noch.

49

*Menschen, die langsam fahren,
sind hässlich und haben ansteckende Krankheiten.*
**Ayrton Senna, tödlich verunglückter
Formel-1-Pilot**

Ich renne in mein Haus, nehme den halbgepackten Koffer und fülle ihn mit den letzten Resten sauberer Wäsche, welche die Schweinegrippe überlebt haben. Kurz zweifle ich, ob ich die Superman-Shorts wirklich einpacken soll, aber sie sind immer noch besser als die Culture-Club-Stringtangas aus dem 80er-Jahre-Überraschungspaket. Und zum Einkaufen reicht die Zeit nun wirklich nicht mehr.

Ich werfe meinen Koffer in den Corsa, mich auch, und düse zum Frankfurter Flughafen. So stelle ich mir das zumindest vor.

Auf halbem Weg stellt der Corsa jedoch den Dienst ein.

Irgendwann musste der Sprit ja mal ausgehen. Dumm nur, dass mich meine defekte Tankanzeige darüber nicht informiert hat.

Da kann selbst der Opelgott nichts mehr machen.

Und so stehe ich am Autobahnkreuz Darmstadt.

Wieder so eine Stadt mit tollem Namen. Dabei liegt sie nicht mal in der Kurpfalz, sondern in Hessen. Aber dass die auch einen an der Waffel haben, weiß man spätestens seit dem *Blauen Bock*.

Vielleicht sehe ich das momentan ein wenig verkrampft, aber ich müsste schon lange am Flughafen sein. Stattdessen bin ich in Darmstadt und komme nicht mal weiter nach Weiterstadt.

Sicher, ich hätte vor dem Losfahren mal tanken sollen, aber was vergisst man nicht alles in der Euphorie? Ich fluche, wie es nur ein liegengebliebener Opelfahrer kann, strecke den Anhalterdaumen raus und zähle die Autos, die an mir vorbeischießen. Als ich bei Tausend ankomme, gebe ich auf.

Währenddessen rufe ich immer wieder beim ADAC an, aber dort ist die ganze Zeit besetzt. Entweder die Gelben Engel machen grad alle mit Roten Teufeln rum, oder ich bin nicht der Einzige, der eine Panne hat. Kein Wunder, es ist ja auch Freitagabend. Jeder hat es eilig, will nach Hause zum Schweinebraten und zu seiner Liebsten. Okay, vielleicht nicht in der Reihenfolge, aber das ist jetzt ja wohl auch egal.

Ich traue mich kaum, auf die Uhr zu schauen und mache es trotzdem: 16:30 Uhr! Nur noch eineinhalb Stunden bis zum Start des Flugzeugs. Ich bin noch 25 Kilometer vom Frankfurter Flughafen entfernt. Das schafft nicht einmal Haile Gebrselassie. Zumindest nicht mit Handgepäck.

Wenn jetzt nicht bald ein Wunder geschieht, fliegt das Flugzeug ohne mich. Und weiß nicht mal, dass ich fehle, weil ich ja erst einmal ein Ticket kaufen muss.

Ich versuche es weiter als Anhalter, doch inzwischen ist mir klar, dass ich mir in ganz Deutschland kaum einen schlechteren Ort dafür hätte aussuchen können. Die Autobahn ist an dieser Stelle vierspurig und ohne Geschwindigkeitsbegrenzung, das heißt die meisten hier fahren ihren Porsche, Mercedes oder ihre Ente mal so richtig aus. Und die anderen fühlen sich dadurch so bedrängt, dass sie auch ordentlich Stoff geben.

Gerade schießt zum Beispiel ein Opel Manta auf der linken Spur mit bestimmt zweihundert Sachen an mir vorbei. Plötzlich wechselt er ganz nach rechts, bremst dabei einen Fiat und zwei VWs aus und fährt auf den Standstreifen. Bleiben hier nur die Opel liegen oder was?

Vielleicht hat der aber gar keine Panne, denn der Rückwärtsgang funktioniert noch. Und zwar ordentlich. Er beschleunigt auf gefühlte Lichtgeschwindigkeit und hält auf mich zu. Ich überlege gerade, mitsamt Handgepäck in die Böschung zu springen, als der Manta in die Eisen steigt und zehn Zentimeter vor der Stoßstange meines Corsas zum Stehen kommt. Auf der mit Bumsfolie abgedunkelten Scheibe steht in breiten Lettern: *Opelfanclub Mantanamera*.

Aus dem Manta steigen gleich zwei Klischees. Er, Vokuhila, Röhrenjeans, natürlich moonwashed und braune Cowboystiefel. Sie, Jeansmini, langes, merkwürdigerweise schwarzes Haar, aber auch Cowboystiefel, dazu Kaugummi im Mund.

»Hey, Alter, liegengeblieben?«, fragt er. »Und keiner von den Wichsern hält an?«

Besser hätte ich es auch nicht formulieren können.

Ich nicke.

»Was ist passiert? Einspritzpumpe? Getriebe? Oder Kolbenfresser?«

»Mir ist der Sprit ausgegangen«, antworte ich kleinlaut.

»Klaro, die Tanknadel beim Corsa spinnt manchmal, wenn es nach Norden geht.« Er nickt verständnisvoll. »Schleppen wir dich mal zur nächsten Tanke, oder?«

»Das wäre super«, sage ich und kann gar nicht glauben, dass ich nicht einmal zu fragen brauche. Während wir uns unterhalten, holt Uschi, so heißt seine Freundin, wie er mir stolz erzählt, das Abschleppseil aus dem Kofferraum. Sie befestigt es fachmännisch an einem Ring am Unterboden meines Corsas, von dem ich bisher nicht einmal wusste, dass er existiert.

»Wo geht's hin?«, fragt sie mich, als sie meinen Koffer sieht.

»Nach Schweden, meine Freundin besuchen«, antworte ich. »Bin spät dran«, schiebe ich vorsichtshalber noch hinterher.

Ich bereue es genau in dem Moment, als der Manta mit meinem Corsa im Schlepptau auf die linke Spur wechselt. Also auf die ganz linke. Die neben der halblinken, halbrechten und rechten.

Auf deutschen Autobahnen gelten ja einige Naturgesetze. So ist es physikalisch unmöglich, auf einer vierspurigen Autobahn ohne Geschwindigkeitsbegrenzung auf der linken Fahrspur weniger als 200 Stundenkilometer zu fahren.

Außer man fährt einen Schwerlaster, dann reichen natürlich auch 80 Sachen. Aber eine Kombination aus Manta und Corsa nur verbunden mit einem dürren

Abschleppseil als Schwerlaster zu bezeichnen, würde selbst einem Mitglied der Golf GTI-Invaders nicht einfallen.

Natürlich brettern wir volle Kanne an der ersten Tankstelle vorbei und als wir kurz darauf die zweite passieren, wächst in mir die Befürchtung, dass Manfred und Uschi mich vergessen haben. Ich würde jetzt ja gerne die Lichthupe betätigen oder winken, aber ich bin vollends damit beschäftigt, den Corsa in der Spur zu halten.

Am Horizont taucht erneut ein Tankstellenschild auf. Es wird wahnsinnig schnell größer, was auch daran liegt, dass der Manta plötzlich vier Spuren nach rechts zieht. Wie ein dressierter Hund an einer Leine folgt mein Corsa und wir schießen zusammen in die Autobahnausfahrt. Meine Augen kleben an den Bremslichtern des Mantas, da mir nach dessen Bremsvorgang schätzungsweise drei Nanosekunden bleiben, die Handbremse reinzuhauen.

Jetzt! Mein Corsa raucht, quietscht und bockt, aber am Ende bleiben wir direkt vor der Tanksäule stehen. Manfred steigt aus und misst den Abstand zwischen Zapfhahn und Einfüllstutzen mit der Hand ab. 25 Zentimeter, schätze ich und bin unglaublich stolz.

»Mann, das ist mindestens ein Meter daneben!« Manfred schaut mich an, als habe ich einen Kratzer in seinen Manta gemacht. »Du hast viel zu früh gebremst.«

Ich blicke ihn mit offenem Mund an und dann erst merke ich an seinem Grinsen, dass er einen Scherz gemacht hat. Er klopft mir auf die Schulter. »Waren wir schnell genug?«

Ich nicke und bedanke mich bei den beiden. Sie steigen in den Manta, winken noch einmal und lassen die Reifen quietschen. Zum ersten Mal in meinem Leben bin ich froh, Opelfahrer zu sein.

50

Auch andere Menschen wollen es schwer haben.
Wir sollten ihnen dabei helfen.
Paul Watzlawick

Ich gebe dem Corsa genug zu trinken, um seinen Durst bis Frankfurt zu stillen und düse zum Flughafen. Dort stelle ich den Wagen im Parkhaus ab, was für das Wochenende nur unwesentlich weniger kostet als mein Flug. Zum Glück muss ich erst bezahlen, wenn ich wieder zurückkomme. Inzwischen ist es 16:56 Uhr. Noch eine Stunde und vier Minuten bis zum Abflug.

Ich stürze in die Abflughalle und sehe direkt am Eingang eine Reihe von Reisebüros. Zwei Schalter nebeneinander sind besetzt. Hinter dem einen sitzt eine üppig geschminkte Blondine, hinter dem anderen ein etwa vierzigjähriger Mann im Anzug. Er mustert mich kritisch, während die Blondine lächelt.

Sind Männer nicht viel effizienter? Zum Beispiel beim Einkaufen? Nehmen wir an, beide wollen in einem Baumarkt Rasendünger kaufen. Die Frau geht rein in den Laden, schlendert durch jeden Gang, nimmt erst mal vier Azaleen, einen Rosenstock, plus eine Gießkanne, weil sie so ein schönes Blumenmuster hat, acht Vergissmeinnicht, stellt die Azaleen wieder zurück und nimmt die Begonien, trinkt in der Baumarktbar einen Kaffee, ersetzt die Begonien erst mit Strelitzien und dann mit Azaleen, trifft Frau Müller von nebenan, vergisst die Zeit, stellt die inzwischen verwelkten Azaleen zurück, kauft noch ein Allwetter-Gärtnerinnen-Dress, sowie beim Bezahlen an der Kasse eine Packung Bio-Gurkensmoothiedrops und weil die so gesund sind noch eine Familienpackung Ferrero-Rocher.

Eine halbe Stunde später kommt sie wieder, weil sie den Rasendünger vergessen hat und das Spiel geht von vorn los.

Der Mann hingegen geht rein in den Baumarkt, sofort zum Gang mit den Rasendüngern, kauft den Sitzrasenmäher mit 86 PS und Turbokompressor, fertig!

Bevor sich meine Milz einschalten und widersprechen kann, stehe ich schon vor dem Schalter des Mannes. »Ich würde gerne einen Flug nach Göteborg buchen und zwar den nächsten«, pfeife ich aus dem letzten Loch. »Er startet um 18:00 Uhr. Rückflug am Sonntag um die gleiche Zeit.«

Der Mann nickt. »Von welchem Flughafen wollen Sie abfliegen?«

Als ich den Mann irritiert anschaue, zuckt er nur mit der Schulter. »Es muss doch alles seine Ordnung haben«, schiebt er hinterher.

»Ich fliege von hier aus. Eine Person. Auf den Namen Matthias Käfer«, antworte ich. »Sitz- oder Gangplatz ist mir egal.«

»Dann schaue ich mal, was wir da im Angebot haben.« Er seufzt affektiert und tippt meine Daten ein. Er ist dabei so langsam wie ein Neandertaler, der zum ersten Mal vor einem Computer sitzt. »Ja, da gäbe da was um 18:00 Uhr. Es ist der letzte Flug für heute«, erklärt er, was ich schon lange weiß. »Wie viele Personen?«

»Eine, Sitzplatz ist mir egal«, wiederhole ich.

»Wollen Sie ein Menü dazu buchen?«, fragt er. »Wir hätten Folgendes zur Auswahl. Schinken-Käse-Sandwich ...«

»Kein Menü«, unterbreche ich ihn.

»Kein Menü«, wiederholt er. »Fenster- oder Gangplatz?«

»Hören Sie, ich will einfach nur den Flieger besteigen, der Rest ist mir egal.«

»Ich muss hier aber bei jedem Kästchen was ankreuzen«, entgegnet er unbeeindruckt. »Also Fenster- oder Gangplatz?«

»Dann eben Fenster«, antworte ich genervt.

»Das ist ausgebucht«, sagt er, dieses Mal wie aus der Pistole geschossen. »Ich könnte Ihnen aber einen Gangplatz anbieten.«

»Dann tun Sie das!« Hektisch schaue ich auf die Uhr. Inzwischen ist 17:00 Uhr. Wenn ich nicht bald das Ticket in Händen halte, komme ich heute nur noch nach Göteborg, indem ich ein Flugzeug entführe.

Er vereitelt meinen Plan, indem er sich meinen Personalausweis geben lässt und meinen Namen Buchstaben für Buchstaben eintippt. So komme ich höchstens ins Gefängnis, aber nicht nach Göteborg.

»So. Ihre Daten habe ich jetzt mal. Das ging ja schön

fix«, behauptet er.

Ich widerspreche ihm nur deshalb nicht, weil wir sonst noch mehr Zeit verlieren.

»Wie wollen Sie denn bezahlen?«, fragt er. »Visa, Mastercard, American Express, EC-Karte, Debit-Karte, Lastschrifteinzug oder mit Ihren Meilen?«

»Bar«, antworte ich kurz und knapp.

»Bar?« Die Reisebüroschlafmütze schaut mich an, als hätte ich ihm gerade die Goldzähne meines Onkels angeboten, die er erst noch aus dem lebenden Objekt rausoperieren muss. »Das ist heutzutage sehr unüblich«, sagt er. »In diesem Fall müssen Sie unbedingt eine Reiserücktrittskostenversicherung abschließen.«

»Reiserücktrittskostenversicherung?«, wiederhole ich. »Mein Flieger geht in einer Stunde. Was soll denn da noch passieren?«

»Sie könnten auf dem Weg zum Gate stolpern.«

»Oder an spontaner Lepra erkranken«, unterbreche ich ihn. Er nickt zustimmend und schreibt sich meinen Hinweis auf, um den nächsten Kunden damit zu überzeugen. Jetzt malt er auch noch einen Kringel drum. Und noch einen.

»Verkaufen Sie mir jetzt das Ticket oder nicht?«, frage ich. Ich würde ihn am liebsten am Kragen packen, aber sein blödes Helpdesk steht zwischen uns.

»Also ich weiß nicht, ob ich das mit meinem Berufsethos vereinbaren kann, so ohne Reiserücktritts...«

Die Blondine am Schalter daneben räuspert sich. Was will die denn jetzt?

»Herr Käfer«, spricht sie mich jetzt auch noch mit meinem Namen an. »Ich habe mitgehört und die Buchung soweit vorbereitet. Frankfurt nach Göteborg heute um 18:00 Uhr, Rückflug am Sonntag um dieselbe Zeit. Ich muss nur noch einmal klicken und es ist gebucht.«

Das nenne ich mal effizient. Doch für was hat man seine Vorurteile? »Und was ist mit der Reiserücktrittsversicherung?«, frage ich misstrauisch.

»Die brauchen Sie bei mir nicht und bar bezahlen können Sie auch. Sie müssen nur schnell sein, denn ich kann nur bis eine Stunde vor Abflug buchen.« Sie gibt mir mit einem Augenzwinkern zu verstehen, dass ich gerade an einen Reisebüropsychopathen geraten bin und ich ihr mit einem erleichterten Blick, dass sie meine Rettung ist.

»Sie sind meine Rettung«, sage ich sicherheitshalber, falls sie meinen Blick nicht verstanden hat und wechsle den Schalter.

Sie klickt auf den Buchungsbutton. Es ist schon zwanzig Sekunden über der Zeit. Die Sanduhr rattert, der Psychopath nebenan putzt sich imaginären Staub von seiner Krawatte und legt einen starren Blick auf. Eigentlich sollte er glücklich sein, schließlich muss er wegen mir nicht gegen sein Berufsethos verstoßen.

»Ich hoffe das klappt noch«, sagt die Blondine und ihr Mitbangen klingt nicht aufgesetzt, sondern echt.

»Ich auch«, antworte ich und muss an all das Pech denken, dass ich in letzter Zeit angesammelt habe. Ist das hier jetzt der Ausgleich dafür oder das i-Tüpfelchen auf meiner Pechpyramide?

Endlose Jahre verrinnen. Na ja, wahrscheinlich sind es nur Sekunden, aber sie ziehen sich trotzdem wie eine chinesische Volkszählung.

Dann endlich stoppt die Sanduhr. Die Blondine

schaut auf den Monitor und schenkt mir ein Lächeln. »Hat geklappt«, sagt sie, macht noch ein paar Eingaben und druckt die Tickets aus. »Ich habe Sie gleich eingecheckt, Sie können direkt zur Security und dann zum Gate. A7.«

Mit offener Nahrungsmittelklappe blicke ich sie an, nehme die Tickets und bezahle. Ich will gerade auf die Knie fallen um mich zu bedanken, da winkt meine blonde Retterin ab.

»Sie sollten jetzt wirklich los«, sagt sie und gibt mir das Wechselgeld. »Das Gate ist nämlich im anderen Terminal und das Boarding beginnt«, sie schaut auf ihre Uhr, »jetzt.«

51

Das Tragische an jeder Erfahrung ist, dass man sie erst macht, nachdem man sie gebraucht hätte.
Friedrich Nietzsche

Rennende Passagiere vor der Handgepäckkontrolle wirken nicht wirklich vertrauenerweckend. Zumindest nicht, wenn sie so rot angelaufen sind, als könnten sie jeden Moment explodieren.

Ich verstehe gar nicht, was mit mir los ist. Früher war ich doch auch fit. So vor zehn, zwanzig Jahren. Vielleicht hätte ich seitdem mehr tun sollen, als nur den Sportteil des Oggersheimer Botens zu lesen? Andererseits sind die Laufwege im Frankfurter Flughafen so lang, dass ich mich wundere, warum man hier noch keinen Marathon veranstaltet hat.

Vielleicht habe ich mich in der Hektik auf dem Weg ins andere Terminal aber auch verlaufen. Jedenfalls bin ich schon dreimal am McDonalds vorbeigekommen. Oder die Dinger gibt es jetzt wirklich alle fünfhundert Meter. Egal, Hauptsache jetzt stehe ich im richtigen Terminal vor der Handgepäckkontrolle.

Das hilft mir aber nicht wirklich, denn davor lungert eine furchterregende Warteschlange herum. »Dürfte ich vielleicht nach vorn, mein Flug geht gleich«, spreche ich denn Herrn am Ende der Schlange an.

»Meiner auch«, sagt er und macht sich breit. Ich linse auf sein Ticket und sehe seine Boardingzeit: 19:20.

»Ich meine wirklich, wirklich gleich«, versuche ich es noch einmal. »18:00 Uhr, in dreißig Minuten.«

Der Mann zieht seine Augenbrauen hoch und macht sich noch breiter.

»Herr Käfer, bitte kommen Sie unverzüglich zum Gate A7«, höre ich plötzlich eine Stimme aus dem Lautsprecher an der Decke. Ich werde schon ausgerufen!

»Das bin ich«, sage ich zu dem Mann und zeige auf den Lautsprecher.

Der Alte zuckt nur mit den Schultern. »Wärst halt rechtzeitig gekommen.«

Ich hasse Leute, die sich einfach vordrängeln. Ich mag auch Kai Pflaume nicht sonderlich. Aber jetzt gerade, in diesem Moment, muss ich ihm recht geben: Nur die Liebe zählt.

Ich renne an den Wartenden vorbei, schmeiße mein Handgepäck auf das Rollband und stelle mich unter den Metalldetektor. Von hinten höre ich einige Buhrufe und Beschimpfungen, und auch von vorn klingt es nicht viel besser. »So geht das nicht«, ruft ein ziemlich runder Sicherheitsbeamte hinter dem Detektor und hält seinen ausgestreckten Arm vor meine Brust. »Sie müssen sich hinten anstellen wie alle anderen auch.«

»Es ist ein Notfall, ich wurde gerade ausgerufen.« Ich zeige meine Bordkarte. »Die Zukunft meiner Kinder hängt davon ab, dass ich diesen Flug erwische.«

Der Beamte schaut mich skeptisch an und streicht sich über seinen dicken Bauch. »Ihre Kinder sehe ich hier aber nirgends.«

»Eben!«, sage ich und will mich an ihm vorbeidrängen.

Tja, wo ein Wille ist, ist nicht immer ein Weg. Zumindest nicht in diesem Flughafen. Der Beamte rückt nun ganz vor den Metalldetektor und versperrt mir mit seinem 100-Kilo-Bauch den Weg. Jetzt weiß ich endlich, warum so viele Bürger für eine schlankere Verwaltung sind.

Gerade als ich mir überlege, wie ich den Bürokratieklotz überwinden soll, ruft sein Kollege nach ihm, der am Überwachungsmonitor des Röntgengeräts sitzt. Der Monitormann zeigt auf die Frau hinter mir, die aussieht, als wäre sie ein schwedisches Supermodel.

Der Beamte vor mir zieht den Bauch ein und streckt die Brust raus. Es nützt nichts, er sieht immer noch aus wie eine Birne in Uniform. Aber anscheinend fühlt er sich jetzt nicht mehr so. »Haben Sie irgendwelche Flüssigkeiten dabei«, fragt er das Model und zeigt mir mit einer lässigen Handbewegung, dass ich für ihn nun unbedeutend bin.

Ausnahmsweise habe ich dagegen nichts einzuwenden, schnappe meinen Koffer und renne in Richtung Gate. Als ich endlich am Gate A1 ankomme und mein Ziel, das Gate A7 als dunklen Punkt am Horizont erahnen kann, scheppert die nächste Durchsage durch die Lautsprecher. »Herr Käfer jetzt nehmen Sie mal Ihre acht Beinchen in die Hand und kommen zum Gate A7. Sie müssen sonst selber fliegen.«

Einige Passagiere lachen, doch ich bin zu sehr mit Rennen und Luftholen beschäftigt, um mich auch noch über Witze auf meine Kosten zu amüsieren. Als ich zwei Minuten später am Gate A5 vorbeirenne, fällt mein Blick auf den Monitor mit den Abflügen. Die Anzeige meines Fluges blinkt nicht mehr. Stattdessen steht dort nur noch ein Satz: *Boarding closed.*

52

Wer zu spät kommt, den bestraft das Leben.
Michail Gorbatschow

Mit letzter Kraft erreiche ich das Gate A7. Das Bodenpersonal ist schon am Zusammenpacken. »Ich bin Herr Käfer«, rufe ich auf den letzten Metern, was mich so viel Luft kostet, dass ich damit rechne, gleich ohnmächtig zu werden.

»Sie sind leider zu spät«, sagt die ältere der beiden Damen hinter dem Counter. Sie sieht Frau Weber ein bisschen ähnlich und genauso bedauernd hebt sie auch ihre Schultern.

»Ich hab heute meinen Job verloren, bin auf dem Weg hierher mit dem Auto liegengeblieben, hab einen psychotischen Ticketverkäufer überlebt, mich im Flughafen verlaufen und mir die Seele aus dem Leib gerannt«, keuche ich. »Und alles nur, um die Frau meines Lebens in Schweden zu besuchen.«

»Es tut mir leid.«

»Wenn das ein Hollywoodfilm wäre, würden Sie mich doch auch durchlassen«, unterbreche ich sie.

Sie fährt sich durch ihr angegrautes Haar, nimmt

das Telefon in die Hand und wählt eine Nummer. »Mal sehen, was ich machen kann«, flüstert sie mir zu.

»Schon abgeschlossen ... hm«, spricht sie in das Telefon. »Gib mir mal den Kurt.«

Eine kurze Gesprächspause entsteht. »Ich rede jetzt direkt mit dem Kapitän«, sagt sie währenddessen zu mir. Dann spricht sie wieder in das Telefon. »Hör zu Kurt, ich hab hier noch einen Passagier ... ja, ich weiß, dass das Boarding complete ist«, sagt sie. »Aber ich weiß auch von Irene, Andrea und Christiane und ich glaube nicht, dass Sabrina glücklich wäre, wenn ich ihr davon erzähle – und von deiner Frau will ich gar nicht erst reden.«

Wieder entsteht eine Gesprächspause, in welcher der Kapitän irgendwelche Ausreden zu stammeln scheint. »Ich hab ihn gleich überzeugt«, flüstert die Dame hinter dem Counter in meine Richtung.

»Also Kurt, wirklich! Ich übertreibe doch nicht oder hab ich von Swetlana geredet?« Wieder entsteht eine kurze Pause. »Was ich von Swetlana weiß? Also wenn die Gerüchte stimmen, einiges. Wie? Du musst einen Checkpoint wiederholen und wir können den Passagier doch noch an Bord lassen? Ich wusste, ich kann mich auf dich verlassen.«

Sie nickt mir zu und nimmt meine Bordkarte. Ich kann nicht anders, als ihr einen dicken Kuss auf die Wange zu drücken.

»Wir werden unsere erste Tochter nach Ihnen nennen«, rufe ich noch, dann bin ich in der Gangway in Richtung Flugzeug verschwunden. Während ich renne fällt mir ein, dass *Walburga* kein wirklich schöner Name ist. Hoffentlich bekommen Anna und ich nur

Söhne. Vielleicht sieht man das in Schweden ja auch anders. Und vielleicht will Anna nur mit mir befreundet sein.

Es wäre nicht das erste Mal, dass mir so etwas passiert. Julia wollte schon immer nur mit mir befreundet sein, und als Claudia mich verlassen hat, wollte sie auch noch, dass wir beste Freunde bleiben. Als ob das noch funktioniert, wenn man sich die halbe Wohnungseinrichtung an den Kopf geworfen hat.

Ich besteige das Flugzeug unter dem höhnischen Applaus der anderen Passagiere und suche meinen Sitzplatz. Es ist der einzige, der noch frei ist. 13B. Ich öffne die Klappe für das Handgepäck und blicke in eine volle Ablage. Ich versuche es auf der anderen Seite, weiter vorn, weiter hinten, vergebens.

Endlich kommt eine Stewardess. »Den müssen Sie unter den Sitz schieben«, sagt sie, anstatt mir zu helfen. Erst will ich mich aufregen, doch dann erinnere ich mich daran, dass ich es ihrer Kollegin zu verdanken habe, dass ich hier mitfliegen darf. Mit einem Lächeln nehme ich meinen Koffer, schiebe ihn unter den Sitz und lasse mich in denselben fallen.

Erleichtert atme ich durch. Ich habe es geschafft! Ich bin in Schweden. Na ja, fast, aber was soll jetzt noch passieren? Gut, ich sitze in Reihe 13, aber wer wird denn gleich abergläubisch sein?

Flugangst ist was für Leute, die selbst im Winter im Schatten parken. Ich meine, jeder weiß doch, dass das Flugzeug das sicherste Verkehrsmittel ist. Es ist beispielsweise zehnmal wahrscheinlicher, daheim beim Bügeln tödlich zu verunglücken. Jedenfalls wenn man dabei telefoniert und abwechselnd Telefon und Bügeleisen ans Ohr hält.

Davon abgesehen ist Flugangst irrational. Entweder man hat Angst und fliegt nicht, oder man hat keine und fliegt. Flugangst ist also nur etwas für geistige Hypochonder. Ich hatte noch nie Flugangst. Ich weiß gar nicht, was das ist. Man könnte mich ins All schießen, ich hätte keine Flugangst.

Okay, mit dem Space Shuttle vielleicht schon. Und als indischer Weltraumtesthund ist die Lebenserwartung auch recht begrenzt. Trotzdem, Flugangst ist total lächerlich.

Bis zu dem Moment, in dem ich meinen Sitznachbarn bemerke, weiß ich gar nicht, dass es noch eine Steigerung von Flugangst gibt: Flugpanik.

Der Mann klammert sich an seinem Sitz fest, als würden wir gerade auf einer Achterbahn mitten durch einen Looping rasen. Dabei stehen wir immer noch am Gate. Er hat Schweißperlen auf der Stirn und sich so fest angeschnallt, dass sein Bauch aussieht wie eine Wurstpelle. Selbst als ich mich neben ihn setze und ihn begrüße, starrt er paralysiert auf den Sitz vor sich. Und dann wird mir klar: Das kann nur Flugpanik sein!

Nun habe ich in meinem Leben schon einige Ängste überwunden: Den Sprung vom Ein-Meter-Brett, die Fahrradprüfung in der Grundschule und die Angst, an Storck Riesen zu ersticken. Was nebenbei bemerkt gar nicht so unwahrscheinlich ist. Zumindest wenn man zehn von den Dingern auf einmal in den Mund nimmt.

Auf alle Fälle fühle ich mich berufen, den Mann neben mir von seiner Flugpanik zu heilen. Natürlich darf man jemandem der panisch ist, niemals sagen, dass er das ist, denn sonst potenziert sich seine Panik. Man muss also seine Angst kleinreden. »Weltgeschichtlich gesehen ist es total irrelevant, ob dieser Flieger heute abstürzt«, sage ich und kneife meinen Sitznachbar in die Seite.

Er scheint mich nicht recht verstanden zu haben, denn er beginnt jetzt auch noch zu hyperventilieren. »In spätestens achtzig Jahren sind wir doch ohnehin hinüber«, erkläre ich und lächle den Mann an. Er ist mindestens schon fünfzig. »Also in meinem Fall«, ergänze ich. »In Ihrem kann das auch schneller gehen.«

Anscheinend ist mein Sitznachbar der deutschen Sprache nicht mächtig, denn er hyperventiliert jetzt noch stärker. Zu allem Überfluss setzt sich nun auch noch das Flugzeug in Bewegung, woraufhin sich die Gesichtsfarbe des Mannes von käseweiß in totenbleich ändert. Immerhin schafft er es, mich für eine Zehntelsekunde anzuschauen, schnell auf seine Hemdtasche zu blicken und dann wieder auf den Sitz vor sich.

»Ist etwas in der Brusttasche, das Sie benötigen?«, frage ich, stolz auf meine Kombinationsgabe.

Der Mann deutet ein Nicken an. Man darf nicht vergessen, dass er mental in einer Achterbahn sitzt. Das Nicken muss ihn also unglaubliche Kraft gekostet haben.

Ich blicke auf seine Hemdtasche und sehe darin einen Zettel. »Brauchen Sie den Zettel?«, frage ich.

Wieder folgt ein Achterbahnnicken.

Ich beuge mich nach vorn, nehme den Zettel aus der Tasche und will ihn dem Mann geben.

Dieses Mal schüttelt er mit dem Kopf. Vielleicht ist er in Gedanken gerade eine scharfe Rechts-Links-Kombination gefahren, denke ich und versuche erneut, ihm den Zettel zu geben.

Wieder schüttelt er mit dem Kopf, jetzt heftiger und von einem Grunzlaut begleitet, den ich nur als Ablehnung interpretieren kann. Als ich daraufhin den Zettel wieder in seine Brusttasche stecken will, grunzt er erneut.

Endlich verstehe ich. »Soll ich den Zettel lesen?«

Der Mann nickt, und als ich an ihm vorbei aus dem Fenster schaue, sehe ich, dass wir auf die Startbahn zurollen.

Was mir natürlich nichts ausmacht, schließlich kenne ich weder Flugangst noch Flugpanik. Ich falte das Blatt auseinander und beginne zu lesen.

Sehr geehrter Sitznachbar,

es tut mir leid, dass ich Sie auf diese Weise belästigen muss. Aber mir bleibt keine andere Wahl. Denn ich leide an Flugpanik.

Lassen Sie mich kurz erklären weshalb: Heute auf den Tag genau vor zwanzig Jahren wollte ich nach Schweden fliegen, um meine Brieffreundin zu besuchen.

Wir kamen nie an. Die Maschine musste in der Ostsee notlanden. Nein, selbst im Hochsommer ist das kein schönes Erlebnis.

Es würde mir daher helfen, wenn Sie mir während des Flugs die Hand halten würden.

Ihr Robert Enders

PS: Gut zureden ist ziemlich kontraproduktiv. Insbesondere, wenn man die Bedeutung dieses Fluges relativiert, zum Beispiel im Bezug auf die Menschheitsgeschichte.

Ich überlege, ob es nicht ein wenig merkwürdig aussieht, wenn ich die Hand eines Mannes halte. Dann fällt mir auf, dass ich vorhin genau das Falsche zu ihm gesagt habe, und mache es einfach.

Herr Enders entspannt sich um ganze zwei Prozent.

Angesichts der Tatsache, dass der Pilot gerade beschleunigt, finde ich das ein gutes Ergebnis. Während wir uns dreihundert Stundenkilometern nähern, wird mir klar, dass ich irgendwie auch zu meiner Brieffreundin nach Schweden fliege, denn meist habe ich mit Anna ja schriftlich kommuniziert. Das kann doch kein Zufall sein, denke ich noch, dann gibt der Pilot richtig Gas.

Ich muss zugeben, ich fühle mich nun auch geringfügig angespannt. Im Vergleich zu Herrn Enders sitze ich allerdings so locker auf meinem Platz wie ein Rastafari nach dem zehnten Joint. Finde ich zumindest, bis ich mein Spiegelbild im reflektierenden Fenster sehe. Aufgerissene Augen, aufgerissener Mund und ein Gesicht, so weiß wie mit Persil gewaschen. So panisch war ich nicht mehr, seit mich mein Vater mit vier Jahren auf der Kirmes in ein Boxauto gesetzt hat. Allein.

Um mich abzulenken, schaue ich wieder Herrn Enders an. »Und jetzt fliegen Sie das erste Mal wieder nach zwanzig Jahren?«, frage ich.

Er schüttelt den Kopf und deutet eine drehende

Handbewegung an. Ist er wieder im Looping? Er wiederholt seine Handbewegung und dann verstehe ich: Offensichtlich soll ich den Zettel umdrehen. Ich tue es und lese weiter.

Übrigens habe ich auf den Tag genau vor zehn Jahren erneut versucht, nach Schweden zu fliegen. Dieses Mal kamen wir nur bis zur Nordsee. Nein, ich finde die Ostsee auch angenehmer.

PS: Ja, ich glaube auch, dass der Pilot sich verflogen hatte.

Jetzt bin ich richtig angespannt. Also richtig, richtig angespannt. Der Mann ist mit einem Flugfluch belegt und ich sitze neben ihm, habe dasselbe Ziel und denselben Grund.
Oder ist doch alles nur Zufall? Schließlich hat der gute Mann ja erneut ein Flugzeug bestiegen und er hätte es wohl kaum getan, wenn er verflucht wäre.
»Was macht Sie so sicher, dass es dieses Mal klappt?«, frage ich und schaue ihn flehend an.
»Nichts!«, presst er heraus.
In dem Moment heben wir ab. Von unseren Plätzen ertönen zwei Schreie, die irgendwo zwischen »Wuuuuuaaaaah!!!« und »Aaaachduliiiiiiebescheiße!!« zu verorten sind.

53

*Bei Flugreisen empfiehlt es sich, immer vorn zu sitzen.
Dann kommt beim Absturz der Getränkewagen
noch mal vorbei.*
Ingolf Lück

Eine Stunde später habe ich mich soweit beruhigt, dass ich mich aus der Achterbahnhaltung löse. Der Flug ist bisher recht ruhig verlaufen, bis auf den Umstand, dass alle Passagiere ständig mit dem Finger auf Herrn Enders und mich zeigen, weil wir beim Start geringfügig überreagiert haben. Dabei rät man Männern doch immer, emotional zu sein. Sind wir es dann, ist es auch nicht gut.

Denn jetzt behandeln uns die Stewardessen wie kleine Kinder, fehlt nur noch, dass sie uns das Biene-Maja-Menü servieren. Und während der bei den anderen Passagieren irgendwelche Actionfilme auf den Bordmonitoren gezeigt werden, laufen bei uns die Teletubbies. Aber auch das werden wir hinter uns bringen.

»Ich glaube, wir haben das Schlimmste überstanden«, sage ich und nickte Herrn Enders aufmunternd zu.

Ich bereue es sofort, denn schon im nächsten Augenblick stoppen die Teletubbies und die Bordlautsprecher schalten sich an. »Hier spricht ihr Kapitän Kurt Taucher. Über dem Festland hat sich ein kleines Gewitter gebildet. Daher werden wir ein Stückchen über die Ostsee fliegen. Wir erwarten trotz unseres Ausweichmanövers leichte Turbulenzen und möchten Sie daher bitten, sich anzuschnallen.«

»Ich bin schon angeschnallt«, möchte ich antworten, doch meine Panik explodiert so schnell, dass nur noch Blubberlaute aus meinem Mund brabbeln. Hinzu kommt, dass mir in dem Moment auffällt, dass die Sicherheitsgurte in jedem popeligen Auto wesentlich ausgefeilter sind als in einem Flugzeug. Müssen Flugzeuge überhaupt Crashtests bestehen? So wie die Dinger aussehen, bekommen die doch im Euro-Crashtest nicht mal einen Stern. Gut, mehr hat mein Corsa auch nicht, aber der fliegt für gewöhnlich nicht durch ein Gewitter über der Ostsee.

Merkwürdigerweise entspannt sich Herr Enders trotz der Horrormeldung. Ja, es scheint fast so zu sein, als drücke er jetzt meine Hand und ich nicht seine. »Ganz ruhig«, fängt er plötzlich an mit mir zu reden. »Soweit bin ich noch nie gekommen. Das ist ein gutes Zeichen.«

Kaum hat er gesprochen, macht es einen heftigen Schlag. Wir sacken ab und schießen durch mehrere Luftlöcher, jedes drückt uns zehn, zwanzig Meter nach unten.

Wenn ich noch nicht panisch wäre, spätestens jetzt würde ich es werden.

Das Letzte, was sich sehe bevor ich mich in Absturzhaltung an den Vordersitz drücke, sind die Stewardessen, die hektisch ihre Sitzplätze einnehmen.

Dann fange ich an zu schreien.

Zwei Sekunden nach mir steigt Herr Enders in mein Geheul mit ein. Kurz darauf die anderen Passagiere. Als auch noch die Stewardessen panisch herumkreischen und ich selbst aus dem Cockpit Angstschreie höre, wird mir schwarz vor Augen.

Eigentlich sollte in solchen Momenten der Film des Lebens an einem vorbeiziehen, doch meines war bisher anscheinend so langweilig, dass sich mein Körper stattdessen entscheidet, in Ohnmacht zu fallen.

Ich würde ja gerne dagegen protestieren, aber bewusstlos lässt sich schlecht meckern.

54

*Sobald ein Mann anfängt, sich lächerlich zu
benehmen, weißt du: Er meint es ernst.*
Franziska Gräfin zu Reventlow

Sieht der Himmel aus wie ein Keiper-Recaro-Sitz? Oder bin ich in der Hölle? Warum läuft dann aber die Klimaanlage volle Pulle? Ist das wegen der vielen Amis hier unten? Oder gelten selbst im Reich der Finsternis die deutschen Arbeitsschutzrichtlinien?

Wichtige Fragen, doch eine bewegt mich seit meinem Wiedererwachen aus der Ohnmacht am meisten: Gibt es in der Hölle Bedienungen, die einem Tomatensaft servieren?

Vorsichtig blicke ich zur Seite. Neben mir steht eine Stewardess. »Trinken Sie den noch?«, fragt sie und zeigt auf den Tomatensaft in meiner Hand.

»Stürzen wir nicht ab?«

»Das war vorhin nur ein kleines Luftloch«, antwortet sie. »Nicht der Rede wert.« Sie zeigt noch einmal auf den Tomatensaft. »Kann ich den mitnehmen?«

Ich nicke vorsichtshalber und reiche den Saft der Stewardess. Vielleicht ist das hier ja so ein Trick wie mit der roten Pille in Matrix. Ich blicke Herrn Enders an, aber er sieht weder aus wie Neo, noch wie Mr. Smith.

Im Gegenteil, er lächelt. »Wir haben es überstanden«, sagt er und tätschelt meine Hand.

»Sind Sie sicher?«, frage ich. »Da kann noch so viel passieren.«

»Nein, kann es nicht«, antwortet er und schüttelt den Kopf.

»Doch!«, protestiere ich. »Luftlöcher, fehlgeleitete Raketen, abstürzende russische Satelliten, oberbayerische Fundamentalisten.«

»Wir sind gelandet«, erklärt er. »Und ich würde jetzt gerne aussteigen. Ich glaube, ich habe lang genug gewartet.«

Ich schaue mich um. Richtig, im Flugzeug sitzen nur noch er und ich, alle anderen sind schon gegangen. »Jaaa!«, schreie ich, schieße aus meinem Sitz, klemme mir dabei die Hoden im Sitzgurt ein, löse ihn und umarme Herrn Enders. Und er umarmt mich. Wir haben es geschafft!

Die diplomierte Luftkellnerin fragt uns noch, wann unser Rückflug ist, stöhnt nach unserer Antwort auf und brummelt irgendwas das klingt wie *Dienstplan ändern*.

Wir zucken mit den Schultern und schälen uns aus der Sitzreihe. Ich vergesse beinahe meinen Koffer unter dem Sitz, doch mein toller Nachbar denkt selbst daran. »Ich hatte zwanzig Jahre Zeit, mich auf den Moment vorzubereiten«, erklärt er mir. »Ich habe alles perfekt geplant.«

In dem Moment fällt mir auf, dass ich total unvorbereitet bin. Kein Wunder, ich hatte ja auch keine Zeit. Nicht einmal die Blätter mit *Schwedisch für Anfänger* habe ich durchgelesen.

Ich hole das auf dem Weg zum Flughafenausgang schnell nach, muss aber nach der dritten Touristengruppe, mit der ich zusammenstoße, abbrechen.

An der Gepäckausgabe husche ich schnell aufs WC, sondere überflüssige Körperflüssigkeiten ab und richte meinen Anzug. Ich schaue in den Spiegel und finde, dass ich angesichts der letzten vierundzwanzig Stunden ganz passabel aussehe.

Als ich in die Ankunftshalle komme, stehen dort so viele blonde, hübsche Frauen, dass ich fast den Überblick verliere.

Aber nur eine hat das schönste Lächeln der Welt.

»Hallo, Matthias!«, ruft sie und rennt auf mich zu, als hätten wir uns schon Jahre nicht mehr gesehen. Anna umarmt mich und gibt mir einen dicken Kuss.

Diesmal nicht nur auf die Backe. Im Augenwinkel sehe ich, dass auch Herr Enders abgeholt wird, nicht ganz so stürmisch, aber ähnlich charmant. Wir zwinkern uns zu und lächeln wissend.

»Wie war dein Flug?«, fragt Anna.

Ich überlege, ob ich von der Autopanne, dem wahnsinnigen Ticketverkäufer und unserem Beinah-Absturz erzählen soll, doch dann lasse ich es einfach. »Perfekt«, sage ich.

»Sicher?«, antwortet sie. »Du siehst ein wenig mitgenommen aus.« Sie legt ihren Arm um meine Schulter.

Bisher habe ich mich immer gefragt, für was eine Schulter so gut ist, außer als Armbefestigung natürlich. Jetzt weiß ich es. »Neben mir saß jemand, der hatte Flugpanik«, erkläre ich. »Den musste ich die ganze Zeit beruhigen.«

»Gut, dass du keine Flugangst hast«, antwortet sie. »Vielleicht musst du ja in Zukunft häufiger fliegen.«

Als sie den Satz mitbekommen, starten die Flugzeuge in meinem Bauch schon mal.

»Hast du Hunger?«, fragt Anna. Anscheinend waren die Startgeräusche nicht zu überhören. »Willst du etwas essen gehen?«

Das ist meine Gelegenheit. »Habt ihr Brenne Henne und Hopfe Tropfe, oder Gedärme Erwärme mit Kühe Brühe?«

Anna schaut mich an, als habe ich gerade Chinesisch gesprochen. »Was soll das denn sein?«

»Grillhähnchen und Bier oder gebratene Leber mit Milch«, sage ich stolz.

»Lacht ihr Deutschen über so was?«, fragt Anna.

»Wir lachen noch über viel schlimmere Sachen«, antworte ich und beschließe, besser nicht mehr aus *Schwedisch für Anfänger* zu zitieren. Kemal ist zwar ein netter Kerl und toller Klempner, aber vielleicht nicht unbedingt der richtige Ratgeber in sprachlichen Angelegenheiten.

Aber ich habe ja noch mich. Und meine Milz. Also versuche ich es mit einem auf der Flughafentoilette schnell von mir zusammen geleimten Witz. Er ist zwar noch nicht ganz trocken, aber ich erzähle ihn trotzdem. »Weißt du eigentlich, warum die Stadt hier Göteborg heißt?«, frage ich und grinse.

Anna schweigt, als könne sie schon ahnen, was jetzt kommt.

»Weil Goethe hier gegen Björn Borg im Tennis verloren hat.«

Anna schweigt immer noch.

»Weil man in den hiesigen Bibliotheken nur Bücher von Goethe ausleihen kann«, setze ich noch einen drauf, der mir auch auf dem Klo eingefallen ist.

Vielleicht ist das nicht der ideale Ort zum Witzeerfinden, denn Anna schweigt immer noch.

»Na gut, ich geb's auf«, sage ich schließlich. »Aber warum heißt die Stadt so?«

Anna legt eine Miene auf wie eine Lehrerin. »Göteborg hat sich den Namen von der gleichnamigen Ikea-Couch geborgt. Die Couch Göteborg gibt es schon lange nicht mehr, aber die Stadt hat den Namen einfach behalten.«

Ich lache so laut, dass sich die anderen Passagiere nach uns umdrehen. Und ich bin froh, dass ich nicht mehr Sprüche vorbereitet habe, denn ich habe inzwischen den Verdacht, dass Anna und die *Du-darfst*-Werbung eines gemeinsam haben: Ich darf so bleiben wie ich bin.

Ich muss mich für sie gar nicht verstellen.

Hoffe ich jedenfalls.

»Und hast du jetzt Hunger?«, fragt sie.

»Wie sieht es mit dir aus?«

»Ich hab schon gegessen«, antwortet sie. »Aber wir könnten in ein Café gehen. In Göteborg gibt es die schönsten Cafés in ganz Schweden.«

Ich nicke vorsichtig, schließlich war unser letzter Cafébesuch ein ziemliches Fiasko.

Anna bemerkt meine Unsicherheit. »Du kannst dort auch etwas anderes als Kaffee trinken«, sagt sie und lächelt.

»Gibt's dort auch Smörebröd?«

»Das ist keine schwedische, sondern eine dänische Spezialität«, sagt sie. »Aber wenn du nett fragst, schmieren sie dir vielleicht eins.«

»Aber der Koch in der Muppet-Show ...«, will ich noch widersprechen, dann fällt mir ein, dass man sich Europa besser nicht von Amerikanern erklären lassen sollte, sondern von den Einheimischen.

Wir steigen in einen Smart, den sie sich von einem Carsharing-Pool besorgt hat und fahren in die Göteborger Altstadt.

Dort reiht sich tatsächlich ein schnuckeliges Café an das nächste. Weit und breit ist kein Starbucks zu sehen. Kurz und gut, es ist ein Caféparadies.

Ein wenig irritieren mich jedoch die vielen Geschäfte, in denen Schilder mit der Aufschrift 'Slut' hängen. Ich bin kein Fachmann für Slang, aber das Wort kenne selbst ich. Als ich dann auch noch eine Handywerbung von Ficktelefon sehe, kommen mir leise Zweifel, ob die Schweden es mit der Offenheit nicht ein wenig übertreiben. Ich zeige Anna das Plakat. »Ficka heißt Tasche«, erklärt sie mir. »Und Ficktelefon demnach Taschentelefon.«

»Das klingt ja viel besser als Handy«, antworte ich und bin begeistert. Handy ist ein ziemlich hässliches Wort. Genau genommen ist es das hässlichste deutsche Wort, das ich kenne. Außer vielleicht Zahlungsbefehl, Dienstvorschrift und Kevin.

Taschentelefon ist vielleicht auch nicht die ultimative Wortschöpfung, aber wer glaubt denn, er sei das Land der Dichter und Denker?

»Die Finnen sind übrigens noch schlimmer«, sagt sie. »Dort heißt Tasche nämlich Pussi.«

Schließlich klärt sie mich noch auf, dass in Schweden 'Slut' Schluss heißt und das die Schilder mit dieser Aufschrift den schwedischen Sommerschlussverkauf markieren, der hier übrigens auch beginnt, kaum hat der Sommer angefangen.

»Und was ist mit den Läden, an denen Sex steht?«, frage ich.

»Das sind Sex-Shops«, antwortet sie. »Aber da willst du hoffentlich nicht rein.«

Ich lächle und schüttele den Kopf. Ist doch nicht alles anders hier.

Wir schlendern weiter durch die Altstadt und genießen den schwedischen Sommerabend. Das heißt, Anna genießt ihn und ich friere. Zwölf Grad, mitten im Hochsommer!

»Ist das heute mild«, sagt Anna. »Da könnte man glatt draußen sitzen.«

Als sie meine kalten Hände spürt, entscheidet sie sich zum Glück anders und wir gehen in das nächstgelegene Café. Es ist so heimelig, dass ich mich hier selbst dann wohlfühlen würde, wenn ich Kaffee trinken müsste.

Kaum sitzen wir in einer flauschigen Zweiercouch und warten auf den Tee, klingelt mein Taschentelefon. Wer kann das sein? Anabolika-Heidemarie? Herr Huber? Oder meine Eltern, die sich Geld von mir borgen wollen?

55

Ehrlichkeit ist das erste Kapitel im Buch der Weisheit.
Thomas Jefferson

Es ist mein neuer Chef. Kemal. »Super Slogan mit Vliese«, sagt er. »Habe schon erste Kunde. Du Werbegenie.«

»Danke«, antworte ich und freue mich. Endlich mal ein Chef, der mich lobt. Dabei darf er ruhig ein wenig übertreiben, schließlich habe ich eine Menge zu kompensieren.

»Und Frau Weber hab ich auch eingestellt«, erzählt er. »Sie gehüpft vor Freude drei Meter hoch.«

Ich stelle mir vor, wie dumm Huber am Montag aus der Wäsche guckt, wenn er allein in der Filiale steht. Jetzt bekommt der Azubi wenigstens mal was Vernünftiges zu tun. »Frau Weber mir noch gesagt, dass du müsse nix Sorge mache wege Anzeige, weil sie hat geregelt wie in Türkei.«

»Was?«

»Sie hat Polizei gesagt, dass Huber angefange. Nix gebe Zeuge, nix gebe Anzeige.«

»Das hat sie toll gemacht«, sage ich und bin ehrlich

beeindruckt.

»Ja, Frau Weber echtes Profi«, antwortet Kemal. »Wusste gar nix, dass ich Mercedes kann von Steuer absetze. Ich gleich kaufe noch eine.«

»Ich würde das Geld jetzt nicht mit vollen Händen ausgeben«, sage ich.

»War Scherz«, lacht Kemal. »Ich nur gebe Geld aus, was ich habe in Tasche. Ich doch nix wie dummes Grieche.«

Ich überlege noch, ob ich ihm sagen soll, dass es auch viele schlaue Griechen gibt, aber dann lasse ich es. Kemal wünscht mir noch ein schönes Wochenende und wir beenden das Gespräch.

»Wer war das?«, fragt Anna.

»Das war mein neuer Chef«, antworte ich.

»Du hast einen neuen Chef?«

Ich nicke.

»Warum das denn?«

»Ich hab einen neuen Job«, erkläre ich.

»Du bist nicht mehr bei der Sparkasse?«

»Sie haben mir gekündigt.«

»Gekündigt?«, wiederholt sie. »Was hast du denn angestellt?«

Unser Tee wird gebracht, eine gute Gelegenheit nachzudenken. Vielleicht sollte ich es zur Abwechslung mal mit der Wahrheit versuchen? Sonst werde ich nie wissen, ob Anna mich wirklich so mag, wie ich bin. »Ich war in letzter Zeit etwas knapp bei Kasse.« Ich atme tief durch. »Neuer Geschirrspüler, neuer Rechner, neuer Anzug.«

Anna schaut mich gespannt an. Glaubt sie etwa, ich habe etwas Illegales getan?

»Damit ich den Flug nach Schweden zahlen konnte, habe ich verbotenerweise meinen Dispositionskredit erhöht«, erzähle ich weiter.

»Und deswegen haben sie dir gekündigt?«, fragt Anna. »Das ist ja eine Sauerei.«

»Die sind so streng«, sage ich. »Ich wusste, was passiert, wenn sie mich erwischen.« Ich schaue auf den Boden. »Und mein Zwillingsbruder Markus ist auch erfunden.« Wenn ich schon bei der Wahrheit bin, dann richtig.

»Das kam mir gleich komisch vor«, sagt sie, doch sie lächelt nicht.

Sie denkt nach.

Vermutlich will sie nicht mit so einem finanziellen Totalschaden und Zwillingsbrudererfinder wie mir zusammen sein. Ich hätte doch lügen sollen.

Oder wenigstens einen Banküberfall vortäuschen. Frauen stehen doch auf so was.

»Dann hast du also deinen Job riskiert, nur um zu mir nach Schweden zu fliegen?« Sie schaut mich mit einem undurchschaubaren Blick an. Zumindest für mich. *Noch ist es nicht zu spät für eine Notlüge*, denke ich und schmeiße das Großhirn an.

Irgendwie weigert es sich. Und das Kleinhirn auch, genau wie die Milz, die Langerhansschen Inseln und der Blinddarm.

»Ja, das stimmt«, sage ich schließlich.

»Und du traust dich, mir das zu erzählen?«, fragt sie, immer noch undurchschaubar.

»Was soll ich machen?«, antworte ich kleinlaut. »Es ist die Wahrheit.«

»Das finde ich total süß!« Sie nimmt meine Hand

und schaut mir tief in die Augen.

Ich strahle, als hätte ich zum Mittagessen die Sonne verspeist.

»Und was ist dein neuer Job?«, fragt sie.

»Ich entwerfe die Anzeigen für Klempner-Kemal«, rutscht es aus mir heraus, bevor ich es schöner formulieren kann. *Ich bin Creative Director für ein expandierendes Unternehmen im Bereich Homecare-Installations* hätte doch viel besser geklungen.

»Also, du arbeitest in seiner Werbeabteilung?«

»Na ja, es ist ein kleiner Betrieb und ich bin die Werbeabteilung. Aber das Gute ist, ich kann von überall aus arbeiten.«

»Auch von Schweden aus?«, fragt Anna.

»Auch von Schweden aus«, antworte ich und kassiere als Belohnung einen Kuss.

»Wo übernachtest du eigentlich heute Nacht?«, fragt sie, kaum haben wir uns wieder halbwegs voneinander entschlungen. »Im Sauerteighotel?«

»Was? Sauerteighotel?«

»Das gibt's wirklich«, sagt sie. »In Stockholm. Da bringen die Schweden ihren Sauerteig hin, damit er während ihres Urlaubs fachmännisch betreut wird.«

»Ich glaub, Schweden ist genauso komisch wie Deutschland, oder?«

»Mindestens«, sagt sie und lächelt. »Und wo schläfst du jetzt heute Nacht?«

Mir fällt auf, dass ich mir über das *Wo* noch keine Gedanken gemacht habe, kein Wunder, wenn man nur mit dem *Wie* beschäftigt ist. »Ich dachte bei dir?«, frage ich vorsichtig.

»Ich habe aber nur eine ganz kleine Bude neben der

Müllverbrennung mit einer schmalen Couch«, antwortet sie und zuckt unschuldig mit den Schultern.

»Das ist mir egal«, antworte ich. Um Anna nahe zu sein, würde ich auch auf der Überholspur der A5 übernachten. Das sage ich ihr dann auch und sie lächelt.

»Na gut, meine Wohnung ist eigentlich recht groß«, erklärt sie. »Und sie liegt mitten in der Altstadt.«

»Keine Müllverbrennung?«

»Keine Müllverbrennung«, antwortet sie und wirft mir einen koketten Blick zu. »Dafür aber ein Wasserbett.«

»Ein Wasserbett? Gibt's das auch bei Ikea?«

»Keine Ahnung, da musst du die virtuelle Anna fragen.«

»Nee, lass mal«, antworte ich. »Die Echte gefällt mir besser.«

56

Ausgerechnet in Augenblicken, die man genießen möchte, wollen Frauen geküsst werden.
John Cleese

Am nächsten Morgen bin ich glücklich. Ich habe zum ersten Mal in meinem Leben auf einem Wasserbett geschlafen. Und bin nicht ertrunken.

Haben wir wirklich eine ganze Flasche Wein geleert? Und eine Flasche Champagner? Und dann als Krönung eine Flasche Ramlösa?

Und habe ich wirklich, kaum lagen wir im Wasserbett, den alten Trio-Hit *Anna, lass mich rein, lass mich raus* gesungen? Oder hab ich das nur geträumt?

Ich richte mich im Wasserbett auf, was gar nicht so einfach ist und blicke neben mich.

Anna ist nicht da.

Aus der Küche dringen Geräusche. Es riecht nach Kaffee, gebratenen Eiern und frischem Brot. Ich ziehe meine Superman-Shorts an, laufe in die Küche, sehe Anna, ertrage ihr Lachen über meine Shorts, gebe ihr einen Kuss und setze mich an den Küchentisch. An meinem Platz steht ein dampfender Tee.

»Spiegelei?«, fragt Anna.

»Gerne«, nicke ich.

»Das ist für gestern Nacht.« Anna legt mir ein ziemlich verschrumpeltes Spiegelei auf den Teller.

Ich fühle mich plötzlich ziemlich lächerlich in meinen Shorts.

»Aber das auch«, sagt sie, schaut mir tief in die Augen und gibt mir zwei richtig schöne Spiegeleier.

Wir frühstücken ausgiebig und unterhalten uns über dies, das, jenes und solches. Am Ende räumen wir das Geschirr in den Geschirrspüler. Es ist dasselbe Modell wie meines.

»Und bist du mit *Renlig* zufrieden?«, fragt Anna.

»Das ist ein super Teil«, sage ich. »Du hast mich gut beraten.«

»Und welches Programm nimmst du?«

»Am liebsten ARD«, will ich schon sagen, aber dann fällt mir ein, dass dies wohl kaum die richtige Antwort ist. »Das Ökoprogramm natürlich«, antworte ich. »Wegen der Birkenstocks.«

Anna lächelt und startet das Ökoprogramm. »Warst du schon mal am Kattegat?«, fragt sie.

Ich bin mir nicht sicher, was sie damit meint. Diesen Schokoriegel, das Katzenfutter oder irgendwas von Ikea?

»Das ist die Meerenge zwischen Schweden und Jütland«, klärt sie mich auf. »Die deutschen Touristen schwärmen alle davon. Und auch wenn du anders als die bist, wird es dir gefallen.«

Das war das schönste Lob, das ich bisher im Ausland bekommen habe. Ja, als Deutscher muss man in dieser Hinsicht sehr kleine Brötchen backen.

Wir packen ein paar Sachen für ein Picknick und machen uns auf den Weg. »Fahren wir nicht mit dem Auto?«, frage ich, als Anna einfach zu Fuß losgeht.

Sie schüttelt den Kopf. »Wir fahren mit der Straßenbahn. Es ist die Einzige in ganz Schweden, also eine Sehenswürdigkeit.«

Ich will schon widersprechen, dass selbst Ludwigshafen eine Straßenbahn hat, aber Anna kommt mir zuvor. »Außerdem sind wir damit schon in zehn Minuten an den Schären.«

»Schären?«, frage ich. Vielleicht hätte ich damals in Geographie doch aufpassen sollen, anstatt eine Tintenpatronenkugelbobbahn in meine Schulbank zu schnitzen?

»Schären nennt man die Inselgruppen vor Göteborg«, antwortet Anna. »Sie sind ein Teil des Kattegats.«

»Ich sehe, ich muss noch viel lernen«, sage ich.

Wir kommen an die Haltestelle und eine fast antike Straßenbahn fährt ein, bewährte Technik, genau nach meinem Geschmack.

Die Bahn rumpelt ordentlich, aber es macht Spaß mit ihr zu fahren. Fast wie eine Achterbahn, nur ohne Loopings. Außerdem ist die Aussicht phänomenal. Vor allen Dingen, als wir ans Meer kommen: Es ist so blau wie ein Engländer im All-inclusive-Urlaub.

Im Meer liegen ein paar putzige Inselchen, auf denen Holzhäuser stehen, die in Gelb, Blau und Rot um die Wette strahlen. Wenn es das Wörtchen Idylle noch nicht gäbe, müssten man es für diesen Ort erfinden.

Wir bleiben den ganzen Tag am Kattegat, picknicken, unterhalten uns und verabreden uns für das nächste Wochenende. Wir werden uns in Berlin treffen. Das liegt einigermaßen in der Mitte, ist spannender als Ludwigshafen und ich muss nicht aufräumen.

Am Abend spazieren wir in eine einsame Bucht und setzen uns an den Strand. Das Meer rauscht versonnen im Hintergrund, es geht eine leichte Brise. Es ist schon dunkel geworden, aber die Luft ist mild.

Na ja, genau genommen eiskalte neun Grad. Aber Anna hat mir eine dicke Jacke und einen Schal geliehen und so friere ich nicht einmal.

Es ist der perfekte romantische Moment.

»Schau dir mal den Sternenhimmel an«, sagt Anna und legt ihren Arm um meine Schulter. »Da sind Millionen Sterne.«

»Man sieht nur sechstausendachthundert«, antworte ich. »Und das auch nur, wenn man Süd- und Nordhalbkugel zusammenzählt.«

Anna nimmt ihren Arm wieder von meiner Schulter.

Zum ersten Mal kommen mir Zweifel, ob es wirklich eine gute Idee war, das Lexikon des unnützen Wissens auswendig zu lernen.

Mit einem entschuldigenden Schulterzucken schaue ich Anna an und sie schaut zurück, als wolle sie mich auf einen der sechstausendachthundert Sterne schießen.

Doch dann lacht sie einfach.

Und gibt mir einen Kuss.

In dem Moment wird mir klar, dass Anna mich genauso liebt wie ich bin.

Also so richtig, richtig klar.

Danksagung

2004 hatte ich die Idee zu diesem Buch, 2006 habe ich es dann geschrieben. Seitdem gab es viele Geschichten und Filme, welche die Liebe zu einem Avatar thematisiert haben, beispielsweise *Her*. Aber ich war nicht der erste Autor, der darüber geschrieben hat und auch nicht der letzte.

Trotzdem sollte es über zehn Jahre dauern, bis die Geschichte einen Verlag gefunden hat. Mein Dank gilt hierfür Digital Publishers, die den Mut hatten, ein Humorbuch eines Thrillerautors zu veröffentlichen. Insbesondere möchte ich Marc Hiller, Stephanie Schönemann, Ruth Papacek und Anja Kalischke-Bäuerle danken sowie meiner Lektorin Daniela Höhne. Ein Dankeschön geht auch an meine Agentur Arrowsmith Agency an Nina Arrowsmith, Sophie Schmale und Helga Kröger.

Außerdem danke ich Alexander Hofmann für die Autorenfotos und Christian Purwien von purwien.tv für das Video zum Buch-Trailer.

Des Weiteren möchte ich IKEA dafür danken, dass sie uns für dieses Buch nicht verklagt haben, zumindest bisher nicht.

Mein weiterer Dank gilt der Stadtsparkasse Vorderpfalz, bei der ich vor vielen Jahren beinahe eine Ausbildung als Bankkaufmann begonnen hätte, wenn nicht das Leben dazwischengekommen wäre.

Der Filialleiter Huber ist natürlich völlig überspitzt und würde nie in einer Sparkasse arbeiten, denn dort arbeiten jene Bankangestellten, die so sind, wie Matthias Käfer gerne wäre. Daher kann ich nur sagen: Wenn's um Geld geht, Sparkasse.

Wie man diesem Roman vielleicht anmerkt, bin ich in Ludwigshafen am Rhein geboren und habe dort meine Jugend verbracht. Daher kommt meine etwas einseitige Darstellung der Stadt Ludwigshafen, die sicher auch ihre schönen Seiten hat.

Nur habe ich sie in meinen fünfundzwanzig Jahren dort nie entdeckt :-).

Meine persönliche Anna von Ikea habe ich schon lange gefunden, meine geliebte Frau Oriana. Wegen ihr (und wegen Ludwigshafen) bin ich zwar nicht nach Schweden, aber immerhin in die Schweiz ausgewandert.

Natürlich danke ich auch Ihnen, liebe Leserin und lieber Leser und ich hoffe, Ihnen hat das Lesen so viel Spaß bereitet, wie mir das Schreiben.

Wenn Sie das Buch nicht gekauft, sondern im Internet gestohlen haben, sei Ihnen verziehen, falls das eine pubertierende Mutprobe war. Wenn Sie das jedoch trotz ausreichendem Einkommen häufiger tun, dann verfügen Sie über ein ausgesprochen armseliges Verhältnis zur Kunst. Was das über Sie selbst aussagt, können Sie sich ja mal bei einem geklauten Bier durch den Kopf gehen lassen.

Falls Ihnen dieser Roman besonders gefallen oder auch nicht gefallen hat, schreiben Sie doch eine Rezension. Gerne bei Amazon oder bei einem der anderen Anbieter, denn so erfahren noch viel mehr Leser, ob dieses Buch lesenswert ist oder vielleicht doch ein anderes ☺.

Sie können mir natürlich auch eine E-Mail an kontakt@thomaskowa.de senden, mich auf meiner Homepage www.thomaskowa.de besuchen oder bei Facebook unter

www.facebook.com/Thomas.Kowa.Autor finden.

Dasselbe gilt, wenn Sie mich für eine Lesung buchen wollen, ein Interview führen oder mir einfach nur die unvermeidlichen Rechtschreibfehler mitteilen wollen, die mal wieder alle überlesen haben, nur Sie eben nicht.

Ich hoffe, wir lesen uns bald wieder, zum Beispiel in meinem nächsten Roman *Pommespornopopstar*, den ich zusammen mit Christian Purwien geschrieben habe und der im Juli 2017 erscheint. Darin geht es um zwei erfolglose Musiker, die innerhalb einer Woche einen Hit aufnehmen müssen, wenn sie nicht mit Beton an den Füßen in der Ruhr landen wollen.

Gerne können Sie mir auch eine E-Mail mit dem Betreff "Newsletter" senden, dann halte ich Sie in regelmäßigen Abständen über Veröffentlichungen und Auftritte auf dem Laufenden. Und das Beste: Für die Abonnementen meines Newsletters gibt es ab und an das eine oder andere Extra.

Thomas Kowa